해묵은 소망 하나

해묵은 소망 하나

곽광수 김경동 김명렬 김학주 안삼환 이상옥
이상일 이익섭 장경렬 정재서 정진홍

푸른사상
PRUNSASANG

실용 지상의 시대, 무용한 은자隱者들의 언어

이 시대는 치세인가? 난세인가? 테크놀로지의 발달로 인류가 엄청난 도약을 할 것이라는 낙관론이 선진국 일각에서 제기되고 있으나 무한궤도 위를 질주하는 자본주의는 폭증하는 욕망이 초래한 온갖 폐해를 노정하고 있으며 이의 대항마였던 공산주의는 전제군주가 일당의 독재자로 바뀌었을 뿐 아이러니하게도 그가 타도하고자 했던 계급주의와 '제정帝政 비슷한 것'으로 회귀하다 멸망하는 중이다. 이념이 몰락하자 이와 상관없이 무개념의 물질과 기계는 진화론의 노선을 따라 맹목적으로 진군하고 있다. 여기에 고래로 인간의 의지와 욕망을 어거馭車해 왔던 인문학은 설 자리가 없다. 한때 인문학의 위기를 부르짖으며 사자후를 토해 냈던 시절이 있었다. 90년대의 그 시절은 지금 전설처럼 추억된다.

테크놀로지에 압도된 오늘의 인문학은 적막하기 그지없다. 눈치 빠른 학자들은 일찌감치 투항했다. 예컨대 스토리텔링은 인류의 생존을 위한 거울신경세포 작동의 소산으로서 시뮬레이션이나 가상현실 기술로 설명되기도 하고 인간 기억의 구조가 컴퓨터의 파일 저장 시스템과 동일하다는 가정하에 기억의 완벽한 디지털화를 시도하기도 한다. 이처럼 진화생물학과 인지과학에 의해 인문학이 침식된 지 오래다. 이 망지소조罔知所措의 상황에서 일말의 의기義氣라도 있는 학자들은 저 두보杜甫가 반군에 의해 점령당한 장안의 궁궐을 바라보곤 "소리를 삼키고 울었듯이"(少陵野老吞聲哭 ―「哀江頭」) 테크놀로지에 의해 점차 정복되어 가고 있는 인문학의 상황을 목도하면서 무가내하無可奈何한 심정으로 깊은 절망에 빠진다.

엘리아데는 누구든 자신의 거소를 세계의 중심으로 간주한다고 말했지만, 이러한 언급과 별도로 한국은 누가 봐도 인문적 비극이 첨예화된 세계적 범례라고 말하지 않을 수 없다. 초고속 경제대국 달성, 한류의 세계화라는 화려한 성취와 그에 따른 우월감 및 자존감의 이면에는 자살률 세계 최고와 출생률 세계 최저라는 참혹한 현실이 엄존하고 있다. 무릇 사람이 살기 위해 일을 하고 문화도 만드는 것인데 삶과 관련된 지표가 이토록 낮다면 한국은 결코 살기 좋고 자랑스러운 나라가 아니다. 눈부신 경제 발전도, 세계가 선망하는 한류도 빛 좋은 개살구일 뿐이다.

무엇이 문제인가? 바로 인간 삶의 의미에 대한 성찰 곧 인문학의 상실 내지 부재를 거론하지 않을 수 없다. 그러나 이러한 현실이 나아질 기미는 없다. 급기야 몇년 전 한 유력한 대통령 후보는 '인문학 무용론'을 공언하기에 이르렀다. 그는 모 공과대학을 방문하고 "공대는 나라의 발전을 선도하는 많은 인재를 키우고 있는데 인문학은 대학이나 마치면 됐지 대학원은 왜 가는지 모르겠다"라고 과감히(!) 실토한다. 더 큰 문제는 이것이 대통령 후보 개인의, 무지의 소치로 끝나지 않았다는 사실이다. 이 기사는 잠깐 인터넷 뉴스의 한 면을 장식했을 뿐 이후 어떤 언론도, 어떤 지식인도 이 발언을 두고 문제 삼지 않았다. 이는 지금까지 어떤 대선 후보도 경제와 기술의 도약과 관련된 정책만 남발하였지 삶의 정신과 관련된 비극적 현실을 치유할 인문학적 방책을 내놓은 사례가 없다는 사실과 맞물려 목하 한국인의 의식 상태에 커다란 결락缺落이 존재한다는 것을 시사한다. 지금 우리는 무엇에 도취되어 무엇이 진정 우리의 삶에 중요한 것인지를 잊고 있는가?

법학 권력은 정치를 틀어쥐고 국민의 일상을 난국에 빠뜨리고 의학 권력은 국민의 생명을 담보로 그들만의 기득 이익을 수호하기에 여념이 없지만 인문학은 무력할 뿐 이에 개입할 엄두도 내지 못한다. 문화가, 한류가 죽음에 이르는 이 깊은 병을 치유할 수 있을까? 요즘 유행하는 노래, 소위 K-pop의 노래 가사를 음미해 보자. 가사 속에는 우리의 마음을 매개할 어떤 자연물도 들어가 있지 않다. 그저 "나 괴롭다," "너 사랑한다"식의 일방적 독백에 갇혀 있을 뿐 이를 완충할 어떠한 매개물도 존재하지 않는다. 하늘, 달, 별, 호수, 나무에 담갔다가 꺼낼 때 우리의 강퍅한 마음은 여과되고 치유의 길로 들어선다. 고인古人들은 이 점을 깊이 통찰하고 '정경교융情景交融' 곧 마음과 경물이 융합되었을 때의 치유적 효과에 대해 주목했다.

과거의 인문학은 학자들은 물론 신문, 잡지의 논객, 문필가들이 주도했지만 오늘의 인문학은 권력과 자본을 추종하는 유튜버들에 의해 지배된다. 그들은 속칭 '어그로'를 끌기 위해 일방을 위한 선동적인 언사와 이미지로 대중을 현혹할 뿐 인간에 대한 진지한 애정과 성찰에는 그다지 관심이 없다. 따라서 이 시대에 더 이상 「시일야是日也, 방성대곡放聲大哭」 같은 논설은 출현하기 어렵다. 인문학은 무력하다! 아니 인문적 비극을 세계적으로 현시顯示하는 이 한국에서, 어떤 대통령 후보가 말했듯이 인문학은 무력하다 못해 무용하다고 말해야 옳으리라.

『삼국연의三國演義』 전반부, 유비가 제갈량을 모시고자 풍설風雪을 무릅쓰고 삼고초려三顧草廬 길에 올랐을 때 관우는 제갈량이 허명만 있고 실력이 없으니 만남을 회피하는 것이라고 비난하고 장비는 제갈량은 일개 촌부村夫에 불과하니 불러도 안 온다면 자신이 포박해서 데려오겠다고 말한다. 두 사람은 시골 문사인 제갈량의 능력을 미심쩍게 여기는 것이다. 유비는 이들을 달래기도 하고 나무라기도 하면서 와룡강臥龍岡으로 향하는데 그때

길가 주점에서 들려오는 노랫소리가 그의 마음을 잡아끈다.

> 도적은 사방에서 개미떼처럼 일어나고, 가짜 영웅의 무리는 매처럼 솟구
> 치네. 우리들은 목청껏 노래를 부르거나 그저 박수를 치고, 답답하면 주
> 점에 와서 촌술이나 마신다네.
> 群盜四方如蟻聚, 奸雄百輩皆鷹揚. 吾儕長嘯空拍手, 悶來村店飮村酒.
> —『三國演義』, 第37回

유비는 주점에 들어선다. 알고 보니 노래를 부른 사람들은 숨어 사는 현
자인 석광원石廣元과 맹공위孟公威로 모두 제갈량의 절친들이었다. 실제적
군사 권력의 화신인 관우와 장비의 눈에 제갈량을 필두로 한 이들은 무용
한 시골 문사로 비추어질 따름이다. 그러나 역사가 말해 주듯이 그들은 무
용한 듯하지만 무용하지 않았다.

여기 스스로 '숙맥'이기를 자처한 문사들의 모임이 있다. 숙맥회菽麥會가
그것이다. 이 실용 지상의 시대에 인문학을 평생 품고 사는 이들이야말로
숙맥이 아니고 무엇인가? 알아서 주제를 잘 파악한 숙맥 회원들은 남풍회
南風會라는 별칭도 갖고 있다. 남풍은 당나라 시인 이기李頎의 "사월에 남풍
이 불면 보리가 누렇게 익어라"(四月南風大麥黃 —「送陳章甫」)는 시구에 전거
를 두고 있다. 고난의 보릿고개를 빨리 넘어가게 해 줄 남풍은 민초들에게
구원과 희망의 바람이리라. 가수 박재란도 〈산너머 남촌에는〉이란 곡에서
"밀 익은 오월이면 보리 내음새. . . . 남에서 남풍 불 땐 나는 좋데냐"라고
노래하지 않았던가? (이 노래의 가사는 원래 파인巴人 김동환의 시) 보릿고개처
럼 어려운 이 시절에 숙맥 회원들은 저 와룡강의 은자隱者들처럼 "노래를
부르거나 그저 박수를 치"듯이 또는 "답답하면 . . . 촌술이나 마"시듯이 일

상의 소회를 글에 담는다. 이렇게 해서 모인 글들을 거두어 책으로 엮어 낸 것이 어언 17호에 이르게 되었다.

별같이 삼열森列한 노대가들 앞에 출반주出班奏할 생념도 못 하던 말석의 존재에게 과분하게도 서문을 제술製述할 기회가 주어졌다. 거듭 고사하다가 마침내 주제넘은 글을 쓰게 되어 부끄럽기 이를 데 없다. 부디 소람笑覽하시길 바란다.

2024년 초겨울
양주楊州 옥류산방玉流山房에서
정재서 삼가 씀

차례

해묵은 소망 하나

곽광수

프랑스 유감 IV-11

프랑스 유감 IV-11

    미셸 부르들랭은 장 피에르에 의하면 비상한 수재였고, 게다가 고등학교 시절 전국 문학 콩쿠르에서 일등을 한 적도 있다는, 철학과의 장 피에르의 같은 과 친구였다.[1] 지적인 우열과 외면을 두고 우리들은 흔히 이상한 편견을 가진다: 예컨대 지금까지 이야기해 온 내 프랑스인 친구들과 이제 이야기할 미셸 부르들랭을 예로 들어 말하자면, 조엘과 장 피에르는 지적으로 뛰어날 것 같은 반면, 미셸은 그렇지 않을 것 같다: 앞의 두 사람은 날렵하고 날카로운 모습을 가지고 있었지만, 미셸은 전혀 그렇지 않았다. 사자 머리를 한 그의 얼굴은 날카롭기는커녕, 약간 살이 오른 푼더

---

1 나는 지금(2010년 여름) 내가 유학했던 엑상프로방스를 방문하여, 시내를 돌아다니며 옛 추억들을 떠올리고 있다. 조엘, 장 피에르, 드 라 프라델 교수, 내 논문지도 교수 샤보 선생님에 대한 추억들 다음으로 지난 호에 인도계 모로코인 친구 자크와, 내 논문 심사위원장을 했던 당시 학장 귀이용 교수, 그리고 나와 서로 좋아했던 아르메니아 혈통의 엘리안에 대한 이야기를 했다. 그러는 가운데, 내가 기숙사에서 쫓겨나 법원 뒤에 얻었던, 남루하던 방을 올려다보고 법원 앞 광장으로 다시 나와, 그 근방에 있던 미셸 부르들랭의 거처를 생각하며, 그에 대한 이야기를 시작한다.

해묵은 소망 하나

분한 모습이었다. 거기에 맞추듯 신체도 커서, 장 피에르만큼 큰 키를 그렇게 알아볼 수 없게 할 정도의 몸통을 가지고 있었다. 그러니 몸 움직임도 느릿느릿했고 말씨도 빠르지 않았던 것으로 기억된다. 그런데 그 느릿느릿한 말씨로 내게 던진 한 마디 말이 내 말을 순간적으로 콱 막히게 하고 얼마 동안 멍청하게 그를 바라보게만 한 적이 있다. 그 전후 상황이 기억나지 않는데, 그는 이렇게 말했다:

"광수, 나 오늘 밤 고생 좀 해야 한다. 내일이 내 테페(TP: travaux pratiques)[2] 차렌데, 칸트의 『순수이성비판』을 다 읽고 가야 돼."

나의 그 순간적인 큰 놀라움에는 우리 세대의 지적 상태에 관계되는 외적 상황이 개입되어 있었다고 하겠는데, 불한사전을 언급할 때에 말한 적이 있지만, 우리 세대는 일본어를 배우지 못했고 또 동시에 고등교육에 필요한 우리말로 된 서지적 상황이 빈약하기 짝이 없었다. 그러니 어쩔 수 없이 전공에 관한 독서를 이른바 "원서"를 가지고 할 수밖에 없었는데 (나 같은 외국문학도야 당연하지만), 방금 말이 나온 『순수이성비판』을 두고 말하자면, 요즘은 국역 칸트 전집이 칸트 학회 역본과 독일에서 칸트로 박

---

2 요즘도 우리나라의 불어불문학과에 테페가 있는지 모르겠는데, 우리 세대에서는 경성 제대 예과 시절 이래 테페는 살아남아 있던 강의시간이었다. 일본인들이 그것을 연습이라고 번역하여, 고학년 학생들을 상대로 프랑스식 교육을 흉내라도 내보려고 했던 것이다: 강의 제목은 대개 '불어학연습,' '불문학연습'으로 두루뭉술하게 정해 놓고, 실제로는 담당교수가 다루고 싶은 텍스트를 가지고 자기가 잘 할 수 있는 방식으로 강의를 하는 것이었다.
  기실 테페는 학부 학생들이 공부해 온 것을 발표하고, 교수가 그것을 논평하여 바로 그 자리에서 성적을 내리는 강의이다. 교수는 학기 초에 그가 다룰 분야(예컨대 불고전주의)에서 적정 수의 여러 가지 문제들을 학생들에게 제시하고, 테페를 신청한 학생들은 각각 그 가운데 하나를 선택하는데, 발표일을 정해야 하므로 서로 상의해야 한다. 물론 테페는 프랑스 대학 어떤 과에도 있는 교육제도이다.

사학위를 취득한 칸트 전공자의 역본이 나와 있고, 그 두 역본 사이의 이견을 가지고 양쪽에서 논쟁을 했다는 보도도 읽은 적이 있다. . . . 어쨌든 미셸의 그 말은 우선 내게는 독일어 원본을 하룻밤 사이에 독파하는 그의 모습을 떠올리게 했으니 내 놀라움이 얼마나 컸으랴! . . .

그러나 사정이 그런 것은 아니었다. 계속 칸트를 두고 말해 보자면, 우리나라의 경우 칸트 전집의 훌륭한 역본이 나와 있게 되었지만, 그것은 고급 독자들의 교양을 위한 것이지, 철학과 학생들이 칸트를 공부하는 데에 소용되지는 않을 것이다. 반면 프랑스의 경우 학부에서는 물론 석사과정에서도 원본을 토대로 하지 않아도 칸트나 헤겔을 다룰 수 있다. 그만큼 역본의 권위가 인정되어 있는 것이다. 나중에 내가 이런 사정을 알게 된 후에도, 그래도, 여전히 그때의 놀라움이 사라지는 것은 아니었다. 그 당시 대학에서 널리 사용되고 있던 불역본은, 대학생들의 공부를 위한 참고 도서들을 많이 내는 프랑스대학 출판사(Presses Universitaires de France)에서 간행된 *Critique de la raison pure*인데, 내가 귀국할 때에 사 온 이 책은 물론 역주와 서문이 포함되어 있지만, 작은 활자로 인쇄되어 580여 페이지에 달한다. . . . 테페 신청자들은 각자의 발표 일을 알고 있으므로 그 기일에 맞춰 준비를 하겠지만, 물론 여러 가지 이유로 누구나 원하는 대로 그 준비를 테페 전날까지 잘하지 못할 수도 있을 것이다. 위에서 말한 대로 미셸이 그런 말을 하던 태도를 보건대 그날 그의 상황은 후자의 경우였던 것 같다. 그러나 "고생 좀" 할 각오를 하면서도, 뭐 이런 경우가 한두 번도 아닌데 . . . 라는, 지적 자신감이 그의 그 푼더분한 얼굴에 순간적으로 나타났다가 사라지는 것을 나는 본 것 같았다. . . .

내 추억들에 관계되는 세부 사항들을 알아보려고 장 피에르에게 보낸 편지에 대한 답신에서 그는, 미셸이 고등학교 시절 전국 문학 콩쿠르에서 일등을 했다는 언급에 앞서, 시를 많이 썼다는 말을 했었는데,[3] 그것은 내가 엑스에서 공부하고 있을 때에 이미 안 사실이었다. 언젠가 미셸이 내게, 그날 저녁 시간이 있으면 자기가 사는 곳에 놀러 오라는 것이었다. 무슨 이유가 있었겠지만, 그는 기숙사에 있지 않고 바로 법원 근처에 방을 얻어 기거하고 있었다. 그가 알려 준 주소로 찾아간 그의 방 모습은 기숙사 방의 반듯함과는 물론 거리가 있었지만, 그렇다고 우리나라에서 우리 세대에 이르기까지 입에 올리던 문청文靑이라는 말이 환기하는 것만큼 무질서하지는 않았다. 책들이 상당히 많이 쌓여 있고, 그것이 기숙사에 있는 친구들의 경우와는 달리 내 눈에 들어왔는데, 왜냐하면 공부하기 위한 책들은 학교 도서관에 없는 경우가 거의 없는 만큼 그 대부분이 신간이 아닌가 하는 생각과, 매 학년도마다 방을 바꾸어야 하는 기숙사에 있지 않은 이유가 그 책들 때문일지 모른다는 추측이 일순 들었기 때문이다. 책상 등도 물론 있었지만, 기숙사와는 달리 천장에서 내려온 전선이 감긴 체인에 달려 있는 갓등이 희부연 빛을 흘리고 있었다. 희부옇다는 것은, 지금 생각하면, 그날 저녁에 그가 보여 준 엄청난 작시 노력이 불러일으킨 내 상상 가운데 떠오른 어떤 방들의 이미지가, 사후적으로 현실의 갓등 이미지를 변용한 것일 것이다. 보들레르가 「아편 흡입자」에서 말한, 문과 창문들이 꼭꼭 잠기고 무거운 커튼이 치렁치렁하게 처뜨려진, 차가 끓으며 내는 김으로 촛불이 흐릿하게 밝히고 있는 방, — 또, 프루스트가 많은 시간 동안 스스로를 가두고 집필한, 코르크로 사면 벽을 덮고 신경성 천식을 다스리기 위한 훈증으로 흐릿하게 조명이 되는 방, 그런 방을 내가 미셸의 말을 들은 후 사후적으로 연상한 것일 것이다. 그는 이렇게 말했다:

---

3 『지난지난 세기의 표정으로』(숙맥 9호), p. 20 참조.

"광수, 저게 내가 쓴 시들이야."

그제야 나는 책상 등이 꺼져 있는 책상 위에서 한 더미의 종이들이 눈에 들어왔다. 놀라지 마시라: 고르게 쌓여 있는 그 종이 더미의 높이가 좋이 20센티미터는 되었다! . . . 지금 내 기억에 남아 있는 그의 방 이미지에는, 갓등의 희부연 빛 너머의 어스름이 만드는 둥그런 공간 속, 그 어스름과의 경계쯤에 미셸이 앉아 있고, 그 뒤로 벽면에 기대 책들이 상당한 높이까지 들쑥날쑥 쌓여 있으며, 그의 왼쪽에 원고 더미가 놓인 책상이 어스름에 거의 다 잠겨 자리 잡고 있는데, 방 주인이 비끽연자인, 즉 희부염의 원인이 될 수 있는 연무煙霧의 가능성에서 차단된, 갓등이 환하게 밝히고 있어야 할 방의 모습은 조금도 나타나지 않는다. 그와 같은 현실의 이미지의 완전한 망각은 내게는 오직 그 20센티미터 높이의 그의 시 원고들에 기인한 것일 것이라고 여겨지는 것이다.

그는 그 원고들을 들쳐보라는 것이었다. 나는 그 원고 더미 꼭대기에서 몇 장을 가져와 그의 앞에 있는 의자에 앉아 읽어 보았다. 그 원고들을 열심히 읽은 다음, 나는 말했다;

"세 봉, 사. 세 제니알(좋아. 근사한데)!"

하지만 . . . 그것은 거짓 찬사였다: 고백하지만, 나는 그 서너 편의 시에서 그 각각이 무엇을 말하고 있는지 전혀 이해하지 못했던 것이다! 물론 드문드문 세부적인 표현들을 자의적字意的으로는 이해했지만. 내가 느낀 것은 오직 시의 리듬뿐이었다! . . . 그래 나는 그에게 그 한 편을 낭송해 보라고 했는데, 그의 낭송은 리듬을 그럴듯하게 살린다고 여겨졌다. 그러나 말할 나위 없는 사실이지만, 뜻을 모르면 리듬도 제대로 느낄 수 없는 법이다.

귀국 후 내가 받은 그의 편지를 보면, 그때 나는 무슨 격려의 말을 덧붙인 모양인데, 그것만은 진정이었을 것이다: 그 작품들에는 과연 무엇이 있기는 있는 듯했던 것이다. 그와 같은 예감은 지금은 고등학교 문학 콩쿠르 일등 입상에 대한 장 피에르의 언급으로 강화되어, 그의 비상한 수재성과 함께 (랭보는 고등학교 때에 상이란 상은 모두 휩쓸었다고 한다), 내 상상 가운데 그의 이미지의 찬연한 후광을 만들어 놓았다. . . . 이제 방금 언급된 그의 편지를 옮겨 놓는데, 거기에 그의 문학 지향이 고백되어 있다:

엑상프로방스, 1974년 6월 7일

미셸 부르들랭

07200 생 디디에 수 오브나

친애하는 광수

너의 아름다운 연하 카드에 회답하는 데에 이토록 늦어져 미안해. 하지만 내가 그 카드를 정다운 느낌 없이 읽지 않았음을 꼭 믿어 주렴. 그리고 내가 네게 준 콜라주에 네 가족들이 재미있어 했다는 이야기를 친근한 미소 없이 읽지 않았음도. 정말이지, 카드에 쓰인 네 편지 내용이 내게 사무친다는 걸 믿어 줘.

이제 곧, 네가 떠난 지 일 년이 되겠지. 에블린이 내게서 떠나갔기에, 길고 슬픈 한 해야. 에블린은 함부르크의 키 큰 독일 학생을 따라 떠나갔단다. 하지만 난 아직 절망적이진 않아. 며칠 지나 나와 함께 모로코로 여행 가자고 청했는데, 그건 유혹이기도 하거든. 에블린의 회답을 계속 기다리고 있는데, 그 애가 호의적이리라는 희망이지.

작년에 네가 내게 격려한 바이지만, 금년 들어 난 많이 썼단다. 그건 좋은 충고였어. 작품의 훌륭함은 강렬한 훈련을 통해 온다는 것을 내가 너한테 알릴 거야 없지.

그래 나는 많은 백지들을 채웠어(아직 끝나지 않은 금년만으로 1300장 이상⁴). 그리고 그러는 과정에 오직 영감만을 따라 아주 자유롭게 쓴 그 모든 텍스트들을 분류할, 이를테면 철학적 유동 구도流動構圖를 발견했다고 할까. 그리고 또한 그 유동 구도에 따라 새로운 영감들이 촉발되기도 하지. 물론 그 유동 구도가 어떤 것인지에 대해 말하기에는 약간 때가 너무 이른데, 아직 결정적으로 이루어진 것이 아무것도 없으니까. 그렇더라도 나는 이 한 해가, 이렇게 말할 수 있다면 풍요로운 "암중모색"의 해가 되었으면 하고 있고, 이미 그렇게 생각하고 있어.

이전에 생각했던 바인데, 더 오랜 텍스트들을 한데에 모아 책을 한 권 만들려고 했었지. 그러다가 다른 "탐색"들을 중단하지 않으려고 그 계획을 포기했어. 이런 이야기를 한다고, 나에게 모든 결정은 끝났고 내 미래는 문학에 끌려 들어갔다고 생각하지는 말아 줘. 내 미래는 그냥 문학으로 향하고 있을 뿐, 그것이 문학에 가 닿으리라고 네게 확언할 수는 없어. 그러나 네게 확언할 수 있는 건, 내가 만약 책을 간행하게 된다면 그 한 부를 한국으로 네게 이르게 할 거라는 거야. 물론 그것은 불가능한 일은 아니야. 하지만 다시 한번 아무것도 이루어진 것은 없어: 나는 지금까지 언제나 끝내기를 싫어해 왔지.

이상이 흘러간, 아니 거의 흘러간 금년 한 해의 핵심적인 소식들이야. 금년에 내가 응시한 교수 시험에서 어떤 긍정적인 결과도 기대하지 않고 있어. 그러나 내년에 아마도 미국에 프랑스어를 가르치러 갈 것 같아. 사실 모니카가 그 애의 교수 한 사람의 주소를 내게 주었는데, 그분에게 편지를 보내 보라는 거야. 이 건에서도, 일이 성사된다면, 미국에서 네게 우편엽서 한 장 보내 줄게.

---

4 맙소사!!

너도 상상할 수 있겠지만, 내가 처한 상황은 상당히 불안정하지. 하지만 내가 크게 동정을 받을 만하다고 여기지는 않아: 나는 열정의 대상도, 또 직업에서의 희망들도 가지고 있지 않은가?

그리고 한결 임박해 있는 계획들: 장 피에르와 나, 그리고 다른 몇 친구들은 여름에 스웨덴에 일하러 간단다. 거기 다시 한번 돌아가는 거야. 거기서는 돈이 다른 데보다 약간 더 빨리 벌려. 뒤이어 우리들은 아마도 — 이 계획은 덜 확실하지만 — 아프카니스탄까지 갈 거야.

그러나 다음 시월 개학 때에는 내가 어디에 있을지도, 또 있는 거기에서 무엇을 할지도 전혀 알지 못해. 아마도 다시 여기 엑상프로방스에서 논리학에 관한 박사학위 논문을 쓰려고 공부하고 있을지. . . . 그리고 읽고 또 쓰고. 어쨌든 — 아무렴! — 나는 요구하는 게 많은 사람이 아니야 — 내 취향과 열정에 따라 채울 빈 시간의 넓이에 대해서가 아니라면 — 정말이지, 나는 요구하는 게 많은 사람이 아니야. 그러다가 그때까지에는 꼬마 에블린이 내게 돌아와 있을 테지.

그런데 너는?

네가 너의 새로운 직무에서 잘 성공하고 있는지, 물을 필요는 없어. 바로 그런 경우라는 걸 나는 거의 너무 확신하고 있지. 어쨌든 여기 우리들은 모두 서울대학교에서 프랑스 문화를 대표하는 데에 너를 신뢰하고 있다는 게 내 생각이야. 그런데 우리 교수님의 연구는 어떤지? 그래, 연구를 계속하고 있는지, 그렇다면 어떤 방향으로, 어떤 작가들을?

사랑도 잊지 않고 있겠지. 아마 이미 약혼을 했을지도. . . . 너무도 주목받고 있을 거야(농담이야). . . . 요컨대, 그래야 한다면, 내 최선의 기원을 보낼게.

네게 "본 샹스(행운을)! Good luck!"이라고 말하지, — 모든 면에서. 그리고 곧, 이왕이면 동양에서 너를 다시 보고 싶어.

잘 있어.

우정을 담아, 너의 미셸.

그리고 추신으로 "몇 계절 전, 어느 날 저녁 아마도 네가 이미 읽었을 시 한 편"을 보냈는데, 그날 저녁에 내가 그 원고 더미 꼭대기에서 떼어 낸 몇 편 가운데 하나인 모양인 그 시는, 지금도 그날 저녁과 마찬가지로 내 이해에 전혀 다가오지 않는다. 시 앞에 몇 마디 해설을 덧붙였는데, 그 것도 마찬가지. 그래, 그것을 여기 옮겨 놓을 수가 없다.

발신지 엑상프로방스 옆에 생 디디에 수 오브나 주소가 나와 있는데, 우리들이 학생들이었던 시절에는 거기에 사는 사람의 집 번호(를 알 필요) 가 없을 정도로 조그만 했던 모양인 그 시골 마을[5]은, 론강의 지류인 아르데슈강에 접해 있고, 부모님 댁이 있는 곳인 듯. 미셸은 조현병에 따른 괴로움으로, 바로 그 아르데슈강에 몸을 던져 자살했다는 것은 장 피에르를 이야기할 때 언급되었다.

에블린은 미셸의 코팽(여친)이었고, 모니카는 그랑드 바캉스 때의 외국인 학생들을 위한 문과대학 하계 강좌에 온 미국인 여학생이었다.

내가 1973년 귀국한 후 그해 연말(아니면 74년 초)에 보낸 첫 연하 카드에 대한 답신인 위의 편지는, 조엘과 장 피에르의 답신과 비교해 보면, 그 두 친구의 답신은 그냥 그들도 카드에 짤막하게 연하 인사를 하는 것으로 그친 데 반해(빨리 오기는 왔지만), 과연 문청답다는 생각이 들게 한다. 다소 긴 편지에 약간의 감상과, 장래에 대한 은밀한 불안과, 스스로에 대한 격

---

5 그러나 구글 프랑스에서 찾아보면, 지금은 호텔도, 훌륭한 레스토랑도 있는, 관광지로도 각광받는 곳이 된 듯.

해묵은 소망 하나

려가 고백되어 있다. . . . 그리고 그 감상은 "너의 미셸"이라는 편지 끝의 인사말에서도 배어 있는 듯한데(내게는 그렇게 느껴지는데), 다른 두 친구는 그렇게 쓴 적이 없기 때문이다.

내가 장 피에르에게서 그의 조현병과 자살 소식을 처음 들은 이후부터는, 그의 이미지의 후광은, 그의 수재성 때문에 조현병과 자살이 천재성의 징후인 것은 아닌가 하는 근거 없는 상상으로 한결 더 찬연해져 있는데, 나는 지금, 1974년 말(또는 75년 초)에 프랑스로 카드들을 보낸 것이, 그 당시 내가 처한 여러 가지로 어려운 상황으로 하여 우리들의 정기적인 교신의 마지막이 된 것을 무척 아쉬워하고 있다. 누가 알랴: 나와의 교신이 그를 자살에서 막을 수 있었을지? 또 누가 알랴: 그가 죽지 않고 살아 있다면, 지금쯤 큰 문명을 얻은 시인이나 작가가 되어 있을지? 아니, 틀림없이 그리되어 있을 것이다! 그리하여 나를 찾아 서울에 와서 여기저기 불려 가 강연도 할 것이다.

75년의 답신은 아주 긴데(컴퓨터로 옮긴다면 아마 A4 용지 5페이지가량 될 듯), 내가 모르는 친구 한 사람과 아프가니스탄을 거쳐 인도까지 와서 힌두교의 크리슈나 신상 앞에서 신비 체험을 한 이야기를 비롯해, 여러 가지 여행 이야기를 하고 있다. 물론 "이 편지로는 (그 많은 이야기를 다 하기에) 부족할 것인데, 여행 중에 십여 권의 노트에 글을 써 놓았다"고 한다. 그리고 인도 다음으로 그는 방콕과 비엔티안, 발리를 거쳐 나를 만나러 서울에까지 오고 싶었다고 한다. . . . 하지만 지갑 상태가 인도를 넘은 여행길은 감당하지 못할 것을 생각하고, 거기에서 되돌아간 것이었다. 그때 서울에서 미셸을 만났다면, 얼마나 기뻤을까! . . . 뒤이어 서울에서 그와 함께 하는 시간들을, 그에 대한 갖가지 상상들을 머릿속에 펼쳐보며, 나는 빙그레 미소를 머금는다. . . . (계속)

김 경 동

|
나 혼자 산다? 파편화 사회의 단면

나 혼자 산다? 파편화 사회의 단면

흔히 '파편'이라는 말은 아시다시피 폭탄이나 포탄처럼 터지면서 작게 갈라져 무수한 조각들이 사람을 다치게 하거나 물체를 부수는 그런 때 쓰는 것이지요. 물론 그런 무기가 아니어도 일상에서 음식을 장만할 때 먹기 편하게 잘게 썰어서 요리를 하거나 너무 덩치가 큰 물건을 손질하기 쉽게 아주 작게 토막을 내서 사용할 때 쓰는 말이기도 합니다. 그런데 요즘 사회학에서는 '파편화 사회'(fragmented society, fragmenting society) 혹은 '사회의 파편화'(social fragmentation)라는 개념이 자주 등장하기 시작했습니다. 현대사회의 급격한 변동이 자아낸 일종의 사회적 병리 현상, 아니면 적어도 사람들이 염려해야 할 성질의 변화로 여기게 된 그런 문제를 지목하는 셈이지요.

이를 두고 가장 쉽게 이해하기 위한 보기를 든다면, 텔레비전에 매주일 등장하는 〈나 혼자 산다〉라는 프로그램을 연상할 수 있습니다. 다만 필자는 그걸 한 번도 시청해 보지 않았으므로 거기서 보여 주고자 하는 내용의 주안점이 과연 우리가 쉽게 연상할 수 있는 그런 성격을 띠는지는 알지 못합니다. 그냥 상식에 비추어 왠지 독신으로 사는 인생의 부정적인 측면으로 기울여서 되도록이면 함께 살아가는 것이 건강한 삶이라는 방향을 시사하는 취지로 방영하는 것이 아닐까 짐작은 해 봅니다. 그런데, 이런 관점이 현실적으로 적합한지를 묻게 하는 자료를 발견한 일이 있어서 여기 소개하겠습니다.

연초에 발표한 국제적인 조사 결과인데요, 우리나라 사람들이 혼자 있을 때 즐거움을 느낀다고 응답한 비율이 40%로, 미국, 유럽, 인도, 동남아 포함 38개국 중에서도 가장 높았다고 합니다. 반면에, "식구들과 함께 웃는 시간이 즐겁다"는 14%, 그리고 "집에서 자녀·손주 키우는 게 기쁘다"는 8%로, 이는 세계에서 가장 저조한 비율의 응답이라는 것입니다. 솔직히 이 여론조사 보도(『조선일보』 2024년 1월 16일자 A2면)를 읽고 "이게 정말 사실인가?" 아니면 이 글에서 다루고자 하는 사회학적 분석의 논지가 "잘못된 것인가?" 하는 의문과 마주하게 되었습니다.

자 그러면, 이런 대조적인 관점을 두고 우리는 무엇을 생각해야 할지를 고민해야 할 것 같습니다. 가령, "혼자 있을 때 즐거움을 느낀다"라는 여론조사 문항의 표현이 우선 너무 모호한 데다, "혼자 있을 때"라면 구체적으로 어떤 상황인지, 과연 "즐거움"이 무엇을 뜻하는지, 왜 그렇게 느끼는지 등 좀 더 자세히 알아보아야 할 필요가 있다는 말입니다. 그래서, 이 글에서는 이보다는 더 거시적이고 장기적인 안목으로 그 "혼자 산다"라는 말이 함축하는 더욱더 복합적이고 심각할 수 있는 의미를 추적하고자 하는 것입니다. 이를 위한 키워드가 바로 사회의 파편화임을 해명하려는 것입니다.

우선, 사회의 파편화란 여러 차원에서 사회가 분화, 분절, 분열, 분해, 해체, 다원화, 원자화, 이질화 등으로 표현할 수 있는 변화를 가리키는 현상을 말합니다. 이 변화가 실은 인류 문명사의 기나긴 세월을 거치며 점차 더 다양한 형태로 증가해 왔다는 점에 주목할 필요가 있고 현재는 전 지구적 현상으로 진행 중이면서 인간의 삶을 변질시키는 데 기여한다는 사실이 문제가 되기도 합니다. 가장 원천적인 관점에서 인간의 삶의 모습을 돌이켜 보면 아마도 처음부터 혼자가 아니었을 것이라는 점이 특이하다 할 것입니다. 그러면 다른 사람들과 함께 있으면서 어떤 형식으로 생존하려 했는지도 상상해 볼 만한데, 여기에 '가족'이라는 모습의 공동의 생존 양상이 떠오르지 않을 수 없습니다. 지금까지 인류는 지구상에 태어나서 대략 4백만 년을 살아남았습니다. 그 긴 세월을 견디며 사라지지 않은 이유는 쉽게 말해서 가족 때문이었습니다. 한 마디로, 인구의 수준을 유지하려면 적어도 두 남녀가 두 사람 이상의 자녀를 낳아야만 하지 않습니까? 인간은 바로 이 일을 가족이라는 이름으로 해낸 것입니다.

워낙 인류를 포함해서 지구에 존재하는 모든 생물은 자신의 특징을 담은 유전자를 어떻게 해서든 오래도록 남아 있게 하고 되도록이면 많은 개체에게 그것을 전승해서 자신의 종족을 지탱하고자 하는 성질을 지녔다고 합니다. 그러자면 후사를 출산해야 하는데, 이는 반드시 남녀(수컷과 암컷)가 필요합니다. 그러한 자연의 원리에 따라 그 둘이 함께 살게 되면서 소위 우리가 가족이라 이름하는 집단을 만들었던 것이지요. 사회학에서는 혼인으로 맺은 남녀 한 쌍과 이들이 낳은 자녀가 함께 살아가는 집합체를 가족이라 규정하는데, 여기에는 단순히 그런 생물학적인 의미만 있는 것이 아니고, 인간이 공동체적 삶을 누리는 사회의 기초단위 집단이라는 뜻이 남다릅니다. 물론 그렇게 구성한 가족이 부모와 자녀 두 세대만으로 존재하지는 않습니다. 부부와 미혼 자녀(혈연 자녀나 입양 자녀 포함)라는 두 세대만일 때 이것을 핵가족이라 부르고 3세대 이상이면 확대가족이라 이름합니다. 하여간 그러한 가족 집단이 필요한 이유가 또 있

해묵은 소망 하나

습니다.

새로이 태어나는 아기는 혼자서 살아남을 능력이 없는 아주 취약한 존재거든요. 갓난 유아의 상태에서 특히 인간은 다른 어떤 포유동물보다도 유약하고 무능하다는 말입니다. 누군가 돌봐 주고 양육해야 하는데 그 일을 가족이 하는 거지요. 그 과정에서 어린이는 '우리'라는 말이 뜻하는 것, 즉 '우리 의식' 또는 우리라는 정서적 정감(we-feeling)을 기르게 되고 그 우리 속에 '자아'라는 스스로의 정체 의식도 지닐 수 있게 될 뿐 아니라, 사회 속에서 "내가 누구인가?" 하는 사회적 정체 의식도 품을 수 있으므로 이를 바탕으로 정상적인 사회생활이 가능해지는 것입니다. 이러한 가족이 제 기능을 못 하면 인간은 홀로, 고립해서 생존하지 못한다는 근원적인 이유를 여기서 찾습니다. 그러한 공동체가 요구하는 인간관계는 서로를 온화하고 친절하게 대하며, 자기 이익도 기꺼이 양보하여 진정으로 배려하고 희생하는 특징을 지니므로, 상호 간에 충성심, 협동, 화합, 책임감을 지키는 관계를 유지하는 것입니다. 그러므로, 공동체의 삶에서 인간은 소속감을 갖게 되고 마음의 안정을 누릴 수 있게 될 뿐 아니라, 공통의 가치를 존중하고 규범을 지키기를 배우기 때문에 사회생활에서 질서를 유지하고 협조하는 법을 터득합니다.

그런데, 이와 같은 사회생활의 근원을 제공하고 사회 자체의 끊임없는 존속을 유지하게 하는 가족 공동체가 뜻밖에 급속도로 와해하기 시작했다는 현금의 사회변동이 바로 사회의 파편화가 사회생활의 뿌리에서부터 일어나는 건 아닌가 하는 의구심을 갖게 합니다.

그래서 이 대목에서 몇 가지 조사 자료를 좀 더 자세히 살펴보기로 합니다. 가장 먼저 가족이 성립하려면 우선 혼인을 해야 한다는 사회의 인습적인 규범에 금이 가기 시작했음을 주시해야겠습니다. 가장 간단하면서 기본이 되는 통계는 인구 1천 명당 혼인 건수를 가리키는 조粗혼인율인데, 1992년도의 9.6건과 비교해서 7.0건(2000년), 6.2건(2009년), 5.9건(2015년), 4.2건(2020년), 3.7건(2022년)으로 계속 감소하던 것이 지난 해 2023년에는 3.8건으로 상향 곡선을 시작하는 듯합니다. 요컨대 그동안 혼인하겠다는 젊은이가 점차 줄어들었다는 사실이 주목거리라는 말입니다. 혼인은 반드시 해야 하는지를 물어 본 통계청의 조사(『2022 한국의 사회 지표: 가구 · 가족』)가 있었는데 이를 요약 소개하면 다음과 같습니다.

(합계는 모두 100%)

		1998	2022
(1)	반드시 해야 한다	33.6%	15.3%
(2)	하는 것이 좋다	39.9%	34.8%
	(1) + (2)	73.7%	50.1%
(3)	해도 좋고 하지 않아도 좋다	23.8%	43.2%
(4)	하지 않는 것이 좋다	1.1%	2.9%
(5)	하지 말아야 한다	0.2%	0.7%
(6)	잘 모르겠다	1.4%	3.2%

여기서 우리는 혹시 이런 추세가 우리 문화에 무슨 의미 있는 영향을 미쳤을까 하는 문화 부문 현상을 떠올릴 수도 있습니다. 유명한 장년 트롯 여가수의 노랫말 중에 "연애는 필수, 결혼은 선택"이라는 가사가 있거든요. 하여간 그동안에는 1990년만 해도 그리 부정적으로만 여기지 않았던 혼인이라는 제도를 기피하려는 의식이 더 보편화한 것이 아닌가 하는 생각이 드는 것만은 부인하기 어렵습니다. 하지만, 신기하게도 최근에는 혼인 의향에 관한 생각에 변화가 눈에 띄고 있습니다. 한반도미래연

해묵은 소망 하나

구원과 엠브레인 조사업체의 공동 조사(29-40세 남녀 2천 명)에서 혼인 의향이 있다는 응답이 53%, 없다는 대답이 27%라는 보고가 일간지(『조선일보』 2024년 9월 2일자 A12면)에 실린 걸 보았습니다. 다만 혼인 의향을 부정한 여성이 35%로 남성 22%보다는 더 많다는 점도 눈여겨볼 만합니다. 이 같은 태도의 변화를 증명이라도 하는 듯, 통계청(『조선일보』 2024년 8월 29일자 A5면)에서는 올해 2분기(4-6월) 혼인 건수가 1년 전에 비해 17.1% 이상 늘어났다고 합니다. 더 두고 봐야 하겠지만, 반가운 일이 되기를 바랄 따름입니다.

그건 그렇다 치고, 일반적으로 혼인을 해도 가족을 오래 지탱하지 못하고 갈라서는 이혼은 일종의 가족해체라는 사회 파편화의 대표적인 양태일 수밖에 없습니다. 이 현상을 언급하자니까 불현듯 필자가 대학 졸업반 시절에 은사 선생님들 몇 분이 공동으로 시작한 우리나라 최초의 직접 면접으로 자료를 수집하는 사회조사(social survey)에 조교로 참여한 경험이 떠오르는데, 그 조사의 주제가 가족이었기 때문입니다. 물론 여기에서는 이혼에 관한 질문을 포함했습니다. 이 질문을 할 때 응답자의 표정만 보아도 왜 그런 질문을 하느냐는 눈치였습니다. 그해가 1959년이었습니다.

짧은 시간도 아니지만 그렇다고 몇 세기가 지난 세월도 아닌데, 그때만 해도 그렇게 드물었던 이혼이 지난 1970년대부터 집계한 조粗이혼율, 즉 인구 1천 명당 이혼 건수를 보면, 당시 0.4건(실수로는 1만 건)이던 지수가 해가 갈수록 서서히 나지막한 곡선을 그리며 증가하여, 1981년에는 0.6건, 1990년에는 1.1건이던 것이, 갑자기 1997에는 2.0건, 실수로는 무려 9만 건으로 껑충 뛰고 있음을 보여 줍니다. 이때가 언제인지를 돌이켜 볼 필요가 있는데요, 이른바 IMF 체제라고도 하는 일종의 국가 도산과 유사한 경제 공황이 닥친 시점임을 기억하실 줄 압니다. 이 사태로 우선 금융 부문을 위시해서 주요 기업의 이른바 구조조정이라는 근본적인 변혁을 겪어야 했고, 그 구체적인 결과 대규모의 실직자를 쏟아 낸 그 시절입니다. 이로써 인위적인 가족해체의 역사가 등장한 것을 주목해야 합니다. 급기야는 어느 날 갑자기 멀쩡한 세대주가 가방 하나와 담요 같은 것을 둘러메고 길바닥으로 내몰린 노숙자라는 듣도 보도 못 한 이름의 군상이 우리의 대도시에 출현함으로써 가족이 와해하는 쓰라린 경험의 역사를 등에 지고도 현명하게 극복한 사실을 잊지 못합니다. 그런데 그 가족해체는 거기서 끝나지 않고 희망찬 미래를 꿈꿔야 할 새로운 2000년 대 초(2003년)에는 지금까지 최고로 높은 조이혼율 3.4에 17만 건의 이혼이 가족을 뒤흔들어 놓았던 것입니다. 이때도 아시아 지역의 경제침체가 심각하던 때였기 때문인데, 거기서 다시 서서히 비율이 적어지기 시작해서 2014년에 2.3건이더니 마침내 2023년에는 총수 1만 건에 비율 1.8건 (통계청 보도자료 「2023년 인구동향조사: 혼인·이혼 통계」, 2024. 3. 19.)으로 떨어졌답니다. 우리의 경제가 IMF 체제라는 격랑을 잘 견뎌내고 다시 정상화를 걷기 시작한 때라 하겠습니다. 이러한 이혼 건수 중에는 이름 하여 '황혼 이혼'(sunset divorce)이라는 유형도 있습니다. 한 예로 2012년 통계로 40대 이후, 주로 은퇴 시기 전후로 이혼하는 부부의 비중이 전체 이혼 건수의 18%에 이른다는 조사 결과도 있습니다. 이혼도 요즘은 신혼여행에서 돌아오는 귀국 공항에서 이미 이혼 부부가 따로 따로 입국한다는 농담도 있는데, 남편의 은퇴는 몰라도 신혼여행은 너무 성급하지 않나 싶을 정도로 요즘 사람들은 잘 참지 못하고 성급한 결정을 내리는 것은 조심스럽다고 생각하게 합니다.

한 가지 더 살펴볼 사항은 이혼의 시기적 추이를 관찰하는 혼인 대 이혼비가 있는데, 당해 연도의 전체 혼인 건수에 전체 이혼 건수를 대비하는 자료 말입니다. 가령 필자가 처음 미국을 갔던 1960년대 초에는 미국의 이혼/혼인비가 연간 혼인을 100으로 칠 때 이에 비한 이혼 건수가 약 25%였는데, 다음 1970년대 거기서 가르치며 살고 있을 때를 비롯하여 약일 년간 연구년을 보내던 1980년대 중반에는 그 비율이 거의 50%로까지 상승했던 걸 보았습니다. 우리나라도 1980년에는 그 비가 6.6%에 불과했었는데, 이 숫자가 11.4%(1990년)로 오르더니, 2000년에 갑자기 47.4%로 껑충 뛰면서 멈추질 않고 2003년에는 절반을 훌쩍 넘긴 54.8%로까지 상승했는데, 2009년에는 40.0%, 그리고 2012년에는 34.9%로 다시 내려앉았습니다.

이 같은 가족해체와 같은 현상도 중요하지만, 가족을 형성했으면 한 가구에 사는 인구 수, 즉 가족 구성원의 규모도 관심사가 되어야 하는데, 예전에 3대 확대가족은 각 세대마다 동거 자녀가 없어도 부부만으로 계산해도 최소 6명 이상의 식구가 한데 모여 살았지만, 요즘은 부부와 미혼자녀로 구성하는 핵가족이 대세이다 보니 점차 가족 규모도 줄어드는 추세가 우세한 것도 살펴봐야 합니다. 한 세대 이전만 해도 늦가을 김장철이되면 언론에서 김장 비용을 계산할 때, '4인 가족 기준'이라는 숫자가 귀에 익숙했는데, 근자에는 그런 계산이 나오질 않고 있습니다.

이러한 변화 또한 사회 파편화의 단면으로 해석할 수 있습니다. 물론과거 농경시대에는 노동력이 많으면 유리하니까 자녀를 더 많이 낳아 기르기를 원함에 따른 기본적인 수요가 우선입니다. 하지만 그것만이 이유가 될 수는 없겠지요. 예컨대 현대사회처럼 가족계획이나 산아제한 같은인구 조절이 목적인 시대와는 달리 그런 조건이 따르지 않았던 시대는 다산多産이 복이라 여겼던 건 자연스러운 일이었다고 봐야지요. 하지만 확대가족의 사회문화적인 기능도 무시할 수 없습니다. 3대 혹은 4대 이상의 다수 식구가 한 지붕 아래 생활하다 보면 거기에서는 여러 형태의 사회적 관계와 유대를 즐길 수 있는 이점이 틀림없이 있었다고 할 것입니다. 핵가족으로 분화한 가족에서는 그런 다양한 사회문화적 정서적 이점을 풍족하게 누릴 수 없는 것이 사실입니다. 특히 핵가족에서는 자라나는 신세대의 사회화에 확대가족이 제공할 수 있는 혜택이 줄어드는 것이 자연스러운 현상입니다. 게다가 요즘처럼 부부가 공동으로 직장 생활을 하는 시대의 육아 문제는 갖가지 문제와 불편함을 자아내고 있음을 항상 관찰하고 경험하게 되었습니다.

그럼 가족 구성원의 규모는 과연 어떤 모습으로 변해 왔을까 살펴보겠습니다. 가령, 1955년의 가구 평균 구성원의 수는 5.5인이었는데, 1995년에는 3.3인으로 줄었고, 이어 2000년에는 3.1인, 2005년에는 2.88인으로 3인 이하가 되었으며, 계속해서 2010년에는 2.7인, 2017년에는 2.5인, 2021년에는 2.3인, 그리고 2023년에는 2.2인으로까지 줄었습니다. 이제는 가족이라기보다 두 사람만 사는 가구가 되었다는 말입니다. 그것만이 모두가 아닙니다. 실지로 나 홀로 사는 1인 가구의 수도 급격하게 증가하였습니다. 원래 1980년만 해도 1인 가구 수는 전체 가구의 4.8%에 불과했었는데, 20년 후인 2000년에 갑자기 15.5%로 늘었고, 2012년에는 25.3%, 그 후 2015년부터는 27.2%, 2017년에는 28.6%, 2019년에는 30.2%, 최근 2022년에는 34.5%까지 지속적인 증가세를 드러냈는데, 이 34.5%에다 2인 가구 비율 28.8%를 더하면, 무려 63.3%, 열의 여섯 집이 두 사람 이하가 거주하는 세상이 된 것(통계청, 『2023 한국의 사회지표: 인구, 가구 · 가족』, 6면)입니다.

이처럼 가족의 외형적인 숫자상의 변화만이 아니라 '가족'이라는 개념에 대한 인식에서도 의외의 현상이 드러나기 시작했습니다. 좀 지난 통계

해묵은 소망 하나

들이지만, 가령 2010년 여성가족부의 조사(『조선일보』 2011년 1월 25일자 A1면)에 의하면, 자신의 장인 장모 또는 시부 시모를 가족으로 여긴다는 응답의 비율이 50.5%로, 그보다 5년 전인 2005년의 79.2%에서 상당히 급격하게 줄어들었다 합니다. 그리고 자신의 조부모가 가족이라는 응답도 같은 5년 사이에 63.8%에서 23.4%로 감소했고, 놀랍게도 자신의 부모도 가족이라는 사람들의 비율조차 92.8%에서 77.6%로 내려앉았습니다. 그리고 2001년도의 여성정책연구원의 조사에서는, 조사 대상자 중 남성 39.3%, 여성 21.8%만이 "노후의 부모님을 돌보는 일은 자식의 책임이다"라는 조사 문항에 긍정적인 답을 했다는 보고를 하였답니다. 또한 2010년의 통계청 조사에서는 36.0%의 응답자만이 노후 부모는 가족이 봉양해야 한다는 대답을 했다고 합니다. 그런데 이 숫자는 89.9%(1998), 70.7%(2002), 63.0%(2006)와 같은 그 전의 조사 결과와 상당한 차이를 보입니다. 같은 조사에서 응답자 47.4%는 노부모 돌보기는 가족, 정부, 사회 모두가 책임이 있다고 대답했답니다. 이것도 2002년의 조사에서 얻은 수치보다 3배나 증가한 것이랍니다. 그러니까 과거에는 그런 생각을 한 사람 자체가 15% 정도밖에 되지 않았다는 것이지요. 이 문제와 관련한 조사의 보기 하나만 더 언급하는데, 인천시 자원봉사회가 2002년에 고등학생 상대로 질문한 조사에서는 54%가 노후부모 책임지는 일은 가족이 아니라 사회가 해야 한다고 답했으며, 만일 부모가 알츠하이머로 고생하신다면 전문 요양원에 맡길 거라고 했답니다.

이와 유사한 연구 조사 등은 다른 나라에서도 실시하는데, 그중 한 예로서 2009년 아시아 몇 나라의 국제 비교 조사 결과가 흥미롭습니다. 이 조사에서 "우리는 나중에 노후 부모님과 함께 살겠다"라고 의사 표명을 한 사람들이 중국에서는 94%, 인도 92%인 데 비해서 한국이 46%, 호주

44%, 그리고 일본이 32%에 불과했다고 합니다. 자녀 세대가 그렇게 생각한다면, 노년의 부모는 어떤 생각일까도 궁금해집니다. 예를 들어, 2000년의 통계청 조사에서 60세 이상의 조사 대상자 가운데 45.8%가 노후에 자녀와 함께 살지 않겠다는 의사를 밝혔다는데, 2005년에는 그 수치가 52.5%로 커졌다고 발표하였습니다. 한데, 실제로 60세 이상의 고령자 59.1%는 이미 자녀와 동거하지 않고 있었으며, 그런 노인의 비율도 2010년에 이르러서는 71.7%로 늘었답니다. 이 시기, 『주간조선』에서도 50-59세 장년층에서는 79.5%가 은퇴 후 또는 노후에 자녀와 같이 살지 않겠다는 조사 결과를 발표하기도 했습니다. 통계 숫자가 너무 많아서 재미는 없지만 현실을 자세히 알아보는 방법의 하나로서 참고는 해야 해서 열거한 겁니다만, 가족이 이처럼 무너지는 소리가 심상치 않다는 증좌가 거기 보이는 것 아니겠습니까?

가족 자체의 변화 다음은 가족을 이루기 위해서는 부부만 있지 않고 자녀도 있어야 한다는 문제를 좀 살펴봐야겠지요. 여기에 출산율이라는 통계가 또 끼어들 수밖에 없습니다. 출산율을 가장 극적으로 표현하는 측정치가 합계출산율(total fertility rate)이라는 것입니다. 이는 한 여성이 가임 기간(15-49세)에 낳을 것으로 기대되는 평균 출생아 수를 말합니다. 이 숫자가 가리키는 의미는 인구 성장과 관련이 있습니다. 한 사회의 인구가 적어도 소멸하지 않고 현상 유지라도 하려면 두 사람의 남녀가 평생 2명(인구학에서는 2.1명) 이상의 아기를 낳아야 한다는 원리를 뜻합니다. 그런데 우리나라는 1980년에만 해도 이런 인구 감소를 하지 않아도 될 수준의 2.83명이 출생했었는데, 그로부터 10년 후인 1990년에는 어느 날 갑자기 그 합계출산율이 2명 아래, 즉 1.59명으로 떨어진 것입니다. 그리고 이 하강 추세는 오늘날까지도 그치지 않고 있습니다.

해묵은 소망 하나

좀 번거롭긴 하지만, 그 추세를 한 번 돌이켜 보겠습니다. 통계청의 발표(『2023 한국의 사회지표: 인구』)에 따르면, 1990년대에 들어서 시작된 하강 추세는 1995년의 1.63명으로 주춤하는가 싶었지만, 2001년에 1.31명, 2005년 1.09명, 2011년 1.24명, 2015년 1.24명, 그러다가 2021년에 이르면 0.81명으로 줄어들었는데, 이 숫자에는 특별한 의미가 있습니다. 두 사람의 성인이 1명의 아기도 남기지 않는다는 걸 가리키기 때문입니다. 그렇다면 이런 추세가 계속하면 언젠가는 인구가 절반으로 감소할 것을 예상하게 됩니다. 문제는 이런 경향이 지금까지도 지속된다는 것입니다. 보도(『조선일보』 2024년 8월 29일자 A5면)에 따르면, 2022년에는 0.78명으로 내려갔고, 지난해 2023년에는 더 감소해서 0.72명이었으니까요. 다만 금년 2분기에는 그 숫자가 0.71명으로 작년 동분기와 같은 수준이며, 실수로는 지난해에 비해 출생아 수도 1.2% 늘어났다고 합니다. 그러나 아직은 쉽게 낙관할 지표로 보기에는 현실적인 상황 조건이 그리 긍정적이지 않다고 봐야 할 것 같습니다.

가령 현재 상태에서 아기를 낳을 의향이 있는지를 알아보려는 시도가 있었는데, 앞서 혼인 의향 조사를 실시했던 한반도미래연구원과 엠브레인 조사업체의 공동 조사에서는 출산 의향도 물어보았거든요. 그런데, 별로 적극적이지는 않은 것으로 보이는 결과가 나왔네요.

미혼 남녀 절반에 가까운 43%가 출산 의향이 없다고 대답했다는 것입니다. 그중 여성의 비율이 53%로 절반을 웃돌았고, 남성은 33%로 비교적 긍정적인 대답을 했네요. 여기에다 출산을 원치 않는 이유가 우리의 현실을 잘 반영하는 듯합니다. 출산 거부 이유의 순위를 보면, 여성은 자녀 필요성 느끼지 않음(14%), 돌봄과 양육의 경제적 여유 결여(13%) 및 막대한 자녀교육 비용(11%) 등이었습니다. 한편, 남성은 고용 상태, 직업 불안정(18%), 돌봄, 양육의 경제적 이유(16%), 필요성 느끼지 않음(11%)으로 이유를 들었습니다. 흥미로운 것은 이들 중 44%가 정부 정책과 기업의 지원이 크게 늘면 혼인과 출산에 관한 생각을 바꿀 수 있다는 유동층이었다는 점(『조선일보』 2024년 9월 2일자 A12면)입니다. 이 같은 저출생 현상을 빗대어 서방에서는 DINK(Double Income No Kids)족 혹은 THINKER(Two Healthy Incomes, No Kids, Early Retirement)족이라는 별명까지 생기기도 했습니다.

이 같은 일반적인 가족, 혼인 및 출산행위 등의 변화 추세와는 질적으로 다른 또 하나의 출산 행위가 우리 사회에도 새로운 현상으로 등장하기 시작했다는 보도(『조선일보』 2024년 8월 29일자 A1면, A5면)가 최근에 나왔습니다. 주목할 것은 이 기사가 조간신문 제1면의 두 가지 머리기사 중에 하나라는 사실입니다. 일컬어 비혼非婚 출생입니다. 말하자면 법률상 부부가 아닌 이들, 동거나 사실혼 관계 사람들 사이에서 홀몸 여성의 출생 행위라는 것이지요. 이처럼 가족과 혼인이라는 전통적이고 합법적인 제도의 틀을 벗어난 인구 재생산 행동인 셈입니다. 길게 다시 통계치를 나열할 생각은 없지만, 우리나라에서는 지금부터 5년 전(2019)에 이 비혼 출생이 전체의 2.2%였는데, 2023년에는 4.7%로 상승했다고 합니다. 비교를 위한 참고자료 한 가지만 더 소개하면, 경제협력개발기구(OECD) 회원국의 2022년 통계가 멕시코 7.4%를 위시하여 프랑스의 62.2%, 스웨덴 55.2%, 영국 49.0%, 미국 41.2%, 호주 36.5%, 캐나다 32.7%, 헝가리 30.4, 일본 2.4 등으로 평균 41.2%에 이르렀다고 합니다.

미국만 해도 1960년대에는 비혼 출생율이 5%대였다고 하는데, 무슨 경위로 이런 현상이 그토록 널리 일어나게 되었을지 궁금할 수밖에 없습니다. 서방에서는 결국 여성의 경제적 자립도가 하나의 주요인으로 작용했다는 설이 주류를 이룹니다. 프랑스나 영국 등에서는 동거 남녀의 자녀도 혼인 가족과 동일한 복지 혜택을 받도록 '가정'의 정의를 고쳤다니 말입니다. 미국이나 호주 등에서는 미혼 여성이 체외 수정에 의한 출산의 기회도 넓혀 주었답니다. 여기에 그치지 않고, 혼인하지 않고 본인의 의지로 정자 기증 등으로 출산하거나 입양하여 키우는 여성에게 '초이스맘'(choice mom)이라는 또 하나의 별명이 생겼습니다. '자발적 싱글맘' 혹은 자신의 선택에 의한 독신 어머니(single mother by choice)라는 말입니다.

호주국립대학의 학술지인 *East Asia Forum*에는 최근에 한국을 예로 삼아 이런 주장을 했다니 들어 봄직 합니다. "출산율을 반등시키지 못하는 한국이 저출산 위기를 극복하기 위해선 정부가 먼저 [저출산 대책 수립 과정에] 다양한 유형의 사족을 인정할 필요가 있다"(『조선일보』 2024년 8월 29일자 A1면)고 해서 하는 말입니다. 실제로 프랑스가 출산율 높이는 데서는 선두를 달린 나라인데, 1998년에 합계출산율이 1.76으로 떨어지자 이를 저지하기 위해 비혼 출생에 해당하는 아이들에게도 일반 가족의 자녀들과 동일한 무료 교육, 양육 수단 등의 각종 복지 시책을 베풀어서 드디어 2010년에는 2.02로 반등한 사례에 해당합니다. 물론 아직도 그 숫자가 1.8선을 오르내리고 있습니다만 더 두고 봐야겠지요. 그렇더라도 비혼 출산을 온 국민이 받아들이기에는 문화적인 반응도 고려해야 하는 문제가 남아 있습니다. 가령 미국은 소수자나 다양성을 강조해 온 대표적인 나라여서인지 "비혼 출생을 도덕적으로 인정할 수 있는가?"라는 갤럽 여론조사 질문에 "그렇다"고 응답한 비율이 2002년에 45%이었다가 2015년에는 61%로 늘어났다(『조선일보』 2024년 8월 29일자 A5면)고 합니다.

이 글의 주제가 파편화 사회인데 가족 얘기가 좀 길어졌습니다. 추후 다시 가족 얘기는 더 하게 되겠지만 일단 여기서 마무리합니다. 여하간 그만큼 가족이라는 사회제도가 인간의 삶에 차지하는 중요성의 비중이 크다는 반증이라 생각하기 때문이 아니겠습니까? 그래서 이제는 그 미시적 현상인 가족을 훌쩍 뛰어 넘어 시야를 크게 넓혀 현대 인류가 경험하는 갖가지 말세적인 암울한 변동의 맥락에서 사회 파편화 현상의 근원을 따져 보고자 합니다. 지금 인류가 겪고 있는 비정상적인 변동을 제대로 이해하려면 문명사적인 변천의 양상과 그 충격의 성격을 이해할 필요가 있기 때문입니다. 그래서 소위 인류문명의 대변환(Grand Transformations, 흔히 '대전환'이라고도 함)이라는 큰 틀에서 바라보기로 하는 것입니다. 이를 위한 한 가지 방편으로 간단한 그림 하나를 제시하고자 합니다. 이 그림은 미국의 사회학자가 POET 체계(system)라 명명했는데 그것은 흔히 이 단어가 의미하는 시인詩人을 가리키는 건 아니고, 바로 문명의 변화를 좌우하는 가장 근본적인 요소를 요약하고자 한 것입니다.

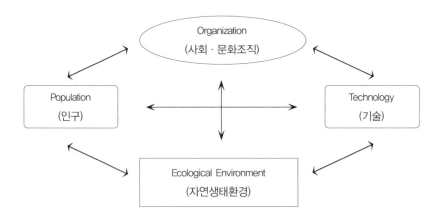

여기에 제시한 네 가지 문명의 요소들은 모두가 상호의존적으로 연관성을 맺고 작동하면서 서로가 영향을 미치는 성질을 띠고 있어서 하나의 체계를 이루는 부분에 해당하는 것이라고 할 수 있습니다. 인류가 지구에서 대략 4백만 년을 존속해 오는 과정에서 문명을 갖기 시작한 것이 그림

해묵은 소망 하나

의 오른쪽 T(기술)의 등장에서 비롯한다고 보려는 관점입니다. 말하자면 인간이 모든 생물체 중에서 가장 두뇌가 우수한 데다 허리를 펴고 곧추 일어서서 직립 생활을 하게 되면서 두 손 두 팔을 자유자재로 쓸 수 있게 됨으로써 인위적으로 무슨 물건을 만들어 생활에 활용하기 시작한 것이 바로 기술의 탄생이라 하는 것이지요.

그것을 가장 효율적으로 시행한 첫 번째 혁신적 변화가 다름 아닌 농업 혁명이라고 합니다. 그전까지는 그냥 그림 맨 아래에 놓인 자연의 생태계 (E)가 제공하는 자원을 섭취해서 존속하는 원시적 수렵 채취 시대라고 하는데 농사를 짓기 시작함으로써 식량을 직접 생산해서 잉여 식량이 발생 하게끔 된 것이 기본적 변화 현상이 된 것입니다. 게다가 농사는 땅을 갈 아서 식품 등을 생산해야 하니까 사람들이 토지가 있는 지역에 한데 모여 서 살 수밖에 없으므로 촌락이라는 공동생활의 터전을 마련하면서 '가족' 이라는 안정적인 사회조직체를 구성했는데 이는 그림 아래의 E를 바탕으 로 하여 그림 상부의 사회조직 생활(O)을 형성했음을 가리킵니다. 말하자 면 정착 생활의 시초인데 그렇게 여유 있게 먹고 살게 되니까 인구(P)가 늘어났습니다.

이 말은, 인구가 증가했는데 그들이 모두 농사만 짓는 일에 종사할 필 요가 없으니 비영농 인구는 농기구 제작이나 사람의 이동과 물건의 수송 을 맡는 일 등을 하게 되는 분업화가 대두한 거지요. 이것이 바로 사회 파 편화의 시초라 할 것입니다. 게다가 모여 살다 보니 온갖 핑계로 다툼도 생기고 다른 촌락에서 괴롭히는 일도 생기니 이를 제어하기 위한 제도와 사람이 필요해진 겁니다. 이런 잉여 인구는 좁은 촌락에 살기보다는 넓은 땅을 찾아 새로운 거주 공간을 생성하면서 '도시'라는 새로운 공동생활의 터전(O)이 등장했습니다. 이는 그림 맨 바닥의 E를 추가로 변용하는 동시에 위에서 지적한 각종 비영농 인구 중에 문제 해결의 일을 하는 인구(P)가 '국가'라는 이름의 사회조직체(O)를 구축하게 되었고, 도시와 국가의 탄생이 바로 문명의 시발이라 하는 것입니다. 이러한 여러 요소의 생성이 문명의 시작인데, 특별히 문명은 영어로는 civilization이라 하고 도시는 city라 해서 이 두 단어 역시 동일한 어원을 공유합니다만, 이 둘이 문명의 시작을 표상하는 현상입니다.

이제부터는 그렇게 발생한 문명이 변천해 온 과정을 기술혁신이라는 문명 시발의 요소가 변동해 온 역사에 기대어 생각하면서 그러한 변화가 사회문화적으로 어떤 혜택과 충격을 인류에게 가져다주었는지를 간략하게라도 살펴보려고 합니다. 특히 그 초점은 이 글의 제목에 나타난 사회의 파편화라는 현상이 될 것입니다.

위에서 첫 번째 기술혁신인 농업혁명이 일어남으로써 그전까지 인간 사회에서 보지 못하던 분업이라는 사회경제적 현상이 특별히 눈에 뜨이는데, 여기서 우리는 사회가 한 덩어리로만 뭉쳐 있지 않고 조각조각 갈라지는 모습과 만나기 시작한 것입니다. 자세한 항목까지는 불필요하고 앞서 비영농 인구라 표현한 그런 직업이 생긴 것을 말합니다. 그러나 똑같은 종류의 현상이지만 그러한 직역職役의 분화가 훨씬 더 다기해짐으로써 실로 의미 있는 사회변동을 초래한 시기는 바로 두 번째 기술혁신, 즉 흔히 산업혁명이라 칭하는 공업화 혁명입니다. 쉽게 말해서 농사짓기는 사람과 동물이 생산 활동의 주된 동력이었다면, 공업화 혁명은 생산 활동을 위한 고도의 에너지 원천이 석탄을 위주로 시작해서 점차 물로 전기를 생성하고, 석유, 가스, 원자력에 이르는 무기물 혹은 무생물로 옮겨간 것이 가장 중요한 원동력이 되어, 이를 이용하여 기계를 돌려서 인류가 필요로 하는 각종 물품을 대량으로 생산하는 기술혁신의 결과를 가리킵니다.

바로 이 공업화가 실제로 사회의 파편화를 대량으로 폭넓게 일으키는 핵심 요인이었다는 데 주목하려는 것입니다. 우선 공업화는 기계가 핵심 필수 조건이고 이를 장착하려면 공장이 있어야 하며 공장은 아무 데나 짓기보다는 되도록이면 에너지원 — 예를 들어 석탄 — 과 가까이 있어야 쉽게 수송해서 활용 가능하지요. 게다가 수송을 하려면 교통이 편리한 해안, 강변, 또는 도로가 잘 닦여 있는 장소가 유리했던 겁니다. 그래서 초기의 공장은 이와 같은 지리적 조건을 갖춘 곳에 건설했던 것입니다. 공장과 기계가 있으면 이제는 거기서 기계를 돌려 일할 노동력이 다수 있어야 하는데, 새로 생긴 도시에 사는 인구만으로는 충당이 불가하니 부득이 그때까지는 농민이 인구의 대다수였던 만큼 주로 이들 농촌 인구가 이동해야 했습니다. 우선 이렇게 농촌에만 옹기종기 모여 살아온 촌락을 등지고 도시로 이주하게 됨으로써 인구 분리가 일어났습니다. 동시에 주로 3대 이상이 모여 살던 확대가족이 쪼개져서 2세대로 이루어진 핵가족이 대다수 도시화 인구가 된 것입니다. 이것이 사회 파편화의 기본 형태라 할 수 있습니다.

도시에 모인 사람들은 주로 각 지역에서 모여든 이주민이기 때문에, 도시는 촌락 생활처럼 친밀하게 잘 아는 사람들보다는 전혀 얼굴도 이름도 모르는 사람들로 그득해졌습니다. 이런 사이라면 인간관계가 돈독할 수가 없어서 관계의 분절이 일어날 수밖에 없었지요. 이런 현상은 그냥 물리적 분리보다 더 심각하고 근본적인 관계의 분해라는 성격을 띠는 파편화가 되는 것입니다. 게다가 이들이 종사할 공장도 대체로 대규모 조직체이고 그 내부의 조직 형식도 온갖 작업을 분업화한 역할을 분담하는 모습을 띱니다. 이 또한 전례가 없는 사회적 파편화의 대표적인 모형입니다.

이들이 거주하는 지역과 주택 형태도 단독주택과 여러 종류의 공동주택이 주종을 이루게 되는데 여기 사는 사람들도 기본적으로는 서로 모르는 이방인이니까 소위 촌락 형식의 '이웃'이라는 현상은 쉽게 나타나지 못합니다. 바로 물리적이고 사회적인 분화, 곧 사회적 파편화의 주요 양태가 주종을 이룹니다. 이 같은 관계의 근본적인 변화를 도식적으로 간추리면 아래와 같습니다.

- 아는 사이 → 모르는 사이
- 친근한 사이 → 소원한 사이
- 목적적(표출적, expressive) 상호작용 → 사무적 상호작용 또는 관계
- 정서적 관계 → 이해관계
- 영속적 관계 → 일시적 관계
- 내집단(in-group, we-group) 신뢰 관계 → 외집단(out-group, they-group) 배타적 관계
- 헌신 몰입 관계 → 제한적 관심 관계
- 집합주의 → 개인주의
- 협동적 관계 → 경쟁적 관계: 비자발적(involuntary) 협동
- 진정한 관계 → "진정성 없는"(inauthentic) 관계

이제 세 번째 기술혁신은 더더욱 심각한 사회의 파편화를 재촉하기 시작했습니다. 다름 아닌 정보통신기술 혁명입니다. 그리고 이 시대의 특징은 소위 유비쿼터스(ubiquitous) 연결망 사회입니다. 컴퓨터와 휴대용 통신기기 같은 기구를 이용해서 고도로 발달한 통신망으로 연결하면 무슨 일이든, 언제, 어디서나, 누구든지, 어떤 매체나 기기로, 어떤 서비스든 이용이 가능한 연결망이 주요 관계의 맥락입니다. 그런데 이처럼 무수한 사

람들과 연결한다 해도 이름도 모르고 익명(anonymity), 얼굴도 모르는 익면(faceless)으로 접속하지만 결국은 혼자서 동떨어진 개인화(individuation)를 극단적으로 밀어붙이는 사회가 된 것입니다. 거기서 조장하는 사회 파편화의 대표적인 내용을 간추립니다. ① 재택 근무처럼 회사에 출근하지 않고도 업무수행이나 기타 어떤 활동이든 분절적으로 처리 가능해짐으로써 실질적인 고립 상태가 만연해지고 ② 아파트 단지와 같은 주거 문화로 이웃 관념이 희박해져서 결국은 각자 번데기 같은 자기 고립(cocooning) 현상이 심각해지며 ③ 저출생, 고령화 등 인구문제와 더불어 혼인 기피, 1인 가구와 이혼의 급증 등 가족공동체 붕괴를 가속화하고 ④ 가족도 이웃도 서로 외면하며 사는 공동체 와해는 고독한 자녀에게 버림받거나 치매로 돌봐줄 사람 없는 고령자의 고독사가 증가하는 현상으로 결과하며 ⑤ "나 홀로 보울링 놀이하기"(bowling alone, Putnam)라는 현상의 심화로 끈끈한 유대, 탄탄한 연대가 희박해지는 고립적 사회 문화의 확산 같은 파편화가 진행 중입니다.

이로 인해 결국 극단적인 자기중심의 개인주의가 만연하여 타인 의식 결여, 자아의식 피폐, 뿌리 뽑힘, 고향 상실, 연결 망 상실, 분리, 고립, 버성김(소외), 외로움 등으로 집 없는 영혼의 내면적 황폐화 같은 사회심리적 증후가 나타나는데, 일반적으로 고독은 우울증의 주요인이고 우울증은 묻지 마 범죄나 자살의 주요 원인이라는 연구 결과는 허다한 편입니다(자살 1위 국가: 한국). 게다가 지나치게 격렬한 경쟁과 너무나 부족한 협동, 배려, 나눔 등은 심각한 사회적 불평등을 부추기고 불만을 야기하는 원인이 됩니다. 그뿐이 아닙니다. SNS라 명명하는 사회적 연결망 서비스 등이 구성하는 사이버(cyber) 혹은 디지털(digital) 공간 속의 인간의 정체는 기호로 대신하므로 이름도 얼굴도 모르고 접속하여 각종 문제를 발생하기 때문에 이를 두고는 경찰 없는 거대도시(metropolois without police)로서 무법지대(land of disorder/lawlessness)라 지칭하기도 합니다.

한데, 기술혁신의 추진은 여기에 그치지 않고, 여기에 설상가상, 화재에 기름 붓기로 제4차 기술혁신의 이름으로 AI 기술혁명(AI Revolution)이 급격하게 도래하기 시작했습니다. 이렇게 되면, 이제 파편화로 무너진 인간관계를 인간과 기계의 관계가 대치하는 시대가 멀지 않다는 우려가 일고 있습니다. AI(Artificial Intelligence)라는 인공지능은 표면상으로는 빈곤과 질병 극복, 생산 효율화, 과학기술 연구와 교육 분야 진전 등의 긍정적 기여의 장점에도 불구하고, 기계가 대행하는 직업의 변동과 실직에 따른 새로운 직업의 창출을 고민해야 하는 것과 같이 우선 시급한 쟁점도 문제가 됩니다. 더 근본적으로는 AI의 지구 접수(AI Takeover)라는 일종의 가설적 시나리오마저 허구적 상상만은 아니라는 우려가 차츰 현실화하는 추세입니다. 인간의 두뇌가 처리할 수 있는 계산 능력을 훨씬 능가하는 초대형 컴퓨터의 프로그램 처리 능력을 장착한 초지능 AI(superintelligent AI) 로봇이 지구상의 지배적 지능이 되어 반란을 일으켜서 인간으로부터 인류 문명 자체를 송두리째 접수할 것이라는 예측도 나와 있습니다. 그러한 위험을 예상해야 한다는 데 착안하여 스티븐 호킹(Stephen Hawking) 등 과학기술계의 유명 인사 10여 명이 2015년 1월 과학 분야 전문가의 회합에서 다음과 같은 「건강하고 유익한 인공지능을 위한 연구 우선 과제에 관한 공개서한」("Research Priorities for Robust and Beneficial Artificial Intelligence: An Open Letter")을 발표한 일이 있습니다.

이에 관한 자세한 논의는 생략하고, AI라는 현상의 인간적인 함의를 과학기술의 시각에서 예의 재검토하여 그 이득과 문제점을 미리 깨우치고 이에 대처할 연구 과업에 관한 논의와 연구가 시급함을 지적한다는 사실에 주목해야 할 것입니다. 특히 사회학적 관점에서 이 문제가 사회의 파편화에 어떤 영향을 줄지, 나아가 그에 어떻게 대처할지를 이제는 심각하고 진지하게 논의하고 연구할 필요가 있음을 강조하고자 함입니다. 그런 관심에서 물어야 할 중요한 질문이 있다면, 이런 것이라 할 수 있을 것입니다.

"인간이 과연 이처럼 기술문명에 일방적으로 끌려다니며 사는 현 시대의 상황을 방치해도 좋은가?" 하는 근본적으로 '인간의 도리'에 관한 문제, 특히 전혀 새로운 인간관계에 직면할 필요가 있음을 시사하고자 하는 일일 것입니다. 특히 AI 시대가 당면한 윤리 도덕적 처방의 문제가 이미 전문 분야에서 쟁점화하고 있음에도 불구하고 현대 문명을 주도하는 서구 지성계는 구체적인 해법을 제공하지 못하고 있음을 주목해야 합니다. 연전에 세계 학술원 이사회에 참가했을 때, 기조 강연을 한 미국 사회학자와 따로 만나 짧은 담화를 나누면서 과학기술 전문분야 사람들이 새로운 과학이론을 개척하거나 기술혁신을 위한 발명 등에 임할 때, "과연 이 이론 또는 기술이 우리 인간에게 어떤 영향을 미칠까"를 한 번 물어 보고 "필요하면 속도를 늦추는 것이 필요한 듯한데 귀하의 생각은 어떤지요?" 하고 질문을 던졌더니, 이 양반 씩 웃으며 어깨만 한 번 으쓱하고 마는 해프닝이 있었습니다. 요컨대 대답을 못 하는 거지요.

이 대목에서 잠시 이 글의 취지를 되돌아봐야겠습니다. 요즘의 인간관계가 주로 '혼자'라는 주요 용어로 대신할 수 있을 정도로 변질했음을 실감한다는 말을 하고자 함인데, 이를 어떤 식으로 정상화할 수 있을지를 심각하게 고민해야 하는 숙제가 우리에게 주어진 셈입니다. 대략 1980년대였다고 기억합니다만, 해외여행 중에 기내에서 미국의 뉴스를 시청하다가 "야 세상이 저렇게 변해버렸나?" 하는 생각이 문득 떠올린 기사가 눈에 들어왔습니다. 젊은 아가씨가 강아지 한 마리를 꼭 껴안고 침대에서 자고 있는 모습이었습니다. 틀림없이 혼자 사는 여성일 텐데, 거기에 혼자가 아니라는 반론이 나올 법한 세상을 보기 시작했구나 하는 생각이 문득 떠올랐던 겁니다. 요즘은 우리나라에서도 소위 반려동물이라 하여 개와 고양이 기타 동물과 가까워진 인구가 일천만 명 이상이라는 보도도 있거니와 결국 그들을 위해서 반려동물 병원, 호텔, 미용실, 의류 매장, 식품점의 반려동물 전용 코너, 수영장, 심지어 콘도미니엄 단지에는 반려동물 전용 지구를 따로 마련하고 있는 곳도 볼 수 있습니다. 이제는 오히려 동물을 괴롭히는 사람을 심하게 질타하고 적대시하는 세상이 되었지만, 그때만 해도 "야 사람과 사람 사이에 무슨 일이 일어났으면 이제는 짐승과 더 가까워졌을까?" 하며 의아해하다가 마침 당시 일간지에 칼럼을 쓰고 있을 때라 그날 주제를 "인간관계와 인수人獸관계"라 정하고 글을 발표했던 기억이 떠올랐습니다. 그러고 보니 앞으로는 "인기人機관계"에 주목해야겠네요.

오늘의 주제는 곧 '나 혼자 산다'입니다. 현대 사회의 모습과 성격을 고찰해 보고자 할 때 '사회'가 과연 존재하는가, 존속할 수 있을까? 같은 의문을 지울 수가 없거든요. 여기서 다시 한번 가족으로 돌아가 보고자 합니다. 글자 풀이가 별일 아니지만 '가족'과 '가정'이라는 표현을 한 번 비교해 보면 어떨까 합니다. 가족은 친족 즉 혈연이나 혼인과 같은 제도적 관계를 기초로 명명했다고 하면, 가정은 뜰 정庭이라는 글씨와 집이라는 글씨를 함께 붙여 놓은 모양새입니다. 약간의 견강부회를 하자면 가정은 자연을 예쁘게 꾸며서 집과 함께 그곳에 식구들이 모여서 혹은 이웃과 더불어 담화도 하고 놀이도 하고 어떤 모습이든 정겹게 인정을 나누는 터전이라는 의미를 부여할 수 있을 것 같습니다.

해묵은 소망 하나

그렇다면 현재 우리 사회의 마당을 어떤 식으로 가족과 이웃의 관계를 친숙하게 하는 목적으로 사용하고 있을지를 물어봐야 할 것입니다. 요즘은 단독 주택이라도 웬만큼 부유한 집에서나 몇백 평짜리 마당에 온갖 고가의 수목과 화초로 화려하게 꾸미고 살지만 그곳에서 식솔들이나 이웃 사람들이 그렇게 친밀한 인간관계를 향유하는 일은 거의 보기 힘들겠지요. 나머지 중산층 이하의 단독 주거지에는 마당이 거의 없을 수도 있고 있어 봐야 그곳이 그러한 정다운 가족의 친목이나 근린 친교로 쓰이지 못하는 상태가 지배적이 아닐까 싶습니다. 더구나 현대의 주거 유형은 아파트가 주도하면서 대규모 단지를 이루고 있으므로 거의 모든 단지 내에는 꽤나 눈에 띄는 멋지게 꾸민 정원이 있을 겁니다. 여담입니다만 필자는 그러한 근사하게 꾸민 아파트 단지의 정원을 보면서 2007년에는 「물고기가 사라진 텅 빈 어항」이라는 단편 소설을 지어서 우리 학교 동인지 『계성문학』(23)에 기고한 적이 있습니다. 그 화려한 정원에는 주민이든 인근 이웃이든 어린이든 어른이든 대낮부터 주말이나 주중이나 사람의 그림자를 보기가 쉽지 않다는 얘기입니다. 가정 얘기를 하다가 곁길로 들어섰습니다만, 가족은 있어도 가정이 없는 세상이란 말을 하고자 함입니다.

　　그럼 집안에서는 어떻습니까? 이웃 얘기를 좀 하겠습니다. 예전에 농촌에서는 울타리가 있어도 싸리나무로 나지막하게 둘러싸고 소금이 떨어졌으니 뭐 달라며 울타리 너머로 주고받는 오순도순한 이웃의 정감 어린 친밀감 같은 것은 눈을 씻고 봐도 안 보이기가 십상 아닙니까? 부끄러운 얘기 같지만 우리가 사는 아파트에서도 바로 옆집과 현관문 사이가 겨우 1미터 정도 될까 말까 한데, 그 바로 벽이 닿아 있는 이웃집 사람들의 식구 수, 이름, 직업, 기타 아무것도 모르고 지난 20여 년을 살고 있습니다. 뭐 사생활이라며 지나가도 알은척도 하기 꺼리는 이 풍습이 오늘의 파편화 사회의 아주 피부에 와 닿는 현실입니다. 그런 다음은 자기 아파트의 철문을 쾅 닫고 들어가면 그 순간부터는 완전히 고치 속의 번데기로 변신하여 자신들을 외부로부터 완전히 차단하고 지내는 것이 오늘 우리의 모습입니다.

여기서 우리 사회의 파편화를 부추기는 또 하나의 요인으로 '교육'을 언급하지 않을 수 없습니다. 학교에서 친구들과 숙제도 서로 보여 주지 않는 것은 약과이고 폭력이나 당하지 않으면 천만다행일 만큼 학동들 사이에도 파편화의 바람이 불어닥쳤습니다. 실은 공교육 자체가 무너져 버렸으니 할 말이 없지 않습니까? 지독한 경쟁이 낳은 불행한 현상인데, 이런 경쟁을 서방에서는 '목 따기 경쟁'(cut throat competition)이라고 합니다만, 그 경쟁의 뿌리는 바로 가정교육이란 것도 놓칠 수가 없습니다. 교육이랄 것도 없지요. 그냥 들볶는 강요나 있을까요? 어머니의 허영심 채우기가 가정교육의 핵심 목적입니다. 대학에서 가르치는 제자와 오찬을 하면서 나눈 대화에서도 소위 SKY 대학까지 입학한 신입생이 교수 앞에서 S대에 들어갔어야 하는데 못 가서 어머니 눈치 보기가 괴롭다는 한탄을 하더랍니다.

이제 이 요상한 글도 마무리 하려는데, 사회의 파편화를 논하면서 우리나라의 정치를 빼놓을 수가 없지요. 자세한 해명은 불필요하고 이렇게 자기중심적으로 몰염치한 데다 윤리도덕 마비를 심하게 앓고 있는 정치인들의 언행은 그야말로 말세적 추태가 아닐 수 없습니다. 그리고 이대로 가면 민주주의는 단번에 망가지고 나라 전체가 엄청난 전체주의적 독선에 휘둘려 언제 망할지도 모를 지경으로 치닫는 것이나 아닌지 실로 염려 정도가 아니라 완전 공황에 빠질 지경이라 해야 할 것입니다. 불안하기 짝이 없습니다. 모두가 결국은 '나 홀로'를 치닫다 보면 사회는 결단코 해

해묵은 소망 하나

체마저 면치 못한다는 경고음이 귀에 가득합니다.

두서없는 글 올리게 돼서 송구합니다.

김 명 렬

입, 퇴원기

카르페 디엠

입, 퇴원기

요즘 들어 피로와 무력증이 점점 더 심해졌다. 무엇보다 고개가 자꾸 숙여지는데 머리를 들 힘이 없는 것이다. 그 원인을 여러모로 조사해 보았으나 특별히 잡히는 것이 없고 가장 의심되는 것이 고질인 심장병이었다. 나에게는 부정맥과 서맥徐脈이 있는데, 부정맥은 약으로 다스릴 수 있지만 서맥에는 마땅한 약이 없다. 그런데 나의 심박수는 보통보다 약 10개 낮은 50대이며 심할 때는 40대다. 의사가 40대보다 더 떨어지면 위험하다 하고, 심박수를 늘려 혈류양을 늘리면 피로 회복에 도움이 될 수도 있다 하여 박동기를 달기로 하였다.

수술 날짜를 잡자는데 하루 입원해야 한다는 것이다. 나는 어깨 피부 밑에 축전지만 심으면 되는 것인 줄 알았더니 그게 아닌 모양이었다. 정해진 날 아침에 병원에 가서 입원 수속 후 환자복으로 갈아입고 나니 곧 검사가 진행되었다. 혈액, 엑스레이, 심전도, 심장 초음파 검사를 마치고 나자 침대에 누운 채로 9층 입원실로 이동하여 대기시켰다. 5인용 병실인데 다행히 창가로 자리를 잡았다. 전날 저녁 이후 금식하여 한낮이 되었는데도 시장기를 못 느끼겠는 것이 긴장한 탓인 모양이었다. 몇십 분 쉬

54

해묵은 소망 하나

는가 싶더니 다시 이송 요원이 와서 침대를 밀고 3층으로 갔다. 철문 몇 개를 지나고 나니까 천장에 커다란 LED 조명등이 내리비치고 초록색 옷을 입은 사람들만 부산히 움직이는, TV에서나 보던 수술실이었다. 곧 간호사들이 달라 들어 윗도리를 벗기고 왼쪽 가슴을 소독약으로 닦기 시작했다. 닦고 또 닦기를 한 열 차례 하고 물러나니까 담당 의사가 조수 의사 한 명과 함께 와서 인사를 한다.

"나는 배터리만 피하에 심는 일인 줄 알았는데, 간단치 않은 과정이 있는 모양이지요?" 나는 궁금증을 참지 못하고 의사에게 물었다.

"박동기에는 끝에 전극이 달린 두 개의 도선이 있는데 이것들을 각각 심방과 심실에 위치시켜야 합니다. 거기서 얻은 정보를 가지고 박동기가 박동수를 조절합니다."

다시 말해 철사를 두 개나 심장에 찔러 넣는다는 얘기 아닌가? 끔찍하고 두려운 일이 아닐 수 없었다. 설마 가슴을 절개하지는 않을 텐데 어떻게 넣느냐고 묻고 싶었지만 이제 와서 미주알고주알 물을 수도 없으므로 의사와 현대 의술을 믿자 하고 입을 꾹 다물었다.

의사는 내가 오른손잡이인 것을 다시 확인한 다음 왼쪽 가슴에 마취제를 주사했다. 그리고 잠시 후 쇄골 밑을 절개하더니 그 속으로 도선을 밀어 넣기 시작했다. 물론 그들은 모니터를 보면서 작업했기 때문에 깊이와 방향을 조정하였지만 손힘으로 밀어 넣는 것이 내가 보기에는 암중모색이었다. 그런데 작업이 순조롭지 않은지 여기저기를 자꾸 찔러댔다. 마취를 하였지만 깊이 찌를 때는 아프고 불안했다. 그러나 나를 정말 불안하게 한 것은 의사가 내는 "어어," "쯧쯧" 하는 소리였다. 그렇게 한참 동안 여러 차례 실패를 거듭하더니 급기야는 포기하고, 이렇게 말했다.

"이쪽은 혈관이 막혀 들어갈 수가 없네요. 미안합니다만 오른쪽으로 해야겠습니다.”

그리고는 도선을 빼고 절개 부위를 테이프로 봉합한 다음, 보호자에게 설명하겠다며 나갔다. 그러자 다시 간호사들이 오른쪽 가슴을 소독하기 시작했다.

얼마 후 의사들이 다시 들어와서 수술을 시작하였다. 이때 나는 소변이 급해지기 시작했다. 이를 알리자 한 의사가 말했다. “그냥 편안히 보세요. 다 흡수되게 되어 있습니다.” 할 수 없이 누운 채로 소변을 보았다. 아득한 옛날 꿈속에 오줌을 누었는데 그게 꿈이 아니라 엉덩이가 척척해져서 깜짝 놀라 깨어났던 기억, 그때의 낭패감과 창피함이 언뜻 떠올랐다. 형들이 “오줌싸개! 키 씌어서 소금 얻으러 보내요!”라고 놀려 댔을 때, “가만 놔둬라. 어린애들이 단풍 머리에는 오줌을 자주 싼단다. 너희들은 어려서 안 그랬는 줄 아냐?” 하며 내 역성을 들어 주시던 어머니가 순간 몹시 그리웠다.

다행히 오른쪽은 쉽게 혈관을 찾아 일이 순조롭게 끝났다. 수술이 끝난 후 젖은 환자복을 갈아입고 침대도 바꾼 다음 엑스레이를 찍고 수술실을 나왔다. 수술실 밖에는 서너 시간 동안 초조하게 기다리던 아내가 근심 띤 얼굴로 괜찮냐고 자꾸 물었다. 9층 병실의 내 자리로 돌아와서 조금 쉬고 있는데 담당 의사가 다시 찾아왔다.

“아까 왼쪽 가슴을 여기저기 찌를 때에 잘못하여 폐를 찔러 폐꽈리가 터져 기흉이 생겼네요. 흉부외과 선생님이 와서 그 치료를 할 것입니다.”

이렇게 엑스레이 결과를 알려 주자 곧이어 수술복을 입은 젊은 여의사가 왔다. 오자마자 옆구리에 마취제를 주사하더니 “구멍을 뚫습니다”라는 말과 함께 갈비뼈 사이로 무언가를 콱 박았다. 체수는 작은 여인인데 행동은 여간 다부지지 않았다. 이어서 “관을 박습니다”라는 말과 함께 구멍에 무언가를 박더니, "파이프를 넣습니다"라고 말한 다음 그 관으로 호스를 밀어 넣고, 다른 한 끝은 침대 아래 놓인 무슨 액체가 든 병 안에 넣었다. 그리고 그 병을 들여다보면서 공기가 잘 빠져나온다고 하였다. 그리고 다음 날 아침 엑스레이를 찍어 보라고 이른 다음 의사들은 떠났다. 이리하여 간단한 처치로 끝날 줄 알고 입원한 것이 결과적으로 세 군데 수술을 받고 말았다.

다음 날 아침 엑스레이를 찍고 올라왔더니 집중 치료실로 옮기라 하였다. 집중 치료실도 9층에 있으나 이곳에는 치료기기도 많고 무엇보다 간호사가 항상 두어 명 배치돼 있었다. 나는 그곳에서 특별한 치료를 받은 것은 없고, 제 시간에 약 복용하고 절개 부위에 드레싱을 갈아 붙였을 뿐이다. 담당 의사가 와서 이제 흉부외과 의사가 와서 호스만 빼면 퇴원할 수 있다 했다. 그렇게 이틀을 지낸 다음 일반 병실로 돌아왔다.

이번에도 5인실인데, 왼쪽의 세 침대와 오른쪽의 창가 침대는 다 차고 그 옆 자리만 비어 그리로 자리를 잡았다. 옆 자리 환자에게는 오륙십 대로 보이는 건장한 체격의 여인이 간병인으로 있는데 환자를 사뭇 죄인 다루듯 하였다. 그 환자는 해소병인지 오래된 기침을 쿨룩쿨룩 하였는데 그때마다 목에 가래가 끓었다. 그러면 간병인이 "뱉어, 뱉어" 하였지만 그는 비협조 저항이라도 하듯이 듣지 않았다. 그는 대소변을 못 가렸다. 낮에 대변을 두 번이나 보았는데 그것을 치울 때마다 간병인의 한탄과 구박이 자심하였다. 그러나 그는 일체 대꾸를 하지 않았다. 그는 또한 치매 환자였다. 저녁 물린 뒤 두 시간도 되기 전에 아침밥 안 주냐고 하였다가 간병인으로부터 긴 핀잔을 받았다. 얇은 커튼 한 장을 사이에 두고 일어나는 이런 일들은 나로서는 견디기 힘든 것이었다. 그러나 정작 견디기 힘든 것은 그날 밤에 일어났다.

나도 잠이 들어 몇 시인지 가늠이 안 되는 때에 옆 침대의 환자가 갑자기 "여기요! 여기요!" 하고 소리 지르기 시작했다. 아무 호응이 없자 이번에는 "사람 살류!" 하고 갈라진 목소리로 외쳐 대는 것이었다. 그러니까 조금 전에 "여기요" 한 것은 "나를 여기서 구출해 달라"는 다급한 요청이었던 것이다. 당연히 간병인이 무슨 조처를 해야겠지만, 옆에서 자고 있는 간병인은 못 들었는지, 아니면 듣고도 모르는 척하는지 기척이 없었다. 그러자 그는 마침내 맥 빠진 목소리로 "여기 사람 아무도 없소?" 하는 것이었다. 네 명의 환자가 눈을 번히 뜨고 있었지만, 그가 말하는 '사람'은 없었다. 우리가 할 수 있는 일은 '사람'을 부르는 것, 간호사 긴급 호출 버튼을 누르는 것뿐이었다.

간호사는 곧 왔다. 그리고 그의 침대로 가서 불을 켜자 간병인도 일어났다. 그녀는 일어나자마자 "아이고 냄새! 또 똥 쌌구나!" 하고는 포달과 구박을 시작하였다. 나는 옆에서 쪽잠을 자다 일어나 앉은 아내를 데리고 밖으로 나왔다. 얇은 커튼 하나를 사이에 두고 무시로 일어나는 대소변 치우기, 그때마다 들리는 간병인의 언어 폭력도 견디기 힘들었지만, 언제 또 옆의 환자가 간단없는 죽음의 공포에 빠져 그 무간지옥에서 헤어나려고 지르는 단말마의 비명을 또 듣는 것, 그리고 그것을 듣고도 아무 일도 못 하는 자괴감과 죄책감은 더욱 견디기 어려웠기 때문이었다. 우리는 당직 간호사를 만나 사정 이야기를 하고 도저히 그 방에는 잘 수가 없으니 1인실, 2인실이라도 조용한 방을 구해 달라고 부탁했다. 간호사는 잠간 기다려 보라고 하고는 병실들을 돌아보고 왔다. 그리고 마침 처치실이 비었으니 오늘 밤은 거기서 지내라 했다. 처치실에는 좁은 침대가 두 대 놓여 있었다. 우리는 거기서 편히 자고 다음 날 아침에 병실로 돌아왔다.

돌아와서는 흉부외과 의사가 오기를 이제나저제나 하고 기다리고 있는데 한낮이 지나서야 의사가 바람처럼 나타났다. 이번에는 남자 의사였다. 와서는 잡담 제하고는 호스를 빼고 관을 쑥 뽑더니 그 자리를 스테이플러로 콱 찝고는 일주일 후에 동네 병원에 가서 스테이플을 뽑으라 하고 퇴원해도 좋다 하였다. 나와 아내의 입에서는 "고맙습니다"라는 말이 저절로 나왔다.

얼른 옷을 갈아입고 나오는데 복도에서 휠체어를 밀고 오는 옆 침대 간병인을 만났다. 휠체어를 세우고 "퇴원해 얼마나 좋으냐"는 둥 아내에게 수다를 늘어놓는 동안 나는 옆의 환자를 처음으로 자세히 보았다. 칠십 대로 보이는 노인으로, 구레나룻도 멋있게 나고 허우대도 멀쩡한 남정네여서 아녀자의 구박을 받으며 살 사람 같아 보이지 않았다. "어서 나아 퇴원하십시오" 하고 인사를 건네자 허공을 바라보던 눈을 돌려 나를 잠시 보는가 싶더니 이내 아무 말 없이 돌려 버리고 말았다. 눈에는 정기도 초점도 없었다. 우리는 간병인의 덕담 섞인 인사말을 뒤로하고 서둘러 철문을 열고 나왔다. 같은 병동이지만 철문 밖은 대명천지 밝은 세상이었다. 나는 힘주어 고개를 바짝 쳐들어 보았다. 앞서 밝혔듯이 나는 고개를 드는 힘이 좀 나아질까 하여 박동기를 달았는데 아직까지는 별로 효과가 없다. 그러나 불평하지 않기로 했다. 옆 침대 환자에 비하면 그만 일에 불편을 호소하는 것은 배부른 투정에 불과한 것이기 때문이었다.

(2024년 9월 8일)

카르페 디엠

국제화의 영향인지 우리의 생활 언어 속에 영어 등 외국어가 유행하는 현상을 자주 본다. 얼마 전에는 말끝마다 '웰-비잉'을 들먹이더니 요즘에는 모든 것을 '힐링'과 연결하는 것 같다. 이와 아울러 요 근래 은근히 세력을 넓혀 가는 말이 '카르페 디엠(carpe diem)'이다. 이 말을 처음 유행시킨 사람은 호레이스(Horace)라 하지만 우리나라에서 그의 서한시를 읽고 감명받은 사람이 그렇게 많을 것 같지는 않고, 필경은 몇 해 전에 소개된 로빈 윌리엄스 주연의 영화 〈죽은 시인의 사회〉(The Dead Poets Society)라는 말이 안 되는 번역의 제목을 가진 영화(필자 소견으로는 '옛 시인 동호회' 정도가 어떨까 한다)의 한 장면이 촉발시킨 것 아닌가 생각한다. 이 영화는 학생들을 일류 대학에 많이 진학시키는 명문 고등학교에 문학 교사로 취임한 키팅 선생의 인상적이 첫 시간으로 시작한다. 이때 그는 로버트 헤릭(Robert Herrick)의 시를 소개한다.

Gather ye rosebuds while ye may
Old time is still a-flying.

해묵은 소망 하나

This same flower that smiles today
Tomorrow will be dying.

장미꽃 봉오리들을 할 수 있을 때 모으게
시간은 항상 날아간다네.
오늘 방긋 웃는 바로 이 꽃도
내일이면 죽어 갈 걸세.

세월은 그렇게 속절없이 지나가니, 시인은 처녀들에게 얼른 시집가서 인생의 낙을 즐길 것을 권유하고 있는 것이다. 키팅 선생은 이러한 정조 情調를 잘 나타내는 말이 '카르페 디엠'이라고 가르친다. 이처럼 인생이 덧없으니 젊었을 때 즐기자는 것은 젊은 여인을 꼬이는 유혹 시에 많이 나오는 패턴이다. 영문학에서 이런 유혹시의 대표적인 시가 앤드류 마블 (Andrew Marvell)의 「수줍은 애인에게」("To His Coy Mistress")라는 시다. 시인은 여건과 시간이 충분하다면 애인의 눈을 찬미하는 데에 100년, 젖가슴 한쪽을 찬탄하는 데에 200년, 나머지 몸을 다 상찬하는 데에 30,000년을 들이겠노라고 너스레를 떤다. 그리고 그럴 수 없는 이유를 든다.

But at my back I always hear
Time's winged chariot hurrying near

그러나 등 뒤에는 항상 듣는다오
날개 돋친 시간의 마차가 다가오는 소리를

그러니 시간에 쫓길 것이 아니라 우리가 혈기방장할 때에 극환을 누려 시간을 잡아먹자고 유혹하는 것이다.

이처럼 젊은이들에게 인생을 즐길 것을 권유하는 것은 서양에서는 오래된 전통이다. "소년이로학난성 일촌광음부가경"(少年易老學難成 一寸光陰不可輕)이라는 주자의 「권학문(勸學文)」을 금과옥조로 여기고 젊어서 향락을 누리는 것을 극도로 경계하는 분위기에서 자란 우리에게는 이런 권유는 망령될 뿐만 아니라 타락을 조장하는 사악한 꼬임으로 생각되기까지 한다. 그러나 인생의 목적이 행복의 추구이고, 행복에 쾌락의 향유가 필수 요건일진대 젊은이들에게 실기하지 말고 인생을 즐기라는 것은 지당한 충고가 아닐 수 없다.

서양에서는 대학이 시작된 중세부터 대학가에서 많이 불린 노래에도 이런 내용이 들어 있다.

Gaudeamus, igitur, iuvenes dum sumus

Gaudeamus, igitur, iuvenes dum sumus

Post iucundam iuventutem, post molestam senectutem

Nos habebit humus. Nos habebit humus.

그러므로 우리 젊었을 때 즐기세.

그러므로 우리 젊었을 때 즐기세.

즐거운 젊음 다음에는, 괴로운 노년 다음에는

흙이 우리를 거두어 가리니. 흙이 우리를 거두어 가리니.

브람스의 〈대학축전서곡〉("Academic Festical Overture")의 마지막을 장식하

해묵은 소망 하나

는 웅장한 멜로디가 이 노래의 곡조인 것으로 짐작할 수 있듯이 이 노래는 아직도 구미 대학의 행사에 자주 연주된다 한다.

이상의 예들에서 보듯이 인생의 쾌락을 즐기는 것이 주로 젊음과 결부돼 있기 때문에 '카르페 디엠'은 젊은이들에게 국한된 것으로 생각하기 쉽다. 그러나 젊은이들을 대상으로 하는 것은 그때가 가장 생기발랄하고 감각도 예민하고 풍요로운 때여서 쾌락도 최대한으로 느낄 수 있을 시기이므로 그때를 실기하지 말라는 뜻에서다. '카르페 디엠'을『옥스퍼드 영어 사전』(OED)에서 찾아보면 '현재를 즐기라' 또는 '무르익었을 때 만끽하라'로 풀이하고는 '현재를 최대한 선용할 필요성을 강조한 호레이스 글에서 인용된 격언'이라고 되어 있지 청춘에 국한되어 있다는 말은 없다. 그러므로 삶을 즐기고 현재를 충실히 살아간다면 어느 연령대이건 '카르페 디엠'이 있을 수 있을 것이다.

얼마 전 저명한 원로 비평가이신 유종호 교수로부터 시집 한 권을 받았다. 일견 일상의 소소한 즐거움에 대한 간명한 서정으로 보이는 시편들이지만, 시인이 각종 신체적 노화를 겪고 있는 90대의 노인이라는 점을 감안하면 이 작은 즐거움의 향유는 대단한 성취가 아닐 수 없다. 실례로 「하루걸러 한 잔」이라는 시를 보자. 시인은 젊어서는 필경 하루에 여러 잔의 커피를 마셨을 것이다. 특히 밤을 새워 글을 쓰는 때면 기호품이 아니라 각성제로 수없이 마셨을 것이다. 그러던 것을 의사의 권유로 줄이기 시작하여 하루에 한 잔도 못 마시게 된 것이리라. 급기야 하루건너 한 잔이 되어서야 시인은 커피의 진정한 맛을 알게 되었고 그 맛을 음미하면서 행복을 느낀다. 그에게 그 행복감이 얼마나 소중한 것인가는 그 행복감을 조금이라도 더 연장하려고 안간힘을 쓰는 대목이 잘 보여 준다. 이 행복감은 시의 마지막까지 이어진다.

그저께는 안과

글피는 비뇨기과

앞으로 궂은날만 남았다지만

하루건너 한 잔

간소한 행복이 기다려져

여든 해 늦가을이 설지 않다.

   병원행으로 점철된 노년의 나날은 한탄과 탄식을 불러일으키게 마련이다. 그러나 커피를 마시는 즐거움은 삶 자체를 풍요롭게 해 줌을 넘어 이런 고통스런 현실을 의연히 대할 수 있는 용기와 힘을 주는 것이다. 하루걸러 한 잔의 커피가 주는 짧지만 절실한 삶의 기쁨, 그리고 나약한 자기 연민을 거부하는 의연하고 적극적인 생활 태도 — 이만하면 이를 한 80대 노인의 '카르페 디엠'이라 이를 수 있지 않을까?

(2024년 10월 9일)

                해묵은 소망 하나

김 학 주

|

나이 구십 세가 되어

나이 구십 세가 되어

한 사람의 나이가 구십이 되었다면 누구나 무척 늙었다고 여길 것이다. 백수百壽의 시대라고 하지만 한 사람의 나이가 구십 세가 되었다면 그것은 그 사람이 죽을 날이 멀지 않았음을 뜻하기도 한다. 거듭 말하지만, 지금은 사람들이 오래 사는 장수長壽의 시대가 되었다고 해도, 한 사람의 나이가 구십이 되었다면 그에게는 곧 죽을 날이 가까워졌음을 뜻하는 말도 된다.

그런데 '늙음'의 가장 큰 특징은 그가 갖고 있던 정신적인 능력이나 신체적인 활력이 크게 줄어들고 있다는 것이다. 책도 이전처럼 읽을 수가 없게 되었고, 글도 자기 생각을 정리하여 쓸 수가 없게 되었다. 지금 내가 이 글을 쓰고 있는 것도 실은 억지를 부리고 있는 것이다. 무엇보다도 글로 쓰려는 자기 생각을 자기 마음으로 제대로 정리하는 수가 없기 때문이다. 그 위에 신체적인 능력만 보더라도, 컴퓨터의 글자를 매우 크게 확대시켜 놓고 글을 쓰고 있지만 써 놓은 글자가 어른거리어 글을 써 나가기가 매우 어렵다. 따라서 글이 내가 쓰고자 하는 대로 잘 이루어지고 있는지도 확인하기 쉽지 않다. 내가 쓰고 있는 글이 내 생각을 제대로 표현한

해묵은 소망 하나

글인지 알아보기도 어렵게 된 것이다. 내 생각이 내 마음속에서도 잘 정리된 내용인지 알아보기 어렵기 때문에, 그 생각을 글로 써 낸다는 것은 더욱 어려운 일이 되었다.

그럼에도 불구하고 이 글을 쓰고 있는 것은, 구십 늙은이란 이 세상을 살아온 선배의 한 사람이기 때문에, 살아온 한평생을 반성하여 올바로 사는 가장 중요한 '삶의 이념理念'을 젊은 후배들 앞에 밝혀 보고자 하는 뜻에서다. 그러나 아무리 애를 써도 내 마음속에 '삶의 이념'이라 할 수 있는 생각이 잘 정리되지 않는다. 살아온 한평생을 반성하여 보려고 애써 보아도 그 한평생이 어떤 모양의 것이었는지 잘 알 수가 없다.

늙어 가고 있든, 죽음에 가까이 가고 있든, 남은 삶은 늙더라도 올바로 살아가야 한다. 올바로 사는 법이란 우리가 살고 있는 이 세상과 이 세상의 모든 물건을 사랑하고 아끼며 이 세상과 이 세상 모든 사람들을 사랑하고 위해 주는 것이다. 그러나 구십이 되어 보니 모든 생각이나 능력이 날로 줄어들어 물건을 사랑하고 아끼는 일이나 사람들을 사랑하고 위해 줄 수 있는 방법을 전혀 알 수가 없게 되었다. 늙는다는 것은 무능력자無能力者가 되어 가고 있음을 뜻하기도 한다.

더 살 수 있는 날은 날로 줄어들고 오직 날로 더욱 늙어만 가고 있는 것이 노인이다. 늙은이들은 사람이 늙으면 정신적인 생각을 하는 능력이나 신체적인 활동 능력이 어떤 모양으로 줄어들게 되는가를 보여 주게 된다. 사람은 늙으면 정신적, 신체적 능력이 형편없어진다. 늙는 데 따라서 사람으로서의 정신적, 신체적 능력은 나날이 줄어들어 결국은 아무 일도 하지 못하게 된다.

이런 늙은이가 되어 아무런 일도 할 수 없는 처지가 되었다 하더라도 우리가 살면서 애써야 할 길은 오직 한 가지가 있다. 그것은 신체적인 힘이나 정신적인 능력이 거의 남아 있지 않다 하더라도 오직 한 가지 올바르고 뜻있는 길을 찾아가기에 남아 있는 온 힘과 능력을 다 기울이는 것이다.

(2024년 6월 19일)

안 삼 환

나의 아버지

한강의 노벨문학상 수상에 부쳐

모과母科에 작가로 와서

나의 아버지

　주어진 제목이 '나의 아버지'다. 내 선친이 큰 공적이 있거나 유명하신 분도 아니고, 나 또한 뭐 내세울 만한 것이 없는 사람이다. 그럼에도 이런 청탁이 온 이유를 생각해 보건대, 아마도 3년 전에 출간된 내 장편소설 『도동道東 사람』 때문이 아닐까 추측된다. 아닌 게 아니라 그 작품에 '도동 사람'으로서 안병규安秉珪와 동민東民 부자父子가 등장하는데, 그 부자 관계가 상당히 특이하긴 하다.

　서구 문학에서, 예컨대 카프카의 작품에서, 아버지는 아들에게 대개 적대적인 존재로 그려지고 있다. 이른바 외디푸스 콤플렉스로 운위되는 현상이다. 그러나 소설 『도동 사람』에서는 다르다.

　경북 영천의 몰락한 유가儒家에서 자라난 나는 이미 오래전에 이 세상을 떠나신 내 선친을 생각하면, 우선 누선淚腺에 불효자로서의 '회한의 눈물'부터 고이려 한다.

　내 15대조로서 영천 도동道東 마을의 입향조入鄕祖이신 완귀공玩龜公(安㥠)은, 원래 경남 밀양 사람으로 점필재佔畢齋의 문하생이며 예조정랑, 청도군수, 남원부사 등을 지낸 청백리 안구安覯의 아들로서, 중종 때 세자시

강원世子侍講院에서 설서說書라는 벼슬을 지내며 세자 시절의 인종을 지근 거리에서 모셨다. 그러나, 인종이 즉위 후 9개월이 채 못 되어 승하하자 인종의 배다른 동생 명종이 즉위하고, 그 어머니 문정왕후와 그녀의 동생 윤원형이 득세하여 바야흐로 을사사화의 조짐이 보이기 시작했다. 이에 공은 결연히 벼슬을 내려놓고 처가가 있던 영천으로 내려와, 그 동네 이름을 '도道가 해동으로 왔다'는 의미인 '도동道東'으로 불렀다. 그가 금호강 상류인 호계천虎溪川의 거북들을 완상玩賞하며 안빈낙도하신 정자 겸 살림집이 바로 완귀정인데, 선비의 살림집에 정자가 붙어 있는 그 독특한 건축 구조 때문에 현재 경상북도 문화재로 지정되어 있다.

나의 선친은 이 마을에서 1908년에 태어나시고 거기서 농민으로서 신산한 삶을 사시다가 내가 독일 유학을 떠나기 직전인 1970년에 한 많은 이 세상을 떠나셨다. 어느 고인에겐들 이 세상이 한 많지 않으랴만, 운명은 나의 선친에게는 유달리 가혹했던 듯하다. 일제강점기에 성장하시다가 가세가 급격히 기운 까닭에 당시 대구고보(후일의 경북중학교) 입학시험에 합격하시고도 도청 소재지인 대구에의 진학을 눈물을 머금고 포기하시고 장남으로서 부모님을 봉양하고 두 동생을 거두기 위해 향리에 남으셔서 일평생 농부로 사셨다. 하지만, 도동에는 완귀공 때부터 내려오는 문중의 서당이 있어서, 아버지는 그 서당에서 계속 한학을 공부하시고 일제강점기 말에는 서당에 도창道昌 학교라는 임시 학교를 열어 인근 향리의 아동과 청년들을 모아 직접 가르치기도 하셨다. 그의 학력은 비록 당시의 학제로는 소학교(초등학교) 졸업에 불과했지만, 그의 마음속에는 늘 조선 최후의 선비라는 자긍심이 남아 있어서, 낮에는 농부로서 일하시면서도 밤에 서당에서 한학을 공부해 가면서 문중의 대소사도 함께 떠맡고 계셨다. 그 무렵, 내 아버지가 일제의 정치적 억압과 경제적 수탈에 소극적으로 저항하시면서 도동 마을의 일가들과 그 마을이 속한 금호면을 어떻게든 지켜 내고자 지성至誠으로 애쓰셨기 때문에, 도동 마을 광주廣州 안문安門의 병秉 자 진珍 자를 쓰는 선비는 인근 향리에서 신망이 두터웠다. 바로 그 무렵인 1943년에 내가 셋째 아들로 태어났다.

그러나 조금 살 만해진 이때부터 내 선친에게는 또 다른 혹독한 시련들이 닥쳐왔다. 해방 공간인 1946년 10월 대구에서, 그리고 잇달아 영천에서 민중 항쟁이 일어났다가 간신히 진정되자, 그 난동에 가담했던 사람들을 색출·처벌하는 과정에서 근거 없이 경찰 당국의 체포 망에 걸려 터무니없는 곡경을 치르셨다. 해방 직후 여운형의 건준위의 하부 조직으로 급조되었지만, 한 번 회의 소집조차 못 한 채 사라져야 했던 '금호면 인민위원회'의 부회장이란 직책이 어떤 문서에 기록으로 남아 있었던 탓이었다고는 하지만, 실은 당국의 정책에 고분고분 순응하지 않은 죄로 걸려든 것이었다. 그 구금에서 간신히 풀려나자, 설상가상으로 때마침 창궐하던 장티푸스로 인해 한꺼번에 두 남동생을 잃고 자신은 상처를 하시는 바람에, 한 지붕 밑에서 세 집 살림을 꾸려 나가셔야 했다.

아버지는 엄마 없이 자라나야 하는 막내인 나를 유달리 사랑하셔서 늘 사랑방의 당신 곁에 두시고 당신의 요 위에서 나를 재웠으며, 틈이 나실 때마다 명심보감이나 통감에서 한 구절을 펜글씨로 직접 종이 위에 옮겨 적어 놓으시고는 어린 나에게 일일이 토를 달아 가며 자구를 강론해 주시곤 하셨다.

6·25 전쟁이 발발하여 소위 영천 전투가 벌어지자 도동 마을에 잠시 인민군이 들어오기도 했다. 국군과 미군이 영천읍을 탈환하자 미처 북으로 함께 퇴주하지 못한 인민군 일개 분대가 도동의 재실齋室인 상로재霜露齋 근처 야산에 숨어 있다가 밤중에 마을로 내려와 따발총을 겨누며 밥을

　　　　　　　　　　　　　　　　　해묵은 소망 하나

해 내라고 협박하곤 했으며, 그 이튿날에는 또 어김없이 경찰이 찾아와서 간밤에 인민군에게 밥해 준 집의 가장을 잡아가곤 했다. 이런 식으로 달 포 정도가 흐르자, 누가 경찰에, 또는 누가 인민군에게 고자질을 해서 자 기 집 가장이 경찰서에 갇혀 있는가, 또는 인민군에 의해 사상死傷을 당했 는가를 묻고 또 거기에 대한 발명을 하느라고 온 일가붙이들이 서로 얽히 고설켜 반목하고 다투는 것이 마을 사람들의 일상사가 되어 버렸다. 나의 선친이 일가친척 간의 그런 다툼과 불화를 온전히 다 수습한다는 것은 거 의 불가능했지만, 그래도 서로 화해시키고 숭조목족崇祖睦族해 오던 문중 의 전통을 잇고자 초인적 노력을 기울이신 사실을 어린 나는 우리 집 사 랑방에서 나누던 일가들의 격렬한 다툼을 통해 훤히 다 알아 버렸다.

후일, 내가 대학 진학을 해야 할 무렵, 아버지는 내가 법과대학에 입학 하기를 원하셨다. 아마도 아버지는 내가 판·검사가 되어, 남자들이 거 의 다 죽고 과부들만 남아 있다시피 된 우리 안문의 의지할 데 없는 아이 들을 좀 거두어 주기를 간절히 바라셨던 듯하다.

그러나 나는 천만뜻밖에도 독문학과를 선택했다. 나는 내 한 몸이 그 복잡한 분쟁과 그로 인한 온 마을의 불화를 어떻게 다 해결할 수 있을지 자신이 없었고, 그런 사명감에서 내가 또 새로운 불의를 저지르게 되지 나 않을까 하고 지레 우려를 했다. 그래서 나는 아버지의 간절한 소원을 뿌리치고 장차 독문학을 공부해서 내가 보고 들은 이 모든 분쟁과 알력의 사단을 소설로 쓰고 싶다고 말씀드렸다.

아버지는 말문이 막혀 한동안 가만히 생각하시더니, "그래, 우리 혈통 에 그런 내림도 있긴 있는 듯하구나! 네 뜻대로 해라!"고 마지못해 허락 해 주셨다.

지금 생각하면, 그것은 지성至誠을 다 기울여 살아오신 내 아버지의 공동체를 위한 삶에 대한 나의 괘씸한 '무시'이며, 아버지의 나에 대한 가없는 사랑에 대한 불효막심한 '배신'이었다. 도대체 문학이 뭐라고? 불효자의 회한 때문에 뒤늦게 『도동 사람』이란 소설을 쓰긴 했지만, 그것도 다 아버지의 영전에 바치기 위한 불효자의 회한의 변일 뿐, 그동안 도동 마을은 완전히 몰락한 나머지 지금은 일가들도 거의 다 외지로 떠나가고 완귀정과 서당만 쓸쓸히 남아 있다. 내 선친을 생각하면, 지금도 두 눈에 저절로 회한의 눈물이 고이는 이유다.

(『대산문화』 2024년 가을호에 실렸던 글을 조금 수정·가필했음.)

한강의 노벨문학상 수상에 부쳐

한국의 작가 한강이 2024년도 노벨문학상을 수상하게 되었다는 기쁜 소식이다.

일본의 신문들을 보자면, 1994년에 오에 겐자부로가 노벨문학상을 수상한 이래 30년 만에 다시 일본인 작가 무라카미 하루키[村上春樹]가 제3의 일본인 노벨문학상 수상자가 되리라는 큰 기대가 무산된 것을 몹시 아쉬워하는 표제어를 단 다음, 한국의 작가 한강이 금년도 노벨문학상을 수상하게 되었다는 소식을 부제로 전하고 있다.

무라카미 하루키에 대한 일본인들의 기대가 자못 컸던 모양이다. 주지하다시피, 무라카미 하루키의 문학 세계는 전후부터 현금까지 대체로 평화로웠던 일본 사회를 배경으로, 식도락, 음악 감상, 바에서 술 마시기, 교양 여행 등 일본 교양인의 일상을 섬세하고도 유려한 필치로 그려냄으로써, 마치 무라카미 하루키의 소설들에 나오는 이런 일본인들의 정서가 아시아적 심미안을 대표하는 듯했다.

잠시, 1895년 2월, 조선의 나주로 눈을 돌려보기로 하자. 일본군은 조선의 서남 해안에서 패잔병으로 귀가하던 동학 농민들을 체포, 문초, 살해하여 나주 초토영招討營 맞은편의 야산에 "시체를 버린 것이 680명에 달하여 그 근방에는 악취가 진동하고, 땅은 죽은 사람들의 기름이 하얀 백은白銀처럼 얼어붙어 있었다." 이것은 당시 일본군 후비보병後備步兵 제 19대대 제1중대 소속으로 나주 성을 거쳐 장흥 '석대들 전투'까지 참전했던 쿠스노케 비요키치[楠美大吉] 상등병이 남긴 '종군일지' 중 1895년 2월 4일 자의 기록(나주시에서 2022년 나주학 총서 2집으로 발간한 『나주동학농민혁명의 재조명』에 수록된 박맹수의 글 「책을 발간하면서」의 12-13쪽 참조)이다. 이렇게 일본은 을사늑약 10년 전에 이미 남의 나라 국민들을 함부로 도륙했다. 그런데도, 일본인들은 오늘날에도 메이지 시대(1868-1912)의 '영광'과 '무오류'를 주장하며, 자신들의 역사적 과오에 대한 반성은 없이, 1945년 이래 그들만의 평화 시대를 구가해 온 것이다. 동학 농민군 살육 말고도, 을사늑약과 한일 강제 합병이 일본인에겐 모두 '영광스럽고' '오류가 절대 있을 수 없는' 메이지 시대 안의 일이다.

아무튼, 이 일제강점기가 끝나자 한국은 분단과 좌우 갈등, 그리고 동족상잔의 전쟁을 겪었으며, 연이은 독재자들의 억압에 항거하다가 수많은 희생자가 생겨났다. 일본 현대 문학이 평화 시대를 구가하며 아시아적 정서를 대표하는 우아한 교양인의 문학으로 성숙하는 동안, 한국문학은 연속되는 민족적 비극의 늪에서 헤매지 않으면 안 되었다.

『작별하지 않는다』라는 한강의 최근작에서는 4·3항쟁 때 제주도에서 희생된 영혼들을 해원解寃해 줄 길이 없어 그들과 '작별이 불가능한' 인선과 경하의 극심한 고통이 다루어지고 있다. 이 인물들의 고통을 드러내고자 그들과 한 몸이 되어 슬피 울고 몸부림친 작가 한강의 영매적靈媒的 감정이입과 초인적 분투는 독자 누구나 체감할 수 있을 정도로 아프고 눈물겹다.

설령 위의 한·일 두 작가의 문체가 다소 환상적인 데서 비슷한 점이 발견된다 하더라도, 그들 작품의 심각성과 인륜적 가치를 비교해 볼 때, 비단 스웨덴 한림원 노벨위원회가 아니더라도, 누구나 한강의 처절한 작품을 인류문명사적 견지에서 더 가치 있게 평가할 것은 자명하다.

이번에 스웨덴 한림원의 노벨위원회가 피땀 어린 한반도, 이 비극의 토양에서 작품을 거두어 낸 작가 한강에게 2024년도 노벨문학상을 수여하기로 결정한 것은 그동안 다소 실추했던 노벨문학상의 권위를 오랜만에 회복해 낸 훌륭한 선정으로 판단되며, 한일 관계로 좁혀 볼 때는 비극적 우리 역사의 행복한 문학적 대반전이다. 한강의 노벨문학상 수상은 비단 작가 한강 개인의 영예일 뿐만 아니라, 고난의 길을 걸어온 한국문학 전반에도 승리와 영광을 안겨 주면서, 결국 우리 한국인 모두에게 자긍심을 되돌려 주었다.

"한국의 딸 한강이여, 스웨덴 한림원 노벨위원회가 드디어 알아본 한국문학의 연꽃이여, 그대는 승리하였다. 결코 무라카미 하루키와의 경쟁에서 승리한 것이 아니라, 그대 자신과의 싸움에서 승리하여, 마침내 우리 한국문학에다, 아니, 우리 한국민 전체에게 승리의 월계관을 선사했다! 장하다, 위대한 역사의 아이러니를 영광의 승리로 체현해 낸 한국의 딸이여! 우리 한국 국민은 그대의 분투에 감사하며, 환희의 축하를 보낸다. 소월이여, 육사여, 박경리 님, 김수영 님, 최인훈 님, 이청준 님이시여, 지하에서 기뻐하소서! 우리의 딸 한강이 드디어 이겼나이다! 때를 만나지 못한 고은 시인이여, 황석영 작가여, 두 분도 이 상을 타실 만했지만, 아마도 당시는 때가 무르익지 않았던 듯합니다. 이제 후배인 한강이 수상자가 되었으니, 함께 기뻐해 주시기 바랍니다!"

오랫동안 중국과 일본에 가려 서구인들에게는 잘 보이지 않던 우리 한국문학 100년이 이루어 놓은 처절하고도 아름다운 거대한 산, 그 산이 드디어 세계인들의 눈에 그 위용을 드러내기 시작했다. 선배들의 고투가 쌓이고 쌓인 위에 마침내 세계인들의 주목과 인정을 받게 된 작가 한강! 앞으로 세계인들은 이 한강이라는 '빛나는 등대'를 보고서 한국, 한국인, 한국문화라는 '항구'로 대거 찾아들 것이다.

"한강이여, 우리는 그대가 우리 한국문학을 대표하고 다른 사람 아닌 바로 그대가 우리 한국 문화를 상징할 것이라는 사실이 더욱 기쁘다. 왜냐하면, 그대는 이 땅의 모든 억울한 희생자들의 영혼 안으로 들어가 그 안에서 슬피 울고 몸부림친 나머지 자신에게 무슨 흠결 같은 걸 만들 겨를조차도 없었을 듯하니 말이다. 앞으로도 자신의 이익에 집착하지 않고서 늘 약한 자의 편에 설 것이라는 확신을 주기 때문이다. 그래서, 그대의 이번 수상이 더욱 빛나고, 우리는 더욱 기쁘다.

하지만, 조금 찬찬히 생각해 보자니, 그대도 작가이기 이전에 행복할 권리가 있는 한 개인이니만큼, 바라건대, 이제부터는 부디 그 극단적 고통에의 감정이입에서는 조금 벗어나, 그대의 아들의 아들이나 딸이 그대의 품 안으로 안겨들 때, 손주를 정답고 여유 있게 안아 주는 그런 '고운 할머니'가 되시기를 충심으로 소망하게 되는구나! 그렇게 되자면, 이제 백범 김구 선생이 희구하던 바로 그 문화 대국으로 접어든 이 나라에서 유독 홀로 절뚝거리며 뒤따라오고 있는 저 못난 정치만 좀 제대로 됐으면 좋으련만!"

(2024년 10월 23일자, 『교수신문』에 실렸던 원고를 조금 고쳤음.)

해묵은 소망 하나

모과母科에 작가로 와서

친애하는 서울대 독문과 교수 여러분,
사랑하는 독문과 학생 여러분,

  제가 학생으로서 공부했고, 또 교수로서 오래 봉직했던 모과에서 오늘 이렇게 '신간 토크'라는 행사의 일환으로, 저의 제2의 장편소설『바이마르에서 무슨 일이』에 대해 공적인 대화를 나누고자 저를 불러 주신 데에 대해 개인적으로 크게 영광스럽고 대단히 고맙게 생각합니다.
  잠시 저의 청년 시절을 회고하는 것을 허락해 주시기 바랍니다. 나라가 일제의 억압으로부터 해방된 감격의 순간도 잠시뿐, 국민 여론이 좌우로 분열되고 남북이 분단되어 결국 한국전쟁이 일어났습니다. 그 전쟁 최고의 격전지였던 제 고향 경북 영천의 한 농촌에서 국토의 분단과 좌우 사상의 대립과 골육상쟁을 일상으로 겪으셨던 제 선친께서는 저를 서울대 법과대학으로 진학시키고 싶어 하셨습니다. 그러나, 당시 이미 문학 쪽으로 마음이 기울어져 있었던 저는 천만뜻밖에도 독문학을 전공하겠다고 선언함으로써, 쇠락한 가문의 영광을 되찾고 향리의 발전을 염원해 오시던 제 선친의 비원을 매정하게 뿌리치고 작가가 되고자 했습니다.

하지만, '겉보기에 조그만 문'에 불과했던 독문학이란 분야도 막상 한 번 들어서고 보니, 그 안쪽에는 조그만 오솔길이 하나 나 있는 것이 아니었고, 거기에는 또 하나의 광대무변한 세계가 펼쳐져 있는 것이었습니다. 한번 이 세계에 들어온 자는 이 세계를 다시 벗어나 그가 원래 원했던 '작가의 길'로 되돌아가기가 쉽지 않았습니다. 그 세계는 그곳대로의 진실과 핍진성을 지니고 있었고, 그 어느 다른 분야보다도 더 절실하게 젊은 피를 요청하고 있었습니다.

한편, 우리 학문의 당시 어른이셨던 K 교수님은 "이 길은 광대무변해서 끝이 없는 길이니, 괜히 헤매지 말고 조만간 우리 문학으로 되돌아와서 시급한 우리 문학의 발전에 기여하기 바란다"고 하시며, 염무웅, 김주연, 김광규, 고故 이청준 등 많은 후학들에게, 가능하면 곧장 우리 문학에 헌신하는 길을 가도록 권면하셨습니다. 저는 스승님의 이런 가르침에 고무되어 기쁘기 한량없었습니다만, 유달리 저한테만은, "자넨 사람이 너무 진국이라 작가가 되기는 어렵겠어. 아마도 독문학 교수는 될 수 있을 것 같구먼!"이라며 저에게는 참으로 섭섭한 말씀을 해 주셨습니다. 지금 생각하면, 독문학 공부가 궁극적으로 한국문학을 위해야 한다는 말씀은 맞지만, 그 공부가 반드시 곧장 직접적으로 한국문학으로 연결될 필요는 없고, 그 연구 결과가 나중에 그 다음 세대에서도, 또는 먼 미래에도 한국문학을 위한 기여가 될 수도 있을 것임은 자명한데, K 교수님은 그 당시 한국문학의 후진성과 한국 독문학의 답보성에 아마도 조금 조급한 마음이 드셨던 듯합니다.

그야 어쨌든, K 교수님의 그런 부정적 예언에도 불구하고 저는 틈만 있으면, 작가의 길로 되돌아오고 싶어서, 간혹 제가 밟아온 독문학의 길을 되돌아보면서 도망칠 기회를 엿보기도 했습니다. 하지만, 결국 K 교수님의 그 예언대로 되고 만 것은 여러분도 잘 아십니다. 저는 2010년 이 학과에서 정년퇴임을 할 때까지 독문학자로서의 외길을 걸어왔고, 그 후 다시 10년에 이르기까지도 아직 그 길 위에서 『괴테, 토마스 만 그리고 이청준』(2014), 『한국 교양인을 위한 새 독문학사』(2016) 등을 쓰고 독문학 작품들을 번역하는 등 이 일 저 일을 해 왔습니다.

그러다가 2020년 코로나바이러스가 본격적으로 창궐하자, 독문학자로서의 저의 역할이 드디어 끝이 났는지, 당시 77세의 노인에게 더는 원고청탁도 드문 시점이 찾아오더군요. 그래서 2021년에 첫 장편소설 『도동 사람』이 나왔고, 지난 6월에 제2의 장편소설 『바이마르에서 무슨 일이』가 출간되었습니다.

장편소설 두 편을 썼다고 해서 작가로 행세하는 것은 어림없는 일이고, 저에게 그럴 생각이 추호도 없습니다만, 오늘 제가 작가로서 여기 여러분한테 초빙되어 온 것은 어쩔 수 없는 현실인 듯합니다.

이 사실을 저는 진심으로 기쁘게 받아들입니다. K 교수님의 예언은 맞았지만, 보시다시피 끝까지 다 맞은 것은 아닙니다. 늘 약골이었던 제가 다행히도 아직도 살아서, 제 선친의 영전에 불효자로서의 회한의 작품인 『도동 사람』을 바치고, 또 이제는 제2의 장편소설 『바이마르에서 무슨 일이』까지 써서 젊은 날 저 자신에게 맹세했던 약속을 지켰습니다. 지금 여러분은 이것을 독문학에 대한 저의 '배신'으로 간주하시겠습니까? 저는 이것을 '이 신산한 땅에서 한 가난한 청년이 열심히 자신의 길을 간 끝에 마침내 도달한 한 노인의 모습'으로 이해되기를 바랄 뿐입니다.

아무튼, 저는 제가 60여 년 전에 법과대학에 진학하지 않고 독문학을 전공했다는 사실이 지금 새삼스럽게 대단히 기쁩니다. 오늘 제 모과에서 저를 불러 주신 이 영광과 기쁨을, '한없는 고마움과 감사드리는 마음'으로 다시 저의 모과인 독문학과에 되돌려 드리고 싶습니다. 감사합니다.

(2024년 11월 14일, 서울대 독일어문화권연구소의 「신간 토크」에서의 인사말)

이 상 옥

해묵은 소망 하나

비엔나

추억 어린 라인강

여산을 두고 옛 시인들은

해묵은 소망 하나

　나는 유럽 여행을 할 때 어느 고장을 찾아가든 그곳의 대표적 교회나 대성당을 우선적으로 둘러봅니다. 기독교 신자도 아니면서 왜 그러느냐고 누가 물어 온다면 딱히 뭐라고 대답하기가 어렵습니다. 서양의 전통문화가 장구한 세월에 걸쳐 기독교 정신과 그 제도를 둘러싸고 형성되어 왔기 때문에 한 고을의 역사와 문물도 교회를 중심으로 집약되었을 거라는 일반론을 탐방의 근거로 내세울 수는 있겠습니다. 하지만 내 경우에는 그런 거창한 이유보다도 한 사사로운 체험에서 그 연유를 찾아야 할 것 같습니다.

　약 60년 전인 1965년 봄에 영국에서 겪었던 일입니다. 부활절 방학을 맞아 나는 기차와 버스 편으로 또 더러는 히치하이킹을 하며 영국을 일주하고 있었습니다. 그날 런던 서부의 솔즈베리라는 소도시에 들른 것은 그 근교에 스톤헨지라는 고대 유적이 있기 때문이었습니다. 기차역에 도착하니 문헌에서 자주 접해 본 적 있는 그 유서 깊은 도시가 궁금해지지 않겠습니까. 그래서 여기저기 기웃거리고 있는데 시내 어디서나 높다란 첨탑 하나가 쳐다보였습니다. 찾아갔더니 그 고장의 대사원이더군요. 어둑

한 본당 안으로 들어서니 탐방객은 보이지 않았고 파이프 오르간 소리만 사원 내부에 가득했습니다. 석회석 기둥에 손을 대보니 그 우람한 기둥이, 아니, 사원 전체가 진동하는 듯했고 그 느낌에 나는 압도당했습니다. 그 대사원에서 그렇게 서성이다 보니 시간이 꽤 흘렀고, 갈아탈 기차 시간에 맞추느라 스톤헨지를 찾아갈 시간을 내지 못했습니다. 그러나 그게 조금도 아쉽지 않았습니다.

그날 나는 브리스톨이라는 서해안 도시에 이르러 그곳 대학의 의학부 교수로 있던 한 퀘이커 교도 집에서 사흘간 묵었습니다. 도착하던 날 저녁 식탁에서 내가 솔즈베리에서 스톤헨지에 들르지 못한 사연을 이야기했더니, 그분은 즉석에서 "당신은 아무것도 놓친 게 없다"고 하지 않겠습니까. 그 말을 듣고 얼마나 흐뭇해했는지 모릅니다.

솔즈베리 대사원에서 그 희귀한 체험을 한 후 나는 영국에서만 오래된 대사원을 여남은 곳 더 찾아다녔고, 매번 파이프 오르간이 울리지 않을까 기대하는 버릇이 생겼습니다. 하지만 물론 그런 행운은 어쩌다 아주 드물게 만날 수 있었을 뿐입니다. 그래서 높다랗게 설치된 채 울리지 않는 오르간의 파이프들을 쳐다보기만 하는데 더러는 그게 무척 아름답게 비칠 때도 있었습니다.

그간 나는 바티칸의 성베드로 대사원을 위시하여 런던의 성바울 대사원, 캔터베리 대사원, 요크 민스터, 파리의 노트르담 대사원, 쾰른 대사원, 베를린 대사원, 비엔나의 성슈테판 대사원, 피렌체의 두오모 등을 비롯하여 참으로 많은 성당이나 교회를 찾아다녔습니다. 특히 영국, 스페인, 포르투갈 및 독일에서는 여러 지역의 크고 작은 교회에 가 보았습니다. 하지만 서양의 교회나 수도원 같은 건축물이나 실내장식의 양식을 거론할 때면 으레 등장하는 로마네스크, 고딕, 르네상스, 바로크, 로코코 같은 용어들의 뜻을 아직도 나는 희미하게 짐작만 할 뿐 정확하게 구별하지 못합니다. 물론 마음먹고 공부해 보려고 덤빈 적도 없습니다. 그래서 교회 밖에서는 파사드와 종탑이나 쳐다보고 안에서는 천장이나 제단 그리고 구석구석 설치된 채플 및 프레스코 벽화 등을 건성으로 살펴보는 편입니다.

하지만 스테인드글라스 창에는 내 눈이 한참씩 머뭅니다. 특히 채색된 로제트 문양의 동그란 창에는 반할 때가 많습니다. 그 유리창들은 대개 구세주나 성모 마리아 또는 성자들의 행적을 그림으로 구현하고 있지만 꼭 그렇지 않은 곳도 있습니다. 이를테면 근년에 찾아갔던 독일의 몇몇 교회에서 나는 채색된 네모의 유리 조각들이 아름답게 배열되어 우리나라의 조각보를 연상케 하는 것을 보고 경탄하곤 했습니다.

경의를 표한답시고 기껏 모자나 벗어 들고 들어간 교회에서 내가 오르간 소리를 기대한다면 그건 참으로 무엄하고 주제넘은 짓이 아닐 수 없습니다. 그래서 그런지 내 은근한 기대가 헛된 소망으로 끝날 때마다 나는 늘 알렉산더 포프(Alexander Pope, 1688-1744)의 『비평론』에 나오는 한 구절을 떠올립니다.

> 대부분의 사람들은 시인의 노래를 그 운율로만 평가하매
> 그들에겐 소리가 매끄럽냐 거치냐가 좋고 나쁨의 기준이네.
> 영리한 뮤즈에겐 오만가지 매력이 어우러져 있건만
> 소리에 빠진 바보들은 뮤즈의 목소리만 찬양하니
> 마음의 수양이 아니라 귀만 즐겁게 하려고
> 파르나소스 동산에 출입하는 셈이네. 마치 교회에 가는 이들이
> **교리는 접어두고 교회 음악만 찾듯이.** (337-343행)[고딕체는 필자의 것]

해묵은 소망 하나

포프는 700행이 넘는 긴 시로 쓴 비평론에서 시의 교양적 측면을 무시하고 음률 효과만 찾는 사람들을 질책하면서, 그들을 교회에서 설교는 듣지 않고 성가대의 노래나 오르간 소리만 밝히는 사람들에 비유합니다. 그러므로 교회를 찾을 때마다 나는 이 구절을 떠올리면서 속으로 따끔한 가책을 느낍니다.

하지만 근자에 나는 내 몰염치한 소망을 변호해 주는 듯한 한 편의 시를 읽었습니다. 미국의 여류 시인 에밀리 디킨슨(Emily Dickinson, 1830–1886)이 남긴 방대한 시 세계를 섭렵하던 중에 반갑게도 다음 시를 만나 참으로 많은 위안을 받았습니다.

> 대사원 안 통로에서 이따금 나는
> 오르간이 하는 말을 듣는다.
> 한마디도 이해하지 못했지만
> 들으며 내내 숨을 죽였다.
>
> 그런데 자리에서 일어나 떠날 때는
> 보다 경건한 소녀가 되어 있었다.
> 하지만 그 오래된 교회 안 통로에서
> 무슨 일을 겪었는지 나는 모른다.

이 시는 1860년경에 쓰였으나 디킨슨 생전에는 출판되지 않았고 제목이 없어서 후세의 한 편집자가 "J. 183"이라고 분류해 두었습니다. 이 시의 의미는 문자 그대로 표면에 다 드러나 있어서 별다른 해석이 필요하지 않습니다. 다만 디킨슨이 서른 살쯤 되었을 때 이 시를 썼으나 경건한 기독교인 집안에 태어나서 독신으로 살던 그녀가 그 무렵에는 이미 교회의 예배에 나가지 않았다는 전기적 사실만 이 자리에 밝혀 두고 싶습니다.

해묵은 소망 하나

비엔나
― 유럽 여행 2024 (5)

오스트리아의 수도 비엔나 ― 현지의 공식 지명은 빈 ― 는 오래전에 1박 하며 반나절 동안 대성당과 변두리의 궁전 한 곳을 둘러보았을 뿐이기에 이번이 사실상 초행이나 다름없습니다. 마침 작년에 비엔나로 수학여행을 가서 4박 5일 머문 적이 있었던 외손녀가 우리의 길잡이를 하겠다고 나섰습니다.

잘츠부르크를 떠난 특급열차가 비엔나역에 도착했을 때는 아직도 오전이었습니다. 우리가 맨 먼저 찾아간 곳은 슈테판 대성당이었습니다. 시내 중심부의 슈테판 광장에 자리 잡은 이 대성당은 12세기에 처음 건립되었으나 13세기에 화재로 소실되고 14-15세기에 걸쳐 고딕 양식으로 재건되었다고 합니다. 하지만 이 오래된 성당은 2차대전 때 연합군의 폭격을 당했고 1952년에야 복구되었습니다. 그런데 로마네스크 양식으로 된 원래의 서쪽 파사드는 오늘날까지 남아 있다고 합니다. 이런 곡절을 겪어서 그런지 이 대규모의 성당은 밖에서 바라볼 때 보는 각도에 따라 서로 다른 건물 같은 느낌을 줍니다.

본당 내부에서는 고딕 양식과 바로크 양식이 섞여 있는 것을 볼 수 있

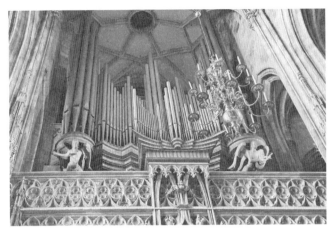
슈테판 대성당 내부의 파이프오르간

는데 전체적으로 우람하면서도 아기자기하다는 인상을 받았습니다. 그리고 찬란한 그림 대신에 네모진 채색 유리를 조각보처럼 배열한 스테인드글라스 창문들이 특히 마음에 들었습니다. 많은 역사적 인물들이 이 성당 내부의 지하에 매장되어 있고 또 모차르트의 혼례 및 장례 미사도 이 성당에서 거행되었다니 참으로 유서 깊은 성당이라 하겠습니다.

둘러보기를 마치고 성당을 나오려 하는데 갑자기 오르간 소리가 들리지 않겠습니까? 마치 비엔나가 나를 환영하기 위해 오르간을 켜기 시작한 듯한 느낌이 들었습니다. 그래서 한동안 숨을 죽이고 귀를 기울였습니다. 어쩌다 서양의 큰 도시를 탐방할 때면 나는 그곳 교회나 대사원을 우선적으로 찾아가고 그럴 때마다 혹시 오르간 소리를 듣게 되지 않을까 은근히 기대하는데, 그날 비엔나에서는 운이 좋게도 그런 소망이 실현되어 무척 흐뭇했습니다.

대성당을 나와서는 슈니첼과 소시지 등으로 점심을 먹고 미술사 박물관을 찾아갔습니다. 이 미술관은 오스트리아 왕가의 수집품들을 수장하

해묵은 소망 하나

기 위해 1891년에 세워졌다고 합니다. 라파엘, 페르메이르, 벨라스케스, 루벤스, 렘브란트, 뒤러, 티치아노, 틴토레토 등의 작품뿐만 아니라 이집트와 중동 지역의 유물들까지 다수 소장하고 있는 이 미술관은 세계 굴지의 박물관 중의 하나로 꼽히고 있습니다.

외손녀가 나를 맨 먼저 이 미술사 박물관으로 데리고 간 데에는 특별한 이유가 있었습니다. 이 박물관이 16세기 플란더스 지방의 최고 화가였던 피터르 브뤼헐(Pieter Bruegel, 1525-1569)의 그림들을 세계에서 가장 많이 소장하고 있기 때문이었습니다. 2015년에 나는 당시 초등학교 4학년생이던 손녀를 데리고 벨기에의 수도 브뤼셀의 한 미술관으로 〈이카루스의 추락〉이라는 브뤼헐의 그림 한 폭을 보러 간 적이 있었습니다.

그 후 공교롭게도 외손녀는 김나지움의 11학년 미술사 시간에 1년간 브뤼헐의 그림들을 집중적으로 분석하는 공부를 했고 그사이에 이 화가에 대한 식견과 애착을 기르게 되었던 모양입니다. 어쨌든 그날 나는 손녀 덕분에 평소에 좋아하던 브뤼헐의 그림들을 그것도 비교적 큰 화폭의 것들을 여러 점 볼 수 있어서 몹시 행복했습니다.

우리가 다음으로 찾아간 곳은 알버티나(Albertina) 미술관입니다. 이 건물은 17세기에 처음 세워진 후 마리아 테레지아의 사위요 미술품 수집가이기도 했던 알버트 대공大公과 그 후손들의 거처가 되었지만, 왕정이 폐기되자 1921년에는 알버티나로 개칭되었다고 합니다. 이 건물은 전쟁 때 대파되었다가 전후에 복구되었고, 2020년에 "알버티나 현대관"이라는 새 미술관도 문을 열었다고 하지만 이번엔 찾지 못했습니다.

우리가 찾아간 날에는 마침 로이 리히텐슈타인(Roy Lichtenstein, 1923-1997)이라는 미국 화가의 특별전이 있었습니다. 잘 알려져 있다시피 그는 앤디 워홀과 함께 20세기의 선구적 팝아티스트로 꼽히는 화가입니다. 하지만 그가 창작과 모방 사이의 간격을 없애거나 고급 예술과 대중예술 간의 벽을 허물면서 파격적으로 그려 냈다는 그림들을 나는 좋아하지 않았습니다. 그러나 이번에 세계 각처에서 빌려 온 대형 원화들을 한자리에 모아 놓은 것을 여러 폭 살펴보니, 리히텐슈타인의 그림에 대한 애착까지는 아니더라도 적어도 그런 파격적 그림 그리기가 그 나름으로 정당화될 수는 있겠다 싶었습니다. 이처럼 리히텐슈타인이나 워홀 같은 화가들을 무조건 배격만 하지 않고 소극적으로나마 수용하게 되었으니 이번 특별전의 관람이 내게는 소중한 계몽의 계기가 된 셈입니다.

알버티나 미술관에는 리히텐슈타인 이외에도 루오, 마티스, 샤갈, 자코메티 같은 20세기의 대표적 미술가들의 작품들도 여러 점 전시되어 있어서 둘러보는 재미가 제법 쏠쏠했습니다.

미술관을 나왔을 때는 오후 4시 30분경이었습니다. 내가 차 한 잔을 했으면 좋겠다고 했더니 외손녀는 좋은 곳이 있다면서 우리를 카페 센트랄 Cafe Central이라는 곳으로 인도했습니다. 1876년에 문을 연 비엔나에서 가장 유명한 카페라는데 입구에는 입장 순서를 기다리며 줄을 선 사람들이 보이더군요. 그 줄에 서서 5, 6분쯤 기다리니까 차례가 왔습니다.

"비엔나에 가면 식사는 슈니첼로 하고, 후식이나 다과로는 아펠슈트루델을 택하라"는 말을 오래전에 들었던 기억을 떠올리면서 나는 홍차 한 잔에 아펠슈트루델을 주문했고 일행도 각자의 취향대로 다과를 골랐습니다. 아펠슈트루델은 기왕에 먹어 본 적이 있지만 별 게 아니고 일종의 애플파이입니다. 이리하여 나는 작가 아르투르 슈니츨러, 정신과 의사 지그문트 프로이트, 정치가 레오 트로츠키 같은 저명인사들이 단골로 출입했고, 왕실에서는 시씨(Sisi)라는 별명을 지니고 있던 자유분방한 성품의 엘리자베트 황후가 나오기도 했다는 비엔나의 유서 깊은 카페에서 흐뭇

한 끽다를 했습니다. 다과 값이, 내 속물적 취향 충족의 대가치고는, 예상 외로 그리 비싸지 않았습니다.

이튿날 오전에는 쇤브룬 궁전을 찾아갔습니다. 예상했던 대로 관광객들로 인해 꽤 소연하더군요. 궁전 내부에는 방이 여럿 있는데 둘러보는 내내 숨이 막히는 듯한 기분이었습니다. 나는 일찍이 영국의 햄프튼 코트 궁과 버킹엄 궁의 일부, 파리 근교의 베르사유 궁, 독일 포츠담의 상수시 궁, 그리고 수일 전엔 뮌헨의 레지덴츠 같은 오래된 왕궁들을 여러 곳 찾아가 보았지만, 솔직히 고백하건대, 그 모든 궁전들이 내게는 거의 같아 보였습니다. 물론 전문적 안식을 가지고 시대별 건축양식이라든가 실내장식 그리고 왕가 고유의 취향이나 가풍 같은 것들을 세세히 살펴보는 사람들에게는 구석구석이 모두 흥미롭겠으나, 내가 보기에는 '그게 그것'으로 보일 뿐임을 부끄럽지만 자인합니다.

관광객들에게 떠밀리다시피 이 방 저 방 기웃거리다가 밖으로 나오니 살 것만 같더군요. 나는 일행을 데리고 궁전 뒤쪽의 광활한 정원으로 갔습니다. 오래전에 왔을 때는 시간에 쫓겨 바라보기만 하고 들어가 보지 못했던 곳을 이번에는 산책해 보고 싶었던 겁니다.

드넓게 전개된 네모의 공간은 "대화단大花壇"이라는데 누가 보아도 프랑스풍으로 설계된 정원입니다. 그 끝자락에는 넵튠 분수라는 큼직한 구조물이 있는데, 넵튠이라면 로마 신화에서 물과 바다를 관장하는 신의 이름이지요. 이 분수에서 쳐다뵈는 언덕 위의 우람한 구조물이 궁금하기에 올라가 보았습니다.

이 석조 건물은 1775년에 합스부르크 왕가의 영광을 기리기 위해 마리아 테레지아의 명으로 세워진 글로리에트(Gloriette)라고 합니다. 프랑스어 사전을 뒤져보니 글로리에트의 뜻은 서양의 정원에 짓는 정자亭子랍니

마리아 테레지아의 명으로 세워진 글로리에트

다. 건물이 어마어마하게 커서 정자에 대한 우리의 통념이 무색해질 정도였습니다. 그 옥상에 올라가 보니 쇤브룬 궁전 너머로 멀리 비엔나 시가지가 보였습니다.

궁의 뒤쪽 베란다에서 바라다뵈는 드넓은 정원 경치야말로 조경造景의 기법이 이룬 하나의 극치라 할 수 있겠습니다. 하지만, 만약 이 글로리에트가 세워지지 않았다면, 그 넓고 아름다운 정원도 아무 짜임새 없이 허전한 공간으로 남았을 거라는 생각이 듭니다.

이날 점심은 좀 특별한 데서 먹었습니다. 외손녀가 수학여행 왔을 때 인솔 교사 중의 한 분이 비엔나 출신이었는데 자기가 젊은 시절에 살던 동네의 오래된 식당으로 애들을 데리고 갔던 모양입니다. 그 식당을 찾아가니 옥호가 센티메타(Centimeter)였습니다. 관광객이라고는 우리뿐이고 동네 사람들만 들락거리는 곳이라 조용한 분위기 속에서 이것저것 취향대로 주문해서 맛있게 먹었습니다.

식후에 우리는 지그문트 프로이트 박물관을 찾아갔습니다. 내가 주도

한 것이 아니고 외손녀에게 이끌려 간 겁니다. 대학 저학년 시절에 나도 당대의 유행에 따라 프로이트 읽기에 심취한 적이 있지만, 그리고 그 후에도 평생 이 정신분석학자에 대한 관심의 끈을 놓은 적이 없지만, 사실 외손녀의 박물관 탐방 제안에는 적이 놀랐습니다. 알고 보니 수학여행 왔을 때 이 박물관에 들러 무언가 자극을 받고 돌아와서 프로이트의『섬뜩한 것들』(Das Unheimliche)이라는 책을 구입해서 읽었던 모양입니다. 그 과정에 생긴 의문 등을 풀기 위해서 프로이트 박물관을 다시 찾고 싶었을 테고요. 그런데 마침 이번에는 이 책에 관련된 특별 전시까지 볼 수 있어서 아이가 무척 흐뭇해하는 눈치였습니다.

그 모든 관심의 추이가 김나지움의 마지막 학년 때 있었던 일이니 독일 중등교육의 인문학적이고 교양적인 측면을 여실히 드러내 보이는 사례라고 할 수 있겠습니다. 우리나라에서는 고3 학생들이 꿈도 꿀 수 없는 일이지요. 탐방을 마치고 나올 때 나는 구내 서점에 들러 아이를 위해 프로이트의 주저主著라 할 수 있는『꿈의 해석』(Die Traumdeutung)을 골랐고 아이 스스로 두어 권 더 고르기에 한꺼번에 책값을 치렀습니다.

우리가 이날 마지막으로 찾은 곳은 1720년 전후에 처음 건립된 두 채의 벨베데레 궁전 중의 위채입니다. 이 궁을 세운 장본인은 프랑스 왕족으로 신성로마제국의 군 통수권자였던 사보이 공작 외젠(Eugene) ─ 혹은 오이겐(Eugen) ─ 공公인데 그는 오토만제국의 침공을 성공적으로 막아 낸 군인이었으며 문학과 예술에 대해서도 높은 식견을 가지고 있었다고 합니다.

훗날 마리아 테레지아의 손에 들어가게 된 이 궁전은 좀처럼 왕족들의 거처로는 사용되지 않았고, 1776년에는 마리아 테레지아와 그의 아들이었던 황제 요제프 2세가 이 궁을 왕실의 미술품 갤러리로 전용하기로 했다고 합니다. 일반 백성들이 왕실의 수집품들에 접근할 수 있게 하려고

벨베데레궁 전경

그런 결정을 내렸다니 합스부르크 왕가는 당대의 계몽주의 사조에 노출
되고 있었음이 분명합니다. 이런 역사적 사실 몇 가지를 새로이 알게 된
것은 이번 여행에서 거둔 기분 좋은 성과이기도 합니다.

오늘날 이 미술관에서는 근대 초기부터 20세기에 이르는 긴 시기에 걸
치는 많은 화가들의 작품이 수장되어 있습니다. 하지만 나중에 알고 보니
이곳을 찾는 사람들은 대부분 구스타프 클림트의 그림들을 염두에 두고
온다는 겁니다.

사실 그간 나는 클림트를 금빛이 도는 그림을 그리는 화가로만 알고 있
었고 그에 대해서는 별로 관심이 없었습니다. 그래서 근년에 서울에서 클
림트 특별전이 열렸을 때도 관람할 생각은 하지도 않았습니다. 이번에 전
혀 예기치 않게 그의 대표작들을 포함하는 많은 그림을 보게 되니 몇 가
지 소감이 없지는 않습니다. 무엇보다 몇몇 작품을 꼼꼼히 살펴보는 사이
에 나는, 클림트의 생몰 연대로 보아, 그가 혹시 당대의 세기말 사조나 심
미주의 풍조의 영향을 받지 않았을까 싶었습니다. 하지만 물론 이는 한

해묵은 소망 하나

아마추어의 뜨내기 소견일 뿐입니다.

독일로 돌아가는 날 오전에는 비행기의 출발까지 시간적 여유가 있기에 다시 슈테판 광장으로 나갔습니다. 계단이 삼백 몇십 개라는 대성당의 종탑에 올라가서 빈 시가지를 내려다보기 위해서였습니다. 오르느라 힘은 좀 들었으나 마침 날이 좋아 사방으로 시원하게 트인 풍경을 실컷 보았습니다. 내려와서는 대성당 안에 다시 들어가 이것저것 둘러보면서 혹시 오르간 연주가 시작되지나 않을까 기대했지만 물론 허사였습니다.

비엔나에서는 사흘 밤을 묵었는데 체재하는 내내 좋은 인상을 많이 받았습니다. 무엇보다 대도시임에도 어디서나 혼잡하다는 느낌이 들지 않았고 전체적 분위기가 밝고 깨끗했습니다. 참으로 비엔나는 역사와 문화가 이상적으로 조화를 이루며 자아낸 사회적 광채랄까 긍지를 감지할 수 있는 곳입니다.

추억 어린 라인강

─ 유럽여행 2024 (8)

벌써 60년이 다 됐네요. 1965년 8월 초순에 나는 영국서 귀국하는 길에 독일에 들러 닷새를 머물렀습니다. 서독의 본 대학교에서 영문학으로 박사과정을 이수하던 빅터 링크라는 젊은이가 영국 대학에서 1년간 제임스 조이스 연구를 하던 중에 나를 자기 집으로 초대했던 겁니다. 그의 집은 본 교외에 있었고 부친은 한 작은 시골 마을의 초등학교 분교장이었는데 빅터는 그 댁의 외아들이었습니다.

하루는 빅터네 가족이 나를 위해 라인강 유역 일대로 나들이를 갔습니다. 그날 일정 중에는 강 크루즈가 포함되어 있었고 배를 탄 곳은 코블렌츠라는 중소 도시였습니다. 질이 좋은 백포도주 산지로 이름난 모젤강이 라인강과 합류하는 곳에 있는 교통요충지이지요.

두 강이 만나는 남쪽 모서리에는 도이체 에크('독일 모퉁이')라는 우람한 석조 기념물이 있는데 반세기가 지나 그곳을 다시 찾아가 보니 상당히 유서 깊은 곳이더군요. 13세기 초엽에 이른바 튜턴 기사단(Teutonic Order)이 이곳에서 설립될 때 도이체 에크라는 지명이 생겨났다고 합니다. 그러니 1893년에 황제 빌헬름 2세가 19세기에 독일을 한 국가로 통합한 빌헬름

해묵은 소망 하나

라인강과 모젤강이 합류하는 지점에 조성된 도이체 에크

1세의 위업을 기리기 위해 그의 기마상을 그곳에다 세운 것도 우연이 아닙니다. 하지만 이 동상은 1945년에 연합군의 폭격을 받아 파손되었고, 전후에는 호이스 대통령이 그곳을 분단된 독일의 통일을 염원하는 기념물로 봉헌했다고 합니다. 그러니 60년 전에 나는 그곳에서 독일 국기가 덩그렇게 게양된 한 거대한 구조물만 보았던 셈입니다. 그러다 동서독이 통일되자 오늘날 우리가 볼 수 있는 빌헬름 1세의 기마상이 다시 그곳에 세워졌답니다.

그날 우리가 탄 유람선은 배의 양쪽 옆구리에서 거대한 바퀴가 빙빙 돌면서 물을 차고 항진하는 화륜선火輪船이었습니다. 우리는 코블렌츠에서 상류의 카웁이라는 고장까지 올라갔다가 되내려왔는데 올라갈 때의 배 이름은 BEETHOVEN호였고 내려올 때는 GOETHE호였던 것으로 기억합니다.

그 일대의 라인강 좌우는 대체로 협곡을 이루고 있습니다. 가파른 비탈 이곳저곳에는 주로 리슬링 품종의 포도밭이 있고 오래된 고성이 보이는

로렐라이 언덕

데 더러는 허물어진 것도 있었으나 보존 상태가 좋은 고성도 여러 곳 있습니다.

배가 카웁 가까이에 이르자 전설 속의 로렐라이 언덕이 나타났고 유람선의 확성기에서는 민요 〈로렐라이〉가 울리기 시작했습니다. 내가 독일어 가사로 그 노래를 흥얼거리자 옆에서 빅터는 그 노래를 어떻게 아느냐고 놀라는 기색이었습니다. 내가 우리나라의 청소년은 누구나 그 노래를 한국어 가사로 부른다고 했더니 그는 더더욱 놀라워했습니다.

나는 고등학교 시절에 제2외국어로 독어를 배웠는데 독어 가사의 노래를 가르쳐 준 이는 독어 선생이 아니고 수학을 담당한 민중현 선생이었습니다. 문리과대학 수학과를 졸업하고 피란길에 고등학교 선생이 된 분이었지요. 그분은 수학 시간에 수열이니 확률이니 하는 것을 가르치다가 걸핏하면 그 특유의 코맹맹이 소리로 이렇게 말씀하시곤 했습니다. "야, 재미없지? 이것 집어치우고 너희들에게 서양사나 가르쳤으면 좋겠다." 어느 날 민 선생은 "너희들 독일어 배우지?" 하더니 칠판에 〈Der

해묵은 소망 하나

Leiermann〉(손잡이풍금 악사)이라는 독일 노래의 가사를 적어 놓고는 노래를 선창하면서 따라 부르라고 했습니다. 그때 우리는 그 노래의 작곡가가 슈베르트라는 것만 알았을 뿐인데 나중에 알고 보니 연가곡집 『겨울 나그네』의 마지막 곡이더군요. 민 선생은 우리에게 다른 연가곡집 『아름다운 물방아간 아가씨』에 나오는 〈Das Wandern〉(배회)도 따라 부르게 했습니다.

전시의 비상 상황에서 고등학교 과정 3년 내내 음악과 미술 등의 예능 수업을 전혀 받지 못하던 우리에겐 가뭄의 비 같은 혜택이었지요. 그 무렵 나는 내친김에 『겨울 나그네』에 나오는 다른 한 곡인 〈Der Lindenbaum〉(보리수)과 민요 〈Lorelei〉(로렐라이)까지 독어 가사로 익혔습니다.

이 이야기를 듣더니 빅터는 보리수를 보여 주겠다며 강 동쪽 언덕 위에 있는 옛 성채로 올라갔습니다. 오늘날에는 도이체 에크에서 강 건너 언덕으로 올라가는 케이블카가 설치되어 있으나 60년 전에는 다리를 건너 그곳으로 올라가야 했습니다. 그 언덕에서 내려다보면 모젤강의 합류지점 좌우로 코블렌츠 시가지가 그림같이 전개되어 있습니다. 그날 나는 높다란 보리수나무를 여러 그루 보았으나 중요한 밀원蜜源이라는 꽃은 본 기억이 없습니다.

근년에야 알게 되었지만 독일에서 Linde라고 부르는 나무는 아욱과科의 Tilia속屬에 드는 피나무의 일종으로 꽃과 잎이 우리나라에 자생하는 피나무와 거의 같지만 별종으로 분류되고 있습니다. 피나무가 우리나라의 불교 사찰 경내에서 더러 '보리수'로 재식되기도 하기 때문에 어쩌다 독어의 Lindenbaum까지 '보리수'로 번역되었다는 설이 있는데 그게 사실이라면 정말 어이없는 일이지요. 우리나라의 피나무나 독일의 Lindenbaum은 우리가 보리수나무라고 부르는 관목이나 불교에서 말하는 인도의 교

퀼른 대성당의 우람한 두 첨탑

목 보리수와는 전혀 다른 식물이니까요.

내가 라인강을 다시 보게 된 것은 1980년대 초엽에 공무로 당시의 서독 정부가 있던 본을 찾아갔을 때였습니다. 나는 틈을 내어 본에서 그리 멀지 않은 퀼른을 다시 찾아갔습니다. 퀼른은 라인강 중류 지역의 중심지라 할 만한 고장인데 독일에서 다섯 손가락 안에 드는 대도시입니다. 2차대전 때 도시 전체가 초토화되었으나 강가에 서 있는 대성당만은 몇 발의 폭탄을 맞고도 늠름하게 서 있었다고 합니다. 빅터는 연합군이 그 성당만은 차마 함부로 때리지 못했을 거라고 말했지만, 연합 공군이 그 두 우람한 첨탑을 폭격기의 비행 지표로 삼기 위해 고의로 남겨 두었다는 설도 있습니다. 그리고 물론 이런 경우에는 더러 "하느님의 보우"를 들먹이는 분도 있을 법합니다.

이 교회의 공식 명칭은 성베드로 가톨릭교회인데 역사적으로 막강한 세력을 휘둘렀다는 퀼른 대주교의 주교좌가 있는 대사원이지요. 이 성당의 건축 내력은 실로 장구합니다. 처음부터 세 동방박사의 유골함을 안치하고 신성로마제국의 황제가 참배할 수 있을 만한 주요 교회로 설계되었으나, 13세기에 처음 시작된 공사는 16세기에 중단되었습니다. 신성로마제국이 끝나고 근대 독일이 통일 국가를 이룬 19세기 초엽에야 교회의 공사가 재개되었고 1880년에 중세 때의 설계 원안대로 완공되었다고 합니다.

이 성당의 두 높다란 고딕 첨탑이 이루는 파사드는 참으로 우람한데 그런 규모는 세계적으로 유례를 찾아보기 어렵다고 합니다. 교회 안에 들어가면 아득히 쳐다뵈는 천장과 높다란 스테인드글라스 창문 등이 탐방객을 압도합니다. 그리고 이 교회에는 동방박사의 유골함 이외에도 교회의 의식과 관련된 희귀한 보물이 다수 소장되어 있습니다. 그뿐만 아니라 5백 개가 넘는 계단을 디디고야 올라갈 수 있는 첨탑 전망대가 있습니다. 그러니 해마다 600만 명이 넘는 탐방객들이 찾아온다고 합니다. 나는 독일에 갈 때마다 쾰른에는 으레 들렀으므로 이미 예닐곱 차례나 이 성당을 탐방했습니다. 올해는 본 일대를 둘러보러 내려가는 길에 쾰른에 들러 이 대사원만 다시 찾았습니다.

나는 기왕에 서독의 수도였던 본에 몇 차례 들렀는데 올해 일삼아 그곳을 다시 찾은 것은 그 인근에 있는 드라헨펠즈(Drachenfels)라는 고성의 유적을 탐방하기 위해서였습니다. 드라헨펠즈는 용의 바위 혹은 용암龍巖으로 번역될 수 있겠는데, 해발 300미터쯤 되는 이 암봉은 본 남쪽의 쾨니히스빈터라는 고장에 있습니다. 12세기에 쾰른 대주교가 관할 지역 방어를 위해 그 정상에 성채를 지었으나 17세기에 있었던 이른바 '30년 전쟁' 때 파괴되었고 그 후에는 재건되지 않은 채 그 폐허만 남아 있습니다.

독일 전설에서 용은 신령스러운 동물이 아니고 괴물이나 악한 존재인 듯합니다. 이 드라헨펠즈에 살았다는 용에 얽힌 전설은 몇 가지 있으나 그중 가장 잘 알려진 것은 독일 중세 서사시 『니벨룽엔리트』(Nibelungenlied)의 주인공인 지크프리트의 행적과 관련 있습니다. 지크프리트가 이 언덕의 동굴에 살던 용 파프니르를 죽인 후 그 피로 목욕을 함으로써 살갗이

드라헨펠즈 고성의 유허

상해를 입지 않을 만큼 강인하게 되었다는 전설이 있습니다.

올해 여식이 나에게 특별히 그곳 탐방을 제안한 것은 19세기 영국의 낭만파 시인 바이런 경卿의 시구가 이 드라헨펠즈의 명성을 드높이는 데 일조했다는 내력 때문이었습니다. 그의 시를 뒤져 보니 장편시 『귀족 청년 해럴드의 순례』 제3부에 나오는 서정시의 첫머리에 다음 구절이 보이네요.

> 성채가 있는 드라헨펠즈 암봉이
> 휘돌아 흐르는 넓은 라인강을 굽어본다.
> 가슴을 활짝 편 강은 포도밭이 뵈는
> 강둑 사이를 도도히 흐르고,
> 언덕마다 꽃이 만개한 수목들,
> 들에는 익어 가는 곡식과 포도,
> 이 모든 것에 군림하는 도읍들이
> 여기저기 하얀 벽을 빛내니,
> 그대가 나와 함께 왔더라면,

해묵은 소망 하나

더 즐겁게 이 광경을 보았을 텐데!

이 바이런 시를 필두로 독일의 하인리히 하이네를 포함하는 시인들이 드라헨펠즈를 읊기 시작하자 이 유적은 국제적 명승지가 되었고 그 명성은 오늘날까지 이어지고 있습니다. 이런 점을 고려할 때 그 지역 관광 당국에서 바이런을 시쳇말로 '인플루엔서'라며 떠받드는 것도 쉽게 납득됩니다.

드라헨펠즈의 정상에 남아 있는 고성의 유적은 너무 보잘것없어서 실망했습니다. 하지만 그곳에서 내려다뵈는 라인강 일대의 경관은 일품이어서 쉽게 뇌리에서 사라질 것 같지 않습니다. 정상에서 걸어서 내려오는 도중에 19세기에 한 귀족이 지었다는 새 드라헨펠즈 성이 보였으나 들어가 보지 않았습니다.

본으로 돌아와서는 도심 지역에 있는 베토벤의 동상을 보고 40여 년 만에 그의 생가도 다시 찾아갔습니다. 나에게는 세 번째 탐방이었습니다. 그리고는 본 뮌스터라는 가톨릭교회에 들렀습니다. 11세기에서 13세기에 걸쳐 세워진 가장 오래된 독일 교회 중의 하나라는데 규모는 비교적 작은 편이나 아담하더군요. 그런데 이 성당은, '뮌스터'(Münster)라는 이름에 암시되어 있듯이, 한때는 선제후를 겸한 쾰른 대주교의 주교좌가 있던 중요한 교회였다고 합니다. 그리고 이 교회의 파이프 오르간은 독일에서 가장 오래된 것 축에 든다고 합니다.

본 시내 탐방은 이 정도로 끝내고 라인강 일대의 더운 여름날 하루 나들이를 일찌감치 마감했습니다.

여산을 두고 옛 시인들은

심심풀이 삼아 한시의 세계를 섭렵하기 시작한 지 꽤 오래된다. 주로 당나라 시대 시인들을 읽은 편이지만 그 전후 시대 시인들도 더러 읽어 보았다. 그중의 여러 편은 암송하려고 애쓴 적이 있고 요즘도 걸핏하면 이런저런 구절들을 마음속으로 떠올리며 백지에 써 본다.

그러는 사이에 시의 주제랄까 특징 몇 가지가 눈에 띄었다. 중국의 땅 덩이가 큰 것을 생각할 때 시인들이 망향을 주제로 삼고 있는 것은 쉽게 이해되고, 변방 위수衛戍의 고달픔과 규방의 외로움을 읊거나 친교와 별리別離 그리고 주흥酒興을 노래하고 있어서 흥미롭다. 또 몇 군데 명승지들은 빈번히 시재로 이용되고 있다. 그중에서도 여산廬山은 시대를 초월하여 다각도로 음영되고 있어서 주목할 만하다. 하지만 나는 이 명산을 탐방한 적이 없고 앞으로도 찾아갈 것 같지 않다. 그러므로 몇몇 시인들이 여산을 어떻게 읊었나를 두고 내 생각을 말하려 하니 조금은 제약감이 든다.

우선, 이백李白(701~762)의 「망여산폭포望廬山瀑布」부터 읽어 보기로 한다.

해묵은 소망 하나

日照香爐生紫烟　　향로봉에 해 비치니 보라 안개 자욱하고
遙看瀑布掛前川　　멀리 폭포 바라보니 앞에 내가 걸린 듯
飛流直下三千尺　　흩날리는 물줄기가 삼천 자를 떨어지니
疑是銀河落九天　　혹시나 하늘에서 은하수가 쏟아지나

　이 시는 처음 읽을 때나 거듭 읽을 때나 마치 한 폭의 진경眞景 산수화를 보는 듯한 느낌을 준다. '진경'이라지만 몇몇 부분이 턱없이 과장된 그런 산수화 말이다. 바라뵈는 폭포가 앞에 걸린 시냇물 같다고 한 것은 그렇다 치고, 그 낙폭을 3천 자라고 한다든지 그 전경을 은하에 비유하다니 그 시각적 이미지가 장쾌하기 이를 데 없다. 그뿐만 아니라 이 시를 읽는 동안에 쏟아지는 폭포수 소리가 귀에 들리는 듯하니 이게 나 한 사람만은 환청인지 모르겠다.

　이처럼 이 칠언절구에서는 시적 수사로서의 과장어법이 최대한으로 활용되고 있으며 이것만이 이 시를 읽는 재미를 유발하는 유일한 디바이스라고 해도 과언이 아니다. 다시 말해, 이 시 속에는 세속적 삶의 희로애락이 배제되고 있으며 철학적 사색의 실마리 따위는 더더구나 찾아볼 수 없다. 하지만 이 시의 문예적 값어치를 따질 때 이런 점이 결격 사유로 될 수는 없다. 이 시는 있는 그대로 별 흠결 없이 완벽해 보인다.

　한편, 백거이白居易(772-846)는 이백의 후대 시인으로 서로 생몰 연대가 겹치지도 않는다. 그는 장안에서 밀려나 구강九江의 사마司馬 자리로 좌천되어 온 후 여산 인근에 초당을 지었고, 「향로봉 아래 새로 산거초당을 짓고 그 동쪽 벽에 쓰다」(香爐峰下新卜山居草堂初成偶題東壁)라는 제목으로 두 편의 칠언율시를 남겼다. 다음은 그 첫째 편이다.

五架三間新草堂	새로 지은 초당은 오가 삼 간에
石階桂柱竹編牆	돌 계단, 계수 기둥, 대로 엮은 담장인데
南簷納日冬天暖	남쪽 처마 볕 들여 겨울날이 따뜻하고
北戶迎風夏月涼	북쪽 창이 바람 맞아 여름철이 시원하네
灑砌飛泉纔有點	섬돌에 날린 샘물 물방울로 떨어지고
拂窗斜竹不成行	창에 스친 대나무는 어지러이 서 있네
來春更葺東廂屋	내년 봄에 동쪽 곁채 이엉을 다시 하고
紙閣蘆簾著孟光	장지문에 갈대발 걸고 아내를 데려오리

　제목을 제외한다면, 이 시에는 여산에 대한 언급이나 암시가 전혀 보이지 않는다. 시인은 지방에서 사마라는 직책을 맡고 있던 자신의 처지를 초연히 외면하는데, 그 과정에 여산이나 향로봉도 슬그머니 실종되고 만다. 그러므로 여산이 아닌 다른 어느 곳에서도 시인이 이런 시를 쓸 수 있지 않았을까 싶을 지경이다. 하지만 그가 여산 인근에 초당을 짓지 않았다면 이 정도의 시를 쓸 수가 있었을까.

　한편, 같은 제목으로 쓴 둘째 시는 시적 진술의 내용이나 어법이 위 시와 사뭇 다르다. 첫째 시가 시인 나름의 이상향을 소박하게 그리는 데 비해, 둘째 시에서는 시인이 생활에 밀착된 술회를 진솔하게 하고 있다.

日高睡足猶慵起	늦도록 실컷 자도 일어나기 싫고
小閣重衾不怕寒	작은 집에 겹이불 추위가 무섭잖네
遺愛寺鐘欹枕聽	유애사 종소리는 베개를 벤 채 듣고
香爐峰雪撥簾看	향로봉 쌓인 눈은 발을 걷고 바라보네
匡廬便是逃名地	편안한 여산은 명리 피해 살 만한 곳
司馬仍爲送老官	사마 자리 그런대로 늘그막에 맞는 벼슬

　　　　　　　　　　　　해묵은 소망 하나

心泰身寧是歸處   심신이 편하다면 귀의할 곳이거늘
故鄕何獨在長安   고향 삼고 살 곳이 어찌 장안뿐이랴

처음 네 줄에서 시인은 시를 쓴 계절을 겨울철로 특정하는 동시에 여산의 눈 덮인 향로봉이 보이고 유애사라는 절의 종소리가 들리는 곳에 자기의 초당이 있음을 구체적으로 밝히고 있다. 이뿐만 아니라 시인 자신의 생활이 장안에서와는 달리 느긋할 수 있음을 은근히 자랑하고 있다. 하지만 자기가 초당을 지은 뜻이 단순히 이상적인 삶의 추구에 있지 않음은 다음 두 구절에서 드러난다. 그는 아름다운 여산이야말로 명리名利를 피해 살 만한 곳이라느니, 군사와 운수에 관련된 직책을 수행하는 사마라는 자리도 노년을 보내기에는 알맞다고 주장한다. 지방으로 좌천되어 온 자가 은근히 표명하는 이 심사는 자기 합리화에 가까운 변명이라 할 수 있겠는데, 이 시의 마지막 두 줄에서 그 절정을 이룬다. 이 결구에서 백거이가 심신을 편하게 하면 어디든 귀의할 곳이 될 수 있다는 사회적 진실 하나를 새삼스럽게 설파할 수 있었던 것도 그가 바로 여산의 향로봉 아래에 초당 한 채를 지을 수 있었기에 가능하지 않았을까 싶다.

백거이가 구강九江에서 사마로 있었던 기간은 3, 4년쯤 되는 듯한데, 거기서 그는 위의 두 편 이외에도 몇 편의 명품 시를 썼다. 이를테면 「대림사도화大林寺桃花」라는 칠언절구는 한 폭의 담백한 수채화처럼 시각적 호소를 하며 깔끔히 다가오고, 「유애사遺愛寺」라는 오언절구는 한 명찰 주위의 새소리와 물소리를 우리 귀에 고스란히 전해 주는 듯하다. 그리고 「문유십구問劉十九」라는 오언절구는 사는 맛의 한 단면을 여실히 그려 내고 있는가 하면, 「산중독음山中獨吟」이라는 오언배율은 여산에서의 분방한 생활을 거침없이 노래하지만, 여기서는 작품별 상론을 피하기로 한다.

다음으로 살펴보고자 하는 시는 소식蘇軾(1037-1101)의 「제서림벽題西林
壁」이다. 소식은 이백이나 백거이보다 몇백 년 뒤에 태어난 송대宋代의
시인인데 같은 여산을 두고 앞서 거론된 시와는 전혀 다른 성격의 시를
썼다.

横看成嶺側成峰　가로 보면 산줄기, 세로 보면 봉우리
遠近高低各不同　멀거니 가깝거니 높낮이도 제각각
不識廬山眞面目　알 수 없어라, 여산의 참모습
只緣身在此山中　오직 내 몸이 이 산중에 있기 때문

소식이 여산의 서림사西林寺 벽에 씨 붙였다는 이 시에는 이백의 시에
서 볼 수 있는 과장어법이 보이지 않고 백거이의 시에서 드러난 이상적인
꿈이나 삶의 애환도 전혀 비치지 않는다. 시로 산수화를 그리거나 자연
속에서의 삶을 찬미하지도 않는다. 그는 오직 여산의 참모습에 대해 자기
가 관찰한 대로 진술할 뿐이며 그 과정에 냉철한 사유의 한 줄기를 드러
낸다. 그는 이 절구의 처음 두 줄에서 여산은 보는 위치와 각도에 따라 그
모습이 각각 다르다고 한 후, 전구轉句에서는 그래서 여산의 참모습을 알
기 어렵다고 잠정적 결론을 내리지만 이내 결구結句에서는 그 어려움의
원인이 보는 이의 위치가 산중에 있기 때문이라고 단정한다.

얼핏 보기에 이런 진술은 너무 뻔해 보이는 진실의 일단을 말하기 때문
에 각별히 주목할 가치가 없어 보인다. 하지만 이 결구가 예사롭지 않은
것은 이 대목에서 표명된 시인의 생각이 사물의 관찰과 관계되는 한 미학
적 원리의 일단을 드러내기 때문이다. 그것은 어떤 사물의 진면목이나 상
황의 실상을 올바로 이해하거나 파악하자면 우리가 육체적으로나 정신

　　　　　　　　　　　　　　해묵은 소망 하나

적으로 그 사물 또는 상황에 몰입해서는 안 되며 오직 그것과 일정한 거리를 두어야 한다는 심미적 원리다. 이 원리는, 다른 모든 만유의 원리가 그러하듯, 새로이 창안된 것이 아니라 원래 있는 것이되 일반적으로 주목받지 못한다. 소식이 한 일은 그 원리에 착안하고 그것을 일삼아 거론한 것뿐이지만 누구나 할 수 있는 일은 아니다.

영어권에도 거리두기의 필요성을 강조할 때 흔히 인용되는 시구가 있다. 소식보다 8백 년이나 뒤에 스코틀랜드에서 태어난 시인 토마스 캠블(Thomas Campbell, 1777-1844)의 아래 이행연구二行連句가 바로 그것이다.

> 'Tis distance lends enchantment to the view,
> And robes the mountain in its azure hue.

이를 직역하면 "경관을 황홀해 보이게 하고 산에 파란 옷을 입히는 것은 거리이다"쯤 되겠고, 풀어서 말한다면 거리를 두고 보아야 경관이 매혹적으로 보일 수 있고 산이 푸르다는 것을 알게 된다는 뜻이다. 그러므로 여기서 캠블이 하고자 하는 말의 요지는 소식의 마지막 두 행의 요지와 다르지 않다. 다시 말해, 두 시인은 한 가지 진실을 각각 다른 말로 표현하고 있을 뿐이다. 요컨대, 시인이 하는 일이 이런 진실의 추구에만 있지는 않으나, 이 진실을 외면하고는 시나 문학이 온전해질 수도 없다.

지금까지 당송 시대의 세 시인이 여산을 두고 쓴 시 네 편을 살펴보았는데 각각 고유의 특징을 지니고 있고 모두 흠잡을 데 없이 읽힌다. 다시 말해 개개의 시가 지닌 특징들은 그 시 고유의 성격을 규정하고 있을 뿐만 아니라 시를 완성하는 데에 충분조건이 되고 있다. 그런데 바로 여기서 위의 모든 특징들을 하나로 아우르는 시가 없을까 싶어진다면 너무 엉뚱한 생각일까? 그래서 마음속으로 그간 읽어 온 시를 이리저리 들춰보니 동진東晉의 도연명陶淵明(365-427)이 읊은 「음주飮酒」시 중의 한 편이 떠오른다.

結廬在人境	사람들이 사는 곳에 집을 지어도
而無車馬喧	시끄러운 수레 소리 들리지 않네.
問君何能爾	묻노니, "어찌 그럴 수 있단 말인가?"
心遠地自偏	"마음이 멀면 땅도 절로 외지나니."
採菊東籬下	동쪽 울타리 아래서 국화꽃 따고
悠然見南山	느긋이 남쪽 산을 바라나보네.
山氣日夕佳	날 저물자 산 기운이 아름답고
飛鳥相與還	나다니던 새들이 모여서 돌아오네.
此中有眞意	바로 여기에 참뜻이 있으련만
欲辨已忘言	말로 표현하려니 이미 잊혔네.

도연명은 강서성江西省 구강현九江縣 출신이라니 그의 고향은 남쪽으로 여산을 바라볼 수 있는 곳이었다. 그는 일찍이 출사에 뜻을 두었고 지방의 관리가 되어 십수 년간 떠돌았다고 한다. 그러다 당대의 정세와 세태에 환멸을 느낀 그는 현령縣令직을 끝으로 공직을 그만두었고 저 유명한 「귀거래사」를 읊으며 낙향한 것으로 알려져 있다. 위 시는 그가 고향으로 돌아와서 지은 전원시 중의 한 편이고 작중에 언급된 '남산'은 일반적인 남쪽 산이 아니고 자기 집에서 바라뵈는 여산임이 분명하다. 이 시는 도합 10행으로 되어 있는 이른바 오언고시인데 하나의 압운을 공유하는 5

개의 이행연구二行連句로 구성되어 있다. 편의상 처음 4행과 다음 4행 그리고 마지막 2행으로 삼분해서 생각해 보기로 한다.

첫째 토막에서 시인은 자기가 낙향해서 집을 지은 곳이 별천지가 아니고 인간 세상이지만 시끄러운 수레 소리가 들리지 않는다고 한 후 이내 그 이유를 자문자답하듯이 설명한다. 비록 마을 사람들과 섞여 살아도, 「귀거래사」에서 마음먹은 대로 주변 세상을 멀리하며 산다면 자기가 사는 곳이 벽지처럼 느껴질 수 있다는 것이다. 불교의 일체유심조一切唯心造 사상까지 굳이 들먹이지 않더라도, 모든 일은 마음먹기에 달려 있다는 이 손쉬운 이치를 누가 모를까. 다만 우리가 평소에 그것을 의식하거나 실천하지 못하고 있을 뿐인데 시인은 이 네 줄로 된 첫 토막에서 그 뻔한 철리哲理를 일삼아 새삼스럽게 확인한다.

둘째 토막에서는 도연명이 자기가 지향하는 전원생활의 단면들을 그리고 있다. 처음 두 줄에서 그는 출세와 명리의 추구를 등지고 낙향한 자신의 소박한 삶을 소묘하고 다음 두 줄에서는 주변의 아름답고 평화로운 정경을 읊는데, 이 네 줄이 합쳐서 시인이 추구하는 이상향을 완성한다.

마지막 두 줄은 도연명이 한 시인으로서 겪는 작시의 어려움을 말하고 있다. 여덟 줄로 된 처음 두 토막에서 그가 언급한 삶과 그 이치 및 주변 정경 속에는 시인인 느끼고 생각하고 읊어야 할 '참뜻[眞意]'이 들어 있지만, 그것을 시로 표현하려고 하면 이미 잊히고 없어 난감하다는 것이다. 세상의 그 어느 시인에게 시를 짓는 일이 쉬울까마는 도연명의 이 맺음말만은 지나친 푸념이나 엄살로만 들리니 웬일일까.

아무튼 "동쪽 언덕에 올라 휘파람 불고 맑은 개울에서 시를 짓다가 우주의 섭리 따라 돌아가겠다"(登東皐以舒嘯 臨淸流而賦詩 聊乘化以歸盡)고 노래하며 여산이 바라다뵈는 고향으로 돌아온 도연명이 위 시와 같은 명품 시를 지었으니 자신의 다짐을 충실히 실행한 셈이 아닐까.

　지금까지 여산을 음영한 네 시인을 살펴보았거니와, 앞서 거론한 세 시인이 각각 시가 지니는 특성 중의 하나에 충실한 시를 완벽하게 썼다면, 도연명은 그 특성들을 아울러 읊는 시를 썼다. 다만 그의 시에서는 이백의 시에서 볼 수 있는 것 같은 과장어법을 찾을 수 없는데 어떤 의미에서든 이 점이 시의 결함으로 여겨질 수는 없다. 왜냐하면 과장 어법은 한 편의 시에서 그 자체로 충분조건은 될 수 있을지언정 모든 시의 필요조건은 아니기 때문이다.

　　　　　　　　　　　　　　　　　　　　　해묵은 소망 하나

이 상 일

가족과도 같지만 평론의 대상이기도 한 사포와의 긴 인연

DMZ가 매체인 무용 예술의 영화화

대학 동문 무용단의 어제와 오늘, 그리고 내일

한국 현대 무용의 미래와 K-문화의 세계화

가족과도 같지만 평론의 대상이기도 한
사포와의 긴 인연

제목이 모순되어 보인다. 사포와의 긴 인연은 가족 관계 같다면 말이 된다. 그런데 평론의 대상인 사포와의 긴 인연도 말이 안 되는 것이 아니다. 사적인 인연도 오래되었지만 사포무용단의 작품들은 내 논평의 대상들이라는 공적인 인연도 오래되었다. 그렇게 모순되어 보이는 명제命題를 안은 채 사포를 말하고 싶다.

모순되어 보이는 명제들은 김화숙 현대 무용단 사포 자체에도 적용된다. 시적 서정성이 사포무용단의 핵심 같은데 동학 혁명군의 유지遺志를 일본에서 받들고 온 〈그대여 돌아오라〉의 역사의식이라든지, 광주 민주화 운동을 무용 예술에 처음으로 담은 〈그해 5월〉의 사회의식과 현대 의식들은 김화숙 현대 무용단 사포의 또 다른 면모의 명제들이다.

1985년 사포가 창단되었을 때부터 "사포"라는 이름을 두고 뒷말들이 있었다. 고대 희랍의 여류 시인 이름이 왜 느닷없이 한국 현대 무용단 이름에 붙느냐. 여류시인의 이름이 붙을 정도로 이 무용단은 서정적일 것이라는 짐작쯤 해 볼 만도 했을 텐데. . . .

해묵은 소망 하나

나는 김화숙 현대 무용단 사포와 개인적 인연들이 많다. 우선 김화숙은 남으로 생각되지 않는다. 개인적인 생각이지만 언제나 그는 내 누이동생 같은 느낌인데, 왜 그런 친밀감을 갖게 되었는지 따로 까닭이 있는 섯도 아니다. 화가인 친언니도 내겐 누이동생 같다. 오래간만에 만나도 내 감정은 변하지 않는다. 본인에게는 부담스러울지 모르지만.

평론가가 특별히 어느 무용단이나 극단에 기울어지면 평문에 사감私感이 끼인다고 철저히 배척해 나온 나의 자세로 봐서는 모순되는 가족관觀이다. 그러나 나 자신은 그런 모순에 영향을 받지 않는다. 일찍 요절한 김 교수의 딸 솔이를 예뻐하기는 했지만 딸은 딸이고 엄마는 엄마고 현대 무용단 사포는 현대 무용단 사포다. 그렇게 나의 평론 척도는 확실히 구분되어 있어서, 공사公私는 구분할 정도로 사람과 작품은 나에게 따로 존립한다. 잘된 것은 잘된 것이고 잘못된 부분은 잘못된 것이라는 나의 비판의식은 한쪽으로 편들지 않는다. 그만한 공정심公正心이 없었으면 아예 평론을 쓰지 않을 테니까.

그만한 자신감이 있어서 나는 말썽 많은 평필評筆을 들었던 것이고 감정이나 정실情實, 주관에 편든 내 글은 반대론에 의해 철저히 깨어지기를 바란다.

나는 성격이 까다로워서 나대로 논지가 서지 않으면 그 논지로 상대를 밀쳐 내어 버린다. 아이를 좋아한다고 해서 그 엄마 아빠를 굳이 좋아해야 할 까닭이 없다고 생각해서 아이의 어머니와 아버지하고는 무심히 지낸다. 그러니까 솔이 엄마라고 해서 굳이 누이동생 같은 느낌이 들 것도 아니다. 그러면 내가 김화숙 선생의 제자였던 신용숙은 좋아했던가. 그럴 수는 있다. 두 팔이 유난히 길었던 전 대표 신용숙을 무용수로서 내가 좋아했던 것은 사실이다. 그만큼 그 팔은 매력적이었다. 매력적인 포인

트로 예술가는 관객을 사로잡아 작품 속으로 그들을 끌어들인다.

김화숙 무용 예술의 포인트는 시적이고 서정적인 분위기 조성이 무용 작품 안에 배어 있고 그런 사실을 의식意識으로 예술적 구도 안에 그려 낸다. 내가 처음 그를 만났을 때 그는 동학혁명으로 일본군에 의해 끌려가 죽은 우리 조상들의 영령英靈들을 모셔 오는 길이었다. 나는 무용단의 그런 역사의식이나 사회의식에 경의를 표한다.

군사독재 시절 스스로 목숨을 바칠 각오로 대항한 시인은 김지하 하나뿐이었던 것이 늘 불만이었던 나는 내가 못하는 것을 누가 대신해 주기만 기대한다. 그런 비겁한 나를 나는 평론의 잣대 안에서만은 있는 사실 그대로 평가하려고 애쓴다. 괜히 자기 자랑 하는 것 같아 쑥스럽지만. . . .

나는 평론가로서 연극인이나 무용가를 '개인적으로' 대하지 않으려는 버릇이 있다. '사적으로' 흐를 관계를 차단하기 위한 하나의 방법이다. 사적으로 흐르면 정실에 기울어지고 정실에 기울다 보면 중립적이고 객관적인 글쓰기 대신 주관적인 편들기가 이루어진다.

적어도 김화숙 현대무용단 사포의 작품 품평에 대한 나의 자세는 그렇다 쳐도 김화숙의 예술가적 매력은 감추려 해도 어쩔 수 없이 느껴진다. 아마도 그럴 때 가족 같은 친밀감이 팬심으로 우리의 관계를 순화시키는 촉매작용을 하는 것은 아닐까.

김복희 · 김화숙 현대무용단 시절 〈요석: 신라의 외출〉이나 〈까페〉는 그들 두 사람의 공동 작품으로 되어 있지만, 타이틀이나 작품의 서정적 구조로 봐서 나에게는 그 두 작품이 김화숙 작품으로 느껴진다.

우리가 처음 작품을 대상으로 만난 것은 위 두 작품이었고 그들의 합작 시절 시정詩情을 체화体化시켰던 김화숙은 1985년 사포 창단 이후 〈여자가 모자를 쓸 때〉(강형숙 안무), 〈사라지는 것에 대한 진혼곡〉, 〈취한 배〉(신

해묵은 소망 하나

용숙 안무), 〈누군가 앉았던 의자〉, 〈거울속의 카르멘〉, 〈달이 물속을 걸을
때〉(김화숙 안무, 한혜리 대본), 동학이야기 〈그대여 돌아오라〉 등 걸작에서
한혜리 대본으로 시정 넘치는 작품 세계는 무용 대본 자체가 무용 독자적
형식이 되었다. 이 무렵의 사포무용단 팬심과 나의 평론 대상의 논평 몇
편을 예시해 보이겠다.

> 김복희 · 김화숙 현대무용단은 서정주 시에 황병기의 음악을 가지고 〈국
> 화 옆에서〉를 형상화하는데, 그것은 현대무용이라기보다 글자 그대로 한
> 국무용의 정체적 표현正體的 表現이라는 말이 옳을 것이다. 따라서 현대
> 무용단의 춤을 보면서 전통 무용을 생각하게 하고 한국무용단의 공연에
> 서 현대 무용을 연상시키게 되는 이번 산울림소극장의 개관 기념 무용제
> 의 특이한 일면이 중시되어야 할 것이다. 그것은 무용에 있어서의 실험
> 과 추구가 어떤 합일점을 어렴풋이 찾아냈다는 뜻이 될는지도 모른다.
> 김복희 김화숙 현대무용단의 〈까페〉는 일상의 무용화를 시도하는 그들
> 시리즈의 연작인데 도시가 지닌 현대성의 뒷면에 서린 표정들을 섬세한
> 기교로 펼쳐 보였다. 그 테크닉은 놀랄 만해서 주제가 오히려 기교에 가
> 려진 정도이고 보면 우리가 얼마나 어설픈 모던 댄스나 발레의 테크닉에
> 우리의 눈을 오염시키고 있었던가를 짐작하게 한다. (『중앙일보』, 1986년 5월)

무용 예술가는 무용 속에서 빛난다. 그런 당연한 진리를 현대무용단 사
포의 〈거울 속의 카르멘〉에서, 한민족 춤 제전에 나온 강수진의 한 토막
발레에서 체험한다. 예술을 창조하는 육체는 신비스럽다. 일상 속에서는
전혀 매력적이지도 않은 육체가 무대 위에서 땀에 배면 여섯 자도 안 되
는 작은 우주와 큰 우주가 공감하는 감흥과 전율을 만들어 낸다.
  현대무용단 사포는 카르멘의 한을 내재화하고 있다. 우리나라 중앙집

권적 문화 풍토에 밀려 '이리'(현재 익산) 지역이라는 머나먼 곳으로 유배당한 사포무용단은 서울의 한 맺힌 대면을 시도한다. 무엇이 다른가. 그렇게 물어 보면 아무것도 다른 것이 없고 나은 것도 없는데 서울은 중심이고 이리는 변두리이자 시골이다. 지역 무용단은 서울에 대해 한을 품는다. 그리고 그 한이 카르멘의 죽음으로, 아니다, 카르멘의 부활로 승화한다. 카르멘은 죽고 그 죽은 자리에 〈거울 속의 카르멘〉들이 춤춘다. 카르멘은 바람난 여인들의 대명사다. 다섯 카르멘이 다섯 가지 바람을 몰고 온다. 그것은 다채로운 현대 무용의 바람이다. 다섯 카르멘만이 현란한 바람을 일으키는 것이 아니라 그림자 카르멘들과 사포 군단의 군무가 휘몰아치는 검은 바람과 다채로운 무늬의 꽃바람으로 죽은 카르멘의 시신을 덮는다. . . . 〈거울 속의 카르멘〉은 카르멘의 죽음에서 시작한다. 비제와 헨델의 음악에 실려 저 분방한 여인 카르멘은 죽지만 그녀는 현대무용단 사포를 만나 '현대적으로' 부활한다. 그녀를 애도하는 검은 상복의 군무는 카르멘을 일종의 운명의 여신—페드라나 엘렉트라의 현대판 신화로 형상화한다. 그런 형상화는 무대를 가득 메우는 군무의 조화로운 진퇴, 카르멘의 주검 위에 내리는 현란한 덮개 천, 개성미를 반영한 다섯 카르멘들의 솔로 댄스와 경연, 및 그림자들의 뒷받침으로 해서 현대 무용이 만들어 낼 수 있는 극적 긴장감을 아주 무용답게 이끌어 냈고 이는 오페라나 연극보다 더한 예술적 공명과 전율을 선사했다. (『객석』, 1992년 12월)

80년대 무용의 대극장 진입에 따른 연극 희곡 형식의 무용 대본 도입은 무용을 연극에 종속되다시피 만들었다. 연극 대본이 아닌 무용 대본으로서의 영상映像 이미지 연결 방식은 무용의 영상미를 통해 몸이 주체인 무용을 '본연 그대로,' 육체로 돌려주는 계기가 되었다는 측면에서 한국 무용사상 중대한 변곡점을 이룬다는 사실을 무용가들 자신은 별로 개의하지 못하는 듯하다.

김화숙 안무, 한혜리 무용 대본은 그렇게 한국 무용의 흐름을 바꾸면서 특히 현대 무용의 추상성과 이미지 연계를 선명하게 주도하며 이야기 중심의 무용극을 타파하여 '보는 춤'의 공연성共演性을 획득해 나갔다. 사포가 호남의 한 지역 무용단에 머물지 않은 것은 그런 시대적 추세를 선도한 까닭에 있다고 나는 보고 있다.

그 무렵 1990년대 나는 김화숙무용단 사포의 많은 걸작들을 보고 나의 망막 안에 그 이미지들을 새겨 넣을 수 있었다. 그 선명한 영상들은 내 공연 평론의 기준으로 기억되기도 했다. 그런 인연들이 나와 현대무용단 사포와의 연계를 돈독하게 한 탓인지 사포의 대표들과 나와의 가족 같은 팬심은 공연이 없어도 지속되어 계절이 바뀔 때면 꽃으로, 특산물 감이나 떡, 미역 튀김 등으로 이어졌다. 강형숙, 신용숙, 신경옥, 박순옥, 박진경, 김옥, 김자영, 강정현, 송현주, 조다수지, 김남선, 그리고 강현진 등등 사포무용단의 핵심들은 나에게 잊힐 수 없는 이름들이다.

그들이 펼쳐 나간 무용 공간의 확대는 극장 공간에서 문화 공간 ― 미술관, 도서관, 박물관, 카페, 레스토랑, 법당 등 문화가 스며들 수 있는 모든 공간 ― 너머 무용의 대화가 가능한 곳이면 어느 곳이든 문을 두드린다. 그 프로젝트는 이름 하여 "사포, 말을 걸다," 그리하여 사포의 "공간 탐색" 프로젝트라고 불린다.

자연환경과 역사와 인간의 삶이 아우러지는 그런 공간은 모든 문화 예술이 춤의 우주로 확대된다는, 김화숙 현대무용단 사포의 큰 주제다. 공연 평론가로서의 나는 사포를 키워 나온 김화숙과 그 동료들만이 발견한 춤의 정도正道가 바로 공간 탐색 프로젝트가 아닐 수 없다고 생각한다.

DMZ가 매체인 무용 예술의 영화화
— 임학선의 현대 무용(1997년)과 강낙현의 씨노그래피(2023년)

한국 무용을 세계화하려는 야심찬 프로젝트, 구체적으로 말하면 한국의 춤을 내세워 현대 세계 예술을 선도하겠다는 뜻이 담긴 프로젝트다. 아니면, 〈비무장지대에 서서〉라는 창작 무용을 소재로 해서 시네마의 세계를, 시노그래피, 시놀로지라는 첨단 영화 수법으로 새로운 통합 예술 장르를 개척해 보려는 시도다. 그런 시도는 여러 분야에서 있었다. 특히 세기말의 총체 예술이 예술 장르 통합을 강력히 추진했다. 그러나 통합이나 총체를 내세우면 반드시 그 반동으로 장르 간의 독립이나 해체가 더 강력히 추구되어 예술 양식과 장르간의 충돌과 대립, 분열이 심화되는 양상을 문예사조상 우리는 여러 번 체험해 나왔다.

나는 예술 장르의 통합이나 총체 예술을 편드는 편이지만 새로운 예술 장르의 탄생이나 양식의 출현에 관심과 호기심을 쏟아붓는 한편, 고전적 양식의 프로화(pro化)에 박수를 보내는 모순된 입장에 있다. 어쩌면 예술은 그런 모순의 표명이 아닐까. 그래서 우선은 연극과 음악, 무용과 음악, 음악과 미술, 미술과 음악+판소리+트롯가요+영화 등등의 '예술적 혼합체'에 시선이 간다. 그러니 장르 그룹끼리의 작은 목소리가 어떻게 성장

해 가는지 안 지켜볼 수가 없다.

속되게 말해서 진부한 '무용의 영화화'라는 구호도 그것이 단순한 '춤의 기록'이 아닌 한 그 두 장르가 어떻게 결합될는지, 그래서 예를 들면 30년 전의 임학선 댄스위의 〈비무장지대에 서서〉가 새로 영화 미학 시노그래피를 공부한 강낙현 감독에 의해서 어떻게 영화화될지 궁금하기 이를 데 없다.

그런 사조의 흐름을 주도하고 있는 그룹들은 전 세계적으로 많을 것이다. 그 가운데 하나, 강낙현 그룹의 이름은 아직 붙여진 것이 없다. 강낙현 영상 감독은 영화가 아니라 첨단 영화학이라 할 시노그래피, 시놀로지를 유럽에서 공부하고 귀국해서 영화과 교수가 되지 않고 한국 공연계 현장의 조명, 음향, 영상 분야부터 공동 작업하면서 두리춤터의 Foyer, Black Box를 근거지로 국내외 동인들과 어울려 현대 예술의 방향타를 가늠하고 있는 것으로 나는 알고 있다. 나는 그를 넓은 뜻의 PD라고 본다. 그와 함께 비디오그래퍼 겸 이른바 영화감독인 전주영, 그리고 댄스위의 안무가들인 임학선, 정보경, 김주빈과 댄서들 — 그들의 발언 어휘 가운데서 내가 뽑아 쓸 낱말들은 한정되어 있어서 그들의 말과 예술적 표현에서 건질 수 있는 것이 얼마나 될지도 알 수 없다. 그러나 춤과 영상, 시노그래피가 결합한다는 것은 모든 예술 양식들이 총체적인 또 하나의 양식을 만들어 내겠다는 선언일 것이다.

느닷없이 '무용의 영화화'라는 진부한 주제로 세간의 주목을 받겠다는 세속적인 의도가 깔려 있을 까닭이 없다. 영화라는 분야가 원래 대중문화의 기치를 흔들며 등장한 가장 늦깎이 예술 장르니까 이미 겪을 대로 겪은 속물근성으로 찌들어 있다 해도 지나친 말은 아니다. 그만큼 문학이나 연극이나 미술, 음악 분야가 판을 치는 문화계에서 가장 먼저 세속적인 속셈을 드러내는 장르가 영화 분야라고 해서 탓할 것은 없다. 오히려 그런 세속적인 욕심을 숨기지 않는 예술 의지의 정직성 때문에 다른 장르의 예술 분야가 알면서 당하는 수모를 겪는다고 해서 영화 쪽을 탓할 수도 없다.

뭐든지 영화화한다. 무용이라고 해서 영화화되지 말라는 법도 없다. 춤과 시네마, 시놀로지가 결합해서 예술의 모든 양식들이 총체적인 또 하나의 양식을 만들어 낸다는 것은 반드시 기적은 아니다. 영화적인 스토리가 안무가들, 무용가들, 감독들에 의해 취합되는 과정이 브레히트적인 서사극 형식으로 부풀어 오르는 과정은 둘 다 비슷하다. 그런 서사극적 절정으로 닮아 오르면서 무용이 정점에서만 터지기 때문에 이야기 서사성이 안무자와 감독 무용수들의 현실에 대한 불만이라든지 사회적 비판 의식이 춤 언어보다 먼저 '말'로서 표현되어 넋두리 형식이 된다. 그만큼 영화 예술의 영상미가 철저히 억제된다. 그 결과 1990년대 한국 전통 무용을 기조로 창립된 임학선 댄스위가 걸프전에서 석유 오염으로 죽어가는 바닷새들을 소재로 한 현대적 창작 무용 〈흰 새의 검은 노래〉, 그리고 우리의 현실이 되어 버린 〈비무장지대에 서서〉 등을 발표했을 때부터 그 소재의 현대성과 감각적 참신성, 의식의 모더니즘이 영상이나 이미지 면에서 시네마, 시놀로지, 시노그래피와 더 밀착될 수 있는 분위기 상태였음에도 오히려 비무장지대(DMZ) 같은 우리의 현실이 영상으로 엄밀하게 표착되지 못했다는 사실은 그만큼 영화 산업계의 후진성을 증명하는 것이다.

주목할 점은 90년대 한국 창작 무용 〈비무장지대에 서서〉 같은 작품이

해묵은 소망 하나

어찌하여 30년이 지나 비로소 대중매체인 영화에 담겨 개봉(2023년 12월 8일 8시, 시네마큐브 시연회)되었느냐 하는 것이다. 〈비무장지대에 서서〉는 6·25전쟁의 폐허 가운데 생겨난 남북 대결의 현장이자 바로 민족의 생피가 흐르는 상처의 괴물이다. 그 괴물의 뱃속에서 태어난 비무장지대가 이제는 '역설적으로' 건강한 자연 환경과 평화의 상징으로 승급되어 입질에 오른다. 당연히 대중문화 매체인 영화가 이 비무장지대를 놓치고 지나갈 수 없다. 그래서 영화로 담는다. 이른바 댄스 필름으로 영화에 담기는 장르는 기록 쪽이다. 시사 뉴스 기록에서 차츰 예술교육기록으로서 연극, 미술, 음악과 함께 무용의 영화화가 기록, 다큐멘터리의 성격으로 부각된다. 무용 작품의 영화화는 자료 이상의 가치가 있는 것이다. 자료로서의 무용 작품이 아니라 명품 영화로서의 무용인 그런 비무장지대를 우리는 보고 싶다. 그리고 그 가능성도 거의 찾아낸 듯하다.

어쩌면 우리의 속물근성이 한 대 맞은 것일지도 모를 일이다. '춤추는 비무장 지대'라는 별난 착상영화화된 비무장지대라는 한국 전란戰亂의 괴물이 어떻게 환경 보존과 평화의 상징이 되어 갔는가를 다루는 '이야기가 있는 서사극' 형식은 어쩔 수 없이 이야기가 있는 서사敍事 형식이라서, 쉬엄쉬엄 읽는 소설처럼 이야기 내용도 그렇게 극적일 필요는 없다. 그렇다 하더라도 영화화된 비무장지대는 무용극적 소재가 안 드러날 수가 없는 것이다.

그래서 댄스위 공간과 인적 구성이 차용借用된다. 연기자로서 댄서들이 차출되고 안무자들이 연출자로 불려나오고 촬영자와 영화감독도 민낯을 드러내야 하고 마침내 제작자도 불려 나와 왜 이런 영화를 찍게 되었는지 이실직고以實直告해야 하며, 결국 이 작품에 관여한 모두가 무용 제작과 영화 제작 과정의 신앙고백 성사聖事를 마쳐야 한다.

이 부분에 강낙현 PD의 탁월한 재능이 발휘된다. 한국 춤의 세계화 프로젝트인 까닭에 당연히 무용이 주제를 이끌어 나갈 것이라고 믿고 있는 관객들은 두리춤터 FOYER-BLACK BOX의 지하와 일층 무대 공간에서 찍힌 영상들 편집을 지켜보면서 무용의 영화화답지 않은 관계자들의 인터뷰와 마주한다. 인터뷰라면 리얼리즘이다. 관계자들, 연기자, 댄서, 안무자들 하며 연출 감독들의. 그동안의 체험이며 이력이며 경력, 그리고 각자의 삶의 성찰이 무용이 침묵한 화면에 인터뷰의 영상으로 계속되고 그런 예술적 삶의 성찰은 결국 강낙현 PD의 '장인 정신'으로 집결되어 표출된다.

예술가는 운명적으로 예술가로 태어난다. 가난, 실패, 좌절, 그런 그늘진 음지에서 그들이 일어설 수 있는 것은 한 가닥 구원의 불빛 때문이다. 그런 무수한 이야기들이 관계자들의 입을 통해 생생하게 들려온다. 춤의 영상이 아니라 영화화라는 트릭에 걸려 비무장지대라는 영화 한 편이 돌아가고 있는 사이(2023. 12. 8. 오후8시 씨네큐브 2관)에 우리는 30년 전 〈비무장지대에 서서〉의 우리와 2023년 〈DMZ: Rough Cut〉의 우리 사이에 벌어진 시간과 공간의 간극을 절감한다. 이제 비무장지대는 분단된 민족의 상징이자 환경 보호와 연구, 평화의 수단으로, 그 상징 개념도 확대되어 있다. 과거의 시간이나 역사나 의미는 현재의 우리가 볼 때 전혀 차원이 달라진 우리의 시공이다.

영화 〈DMZ: Rough Cut〉의 내용은 '제1장 비무장지대,' '제2장 나 땐말이야,' '제3장 비무장지대에 사는 사람들'로, 30년 전의 무용 공연 출연자들과 안무가, 감독의 생활환경도 엄청나게 달라졌고 인터뷰 대화를 통해 영화를 매개로 한 문화의 차이, 세대 간의 의식 차이, 무엇보다도 문화 국

해묵은 소망 하나

가의 금도가 드러나면 이 30년 세월이 까마득해 보인다. 이 부분은 인터 뷰 형식을 통한 침묵의 화면, 무용이 없다는 것이 특징적이다. 영화는 제 3자적 자리에서 출연자들의 이야기로 채워질 뿐이다. 화면이 이야기해 주는 것은 출연자들의 예술적 열정만이 무용으로, 움직임으로, 안무로, 서툰 이데올로기로, 아름다운 미학으로 이야기될 뿐이다. 그래서 '제4장 강 감독님' 편이 보조적으로 원용援用된다.

공적인 작품 제작 면에서 영화감독 쥬드, 정주영의 개인적 '사적私的' 관심 표명이 왜 강낙현의 영화인 데뷔가 미루어진 까닭과 예술 장르 간의 대화가 지지부진한 이유를 더듬는다. 살 만한 생활환경 가운데서 불만이 나 저항, 대결의 열정을 꽃 피워 보지 못한 이 불우한 시대의 영웅은 스스 로 영상 전문가의 험로를 다지지 못한 예술가적 양심에 시달린다. 강낙현 이 일찍 영화 세계에 몰두하지 못한 근거는 프로 정신의 확립에 있는 것 임을 마침내 우리는 알게 된다.

그는 어쩌면 현대의 도인道人일지 모른다. 과학을 경전經典으로 삼고 테 크닉을 수단으로 삼는 현대의 신선神仙은 마치 깊은 산 속에서 도를 닦고 있는 수도승修道僧의 역행力行 같은 삶의 행로를 닮았다. 도를 닦듯 그는 무용이 없는 침묵의 1차 편집을 통해 30년 전의 무용 공연 영화화를 예술 의 장인 정신 탐구로 소진하듯 한다. 이 과정에서 나 같은 속물은 이야기 로 전달되는 서사극의 단편에 매달려 1차 편집의 영화 1, 2, 3편에 무용 예술의 몽상을 끌어안고 〈비무장지대에 서서〉의 파괴와 죽음과 비극을 그린다. 그리고 4편의 강낙현 PD의 영화 제작에 나서지 못한 신앙 고백 을 들으며 그가 춤의 영화화를 위한 영혼의 흐느낌, 영화 소재로서의 무 용적 성숙을 기다려 왔던 인고의 세월을 다시 읽는다.

비무장지대에 터지는 핵우산의 영상과 한국 무용의 세계화 프로젝트의 확실하고 구체적인 사실 증언들을 무용 영화화를 통해 '본다는 것'은 영적 감동이고 인내의 감명이며 장인 정신의 확립을 향한 탄식임을 비로소 깨닫게 된다.

(2023년 12월 11일)

대학 동문 무용단의 어제와 오늘, 그리고 내일
— 한국 현대 무용의 새로운 시대를 기대하며

최근 대학 동문 무용단 40주년 기념 공연의 축사를 쓰면서 알게 된 사실이 1970-80년대 대학가 무용학과의 어지러운 창립 현상이었다. 그 결과 90년대까지 이 좁은 한국 땅에 43개의 대학 무용학과들이 설립되었다는 사실을 알게 되었다. 그 무렵 외국에 나가면 외국 무용인들이 그렇게 한국을 부러워했다고 한다. 자기들은 지자체 안에 무용학교 하나 없고 무용단 유지하고 공연하기 힘든데, 한국에는 대학 무용학과가 43개나 있다니! 그 무용학과 지도교수가 자기 졸업생들을 데리고 전문 동문 무용단을 만들어 활동할 수 있으면, 그건 무용가로서 더 이상 '이상적일 수 없다'는 부러움의 대상이었던 것이다.

나는 그 1970-80년대의 정치권과 문교 당국이 야합하여 현실화한 대학 정원제 해제와 같은 정책은 쓸데없는 사회적 낭비만 불러일으키고, 예체능대학이라든지 제2외국어학과의 난립을 부추긴 것을 국가적, 사회적 손실로 비판하는 편이다. 대학생 수가 늘어난 만큼 국민 교육 수준과 문화적 수준이 높아졌다는 것은 결과론적 수치일 뿐 그런 전환기를 잘 넘기게 해 준 것은 국민적 능력으로 귀결해야 옳다.

그 많던 예능학과들과 제2외국어 학과들은 40년이 지난 현재 각 대학에서 거의 없어져 버렸다. 무용 분야에 한정해서 말해도 43개 대학 무용학과 지도교수 제1대가 제자 졸업생들을 데리고 전공 동문 무용단을 창단해 공연 발표들을 해 대던 80-90년대부터 한국 무용계는 계속 무용의 르네상스 시대를 구가해 왔다. 입시 비리가 터지고 교수들의 부정행위가 매스컴에 폭로되고 지도교수가 감옥에 가는 등 우여곡절이 생겨도 지도교수 제도와 동문 무용단 관계는 교수들 제1대의 정년퇴임 때까지 보장된 것처럼 보였다. 지도교수 제1일대의 정년 은퇴기와 맞물린 대학무용학과와 동문 무용단의 최성수기는 한국사회의 산업구조 조직에 따른 문화 환경의 변화로 갑작스럽게 하강 곡선을 그리기 시작한다. 그 시기가 무용지도교수 제1대에 생겨난 무용단들의 창립 40주년과 대개 맞물린다.

지도교수 제1대의 제자 동문 무용단은 전통과 현대를 아우르는, 1984년 창단의 리을 무용단(지도교수 배정혜), 서정의 형상화를 노린 현대무용단 사포(김화숙, 1985년), 현대의 무대화를 꿈꾼 서울현대무용단(박명숙, 1986년), 전통의 현대적 체계화를 표방한 댄스위(WE)(임학선, 1986년) 등등이 있으며, 1975년 창단된 최초의 동문 무용단 한국컨템포러리댄스는 2015년 40주년 공연을 끝으로 스스로 해체 결정으로 사명을 다했고, 초창기의 가림다댄스컴퍼니는 제자 세대와 김복희무용단으로 분리 활동 중이다. 한편, 하야로비 무용단(하정애, 1985년)에 대해서 나의 정보망은 두절된 상태다.

어제(9월 22일) 나는 리을무용단 40주년 기념 공연 〈미혹〉을 보며 그들의 창단 이념이 전통과 현대의 조화라면 제자 세대에 대한 무용 교육이 극장 무대 현장에 이어져 있음을 목격했다. 그런 면에서 보면 일찍 요절한 김영희 지도교수 일대의 무트댄스 제자 세대들이 마련해 나가고 있는 〈BE 무트〉(사단법인 무트댄스, 이사장 김정아) 공연 형식도 하나의 발전 양상으로 가정할 수 있다.

나는 지금 시점을 한국 현대 무용사의 전환점으로 본다. 제1대 교수에게서 현대 무용 이론과 실기를 통해 교육된 제자 세대들의 경쟁 시대가 열려 지도교수 퇴임 이후 그 후속세대의 경쟁 시대를 거쳐 한국 현대 무용은 비로소 정착되어 갈 것이다. 그런 논리대로라면 많은 동문 무용단들은 지도교수 퇴장과 더불어 소멸될 수밖에 없다는 것이 역사적 현실이고 무용사적 흐름이 아닐 수 없다. 곧 창단 이념의 지속과 제자 세대들의 경쟁력을 어떻게 키워 주었느냐가 지도교수 제1대의 과제가 뚜렷해지는 셈이다.

대학 동문 무용단의 존립과 존속은 그들이 대학에서 배운 학술 이론과 갈고닦은 실기와 함께 무용단 창립 이념이라든지 예술 의지의 심화에 달려 있다. 그러니까 지도교수 제1대가 사라져도 후속 세대들이 어떻게 그들의 창립 이념을 계승하느냐에 달려 있다는 이야기다. 무용단 이름만의 존립은 역사적 의의가 없다. 그들의 창립 이념이 지속되고 심화되고 확대되고 있는가가 문제인 것이다.

돌이켜 보면 20세기 들어 시작된 한국의 근대화 개화기開化期는 전통 봉건제도에 묶인 양식과 내용의 개혁이었다. 무용 분야의 경우 궁정 의례儀禮였던 춤은 탈춤의 활력과 기방춤의 상업주의에 근대 교육제도에 의한 전통 무용, 현대 무용, 발레 무용 삼분법으로 확대된 신무용, 창작 무용으로 발전했으나 무용의 근대화는 아직도 현대의 계몽 수준이다. 계몽기 단계를 극복한 진정한 현대 한국 무용 시대의 도래, 한국 현대 무용 시대가 80년대 대학 무용학과와 동문 무용단 창단으로 시작된 것이고, 제

1대들이 은퇴한 다음 제자 세대에 의한 발전과 성숙이 한국 현대 무용의 완성기이며 바로 한국 문화의 세계화 시그널이 된다.

한국의 근대화가 일제 식민지배, 동족상잔의 비극을 거친 가난의 트라우마, 그런 것도 어쩌면 무용 문화의 큰 자산이 될지 모른다. 80년대를 기준으로 냉전 체제의 붕괴와 서울 올림픽 개최에 따른 자본주의와 사회주의 교류와 더불어 민주주의 현대 교육과정을 통해 K-문화는 다양한 예술사조들을 경험했다. 70년대 들어 현대 산업 경제 체제로 국가 경제정책들이 수립되고 80년대 들어 문화정책도 발표되었다. 무용 부분에서는 무용 예술의 극장 도입이 이루어지고 춤의 해가 선포될 정도로 춤의 정신과 의식이 현대적으로 강조된 셈이다.

한편 밖으로 세계 예술사조도 큰 전환을 이룬다. 서구 중심의 아리스토텔레스 미학 체계였던 '말과 대사'의 사실주의 연극이 부조리극과 서사극으로 해체당하고 동양이나 여타 대륙의 제3세계 예술 원리인 '몸의 미학'이 정면으로 부각, 아름다움의 기준이 선회한 것이다. 말하자면 예술 중심의 문화가 인접 예술과 학문과 과학의 통섭統攝(consilience)의 시대, 콜라보레이션 시대를 가져온 것이다.

그런 조류에 맞추어 한국 현대 무용의 주류를 누가 쥐느냐에 따라 한국 문화의 세계화를 누가 주도할 것이냐가 결정될 것이다.

(2024년 9월 25일)

해묵은 소망 하나

한국 현대 무용의 미래와 K-문화의 세계화
— 임학선 댄스 위의 〈Beyond · 인무구로人舞俱老〉 공연에 즈음하여

1970-80년대와 90년대에 걸쳐 대학에 신설된 무용학과는 전국적으로 43개나 되었다. 외국 무용가들이 얼마나 한국을 부러워했던지, 미루어 짐작할 만하다. 무용과만이 아니라 음악과 미술 등 예체능학과와 영화연극학과, 그리고 제2외국어 어문학과의 수적으로 지나친 신설은 당시 대학교육 정책의 큰 실수였다. 그 많던 무용학과들, 예체능학과들, 그리고 제2외국어학과들은 40-50년이 지난 현재 거의 사라져 버렸다. 무용학과의 지도교수와 그 제자들이 만들었던 동문 무용단들의 공연 활동도 한때 한국 무용계의 르네상스기라고 불렸던 성수기를 지나 이제 아주 뜸해졌다.

그런 가운데 임학선 댄스위의 〈Beyond · 인무구로人舞俱老〉 공연 소식은 반갑다. 나에게 전달되는 무용학과 지도교수 이름의 동문 무용단 활동 뉴스 가운데 최근 배정혜 리을무용단 창단 40주년 공연과 박명숙 현대무용단 소식이 들렸을 뿐 1975년 창단되었던 한국 최초의 현대무용단 컨템포라리 댄스는 40주년 공연을 끝으로 자진 해체했고, 김복희 · 김화숙 현대무용단은 각자 분리 독립된 이후 김화숙의 사포무용단(1985년 창단)이

서정 춤의 심화와 무용 공간 확대 시도로 이목을 끈다. 부산의 하야로비 무용단(하정애, 1985년 창단) 공연 활동은 무엇을 주제로 삼고 있는지 나는 모른다.

발레의 동문 무용단 발레블랑의 존재 가치는 이대 발레 지도교수에 달렸다. 유일한 발레 민간단체인 유니버설발레단의 존재 의의만이 특별하다. 김매자의 창무회가 창무이즘까지 내건 활동은 이례적인데 요절한 김영희 지도교수 제1대의 무트댄스는 지도교수 서거 후 사단법인화되어 'Be 무트' 공연 형태로 제자 세대의 한국 현대 무용 미래상을 보여 주는 듯하다.

이름만 걸친 무용학과 지도교수 무용단의 존립은 무의미하다. 43개 대학 무용학과 지도교수 동문 무용단들 가운데 제대로 존재 의의를 드러내는 활동이 얼마 되지 않는다는 사실은 창단 이념의 지속이 없다는 뜻이다.

지도교수들이 떠나고 제자 세대들이 정녕 퇴임할 시기가 되었으니 이후에도 계속 살아남을 수 있는 무용단이 되려면 그들의 창단 이념이 심화되고 진정한 예술 정신이 계승되어야 한다.

그런 측면에서 세계 무용사의 동양적 뿌리를 잇는 유교의 일무佾舞 양식과 한국의 태극 원리, 그리고 붓글씨를 체현하는 임학선 댄스위의 학술 연구와 대학 교육은 유럽 발레 무용 미학에 맞설 수 있는 근거를 확보하고 있다고 봐도 된다. 성균관대학이 유교 전통의 맥을 잇고 있는 것도 큰 강점의 하나다.

돌이켜 보면 20세기 초두부터 시작된 한국 문화의 근대화는 특히 무용 부문에 있어서 궁중 예술이라는 아악과 궁중 의식儀式 무용의 폐쇄성에 갇혀있던 예술 정신, 무용 의식意識을 민속 탈춤이라는 활력, 기방 무용 수준에서 보편적인 예술 양식이라는 학술적 미학 마당으로 내몰았다. 우리에게 있어서 근대화 이후의 신무용은 새로운 한국 무용 운동이었다. 그 운동에는 많은 선각자들이 참여하였으며 크고 작은 움직임들이 작용했다. 그런 움직임들이 주류가 되어 전통 무용, 현대 무용, 발레 무용을 흡수하며 신무용은 창작 무용 사조까지 발전되어 나온 것이다.

80년대가 중요하다. 한국 현대사는 일제 식민 체제와 동족상잔의 비극을 거치며 민주주의와 자본주의를 실습하고 냉전붕괴와 함께 동서 진영의 국제 교류를 체험하며 우리다운 민족 문화와 문화 정책들을 현대적으로 수립해 나왔다. 무용 부문에서는 80년대 들어 많은 대학 무용학과들이 창립되어 무용의 현대 교육이 확대되었고, 무용 공연의 대극장 도입이 이루어지고 무용의 해가 선포되어 무용 의식이 높아졌다. 밖으로도 세계 예술사조가 구상에서 추상으로, 사실주의 연극도 부조리 연극과 서사극으로, '말(대사) 중심' 아리스토텔레스 미학이 '몸 중심'의 제3세계 미학으로 대체되었다.

서구의 발레와 문화가 동양의 일무와 태극원리에 관심을 갖는 것은 당연하다.

그런 가운데 임학선 춤 60년, 댄스위 무용단 40년을 기념하는 〈Beyond · 인무구로〉공연은 춤이 학술이며 예술이며 삶이 녹아 있는 역사로 보편화되어 가는 과정을 그린다.

신무용과 창작무용 시대를 넘어서 진정한 한국현대무용 시대를 열기 시작한 80년대 이후 대학무용학과 지도교수 제1대가 키워 낸 동문 무용단들이 저마다의 개성과 예술 정신으로 21세기의 한국 현대 무용과 K-문화의 세계화를 주도하는 시대 ─ 그런 꿈은 전쟁의 춘추시대에서 평화의 예악 이념으로 바뀐 일무의 현대적 복원 형태가 어린이, 가족, 마을 지자체 단위, 도시별, 국가별, 대륙별 구성의 현대적 일무 구성과 맞아떨어

진다. 한국이 태극원리 실현의 지구촌 최초의 문화축전 올림픽 기원起源
의 땅이 되지 말라는 법도 없어 보인다.

(2024년 10월)

이 익 섭

이청준의 소설 문장

이청준의 소설 문장

1

　근자에 출간된 『이청준 평전』(2023)[1]을 읽으면서 이청준 소설을 다시 찾아 읽게 되었다. 그러면서 크게 놀랐다. 그동안 이청준 소설을 가까이하며 지내 왔다고 생각하고 있었는데 전혀 아니었다. 그 평전에 올라 있는 소설들이 대부분 낯선 제목들이었다. 벌써 꽤 오래전이긴 하나 『낮은 데로 임하소서』(1981)를 열심히 읽고 남에게 추천도 한 것은 확실한데, 그리고 졸문 「좋은 글을 찾아서」[2]에 이청준 소설에서 "열 걸음도 못 떨어져 앉은 거무의 모습은 잘 보이지 않고 어둠속에서 담뱃불만 이따금씩 숨을 쉬고 있다"(石花村: 255)를 예문으로 뽑아 쓴 일까지 있었는데,[3] 이상하다 싶어 『별을 보여 드립니다』를 다시 꺼내 보니 1971년 9월 10일 발행의 초간본이 고색창연한 모습으로 소중히 보관되어 있으나, 몇몇 단편을 뽑아 읽

<hr />

1　이윤옥, 『이청준 평전』(문학과지성사, 2023).
2　『국어생활』(국어연구소, 1990년 겨울호). 나중 『국어 사랑은 나라 사랑』(문학사상사, 1998)에 재록.
3　이 예문은 졸저 『고등학교 작문』(학연사, 1990)에도 인용되었다.

　　　　　　　　　　　해묵은 소망 하나

어 보아도 그 줄거리가 도무지 생소하기만 하였다.

놀랄 일은 또 있었다. 이번에 읽다 보니, 뜻밖에도 이청준의 글에서 이상하게 거슬리는, 그중에서도 문법적으로 불안한 문장들이 적지 않게 나오는 것이 그러했다. 나는 소설뿐 아니라 글을 읽다가 거슬리는 것이 나오면 연필로 표시를 해 놓는 버릇이 있는데 『별을 보여 드립니다』 초판 그 어디에도, 저 앞 「石花村」의 좋은 표현 그 자리 외에는 연필 자국이라곤 없었다. 돌이켜 보면 이청준이 등단할 무렵 우리가 4·19세대라고 부르던 서울대학교 문리대의 일단이, 이청준을 비롯하여 김승옥이며 박태순이며 김현이며 대단한 걸물(傑物)들이 등단하여 우리 문단에 큰 혁신을 불러일으키면서 주변의 우리도 들떠 있었는데, 나는 그중에서도 김승옥에 빠져 있었지만 이청준에게도 큰 신뢰가 가 설마 이들이 문장을 서툴게 쓰리라는 것은 아예 상상도 하지 않았고, 나도 그 새 물결의 일원이나 되는 양 (나는 이들보다 4년이나 선배였음에도) 그저 들떠 있기만 했던 듯하다. 그래서 더했겠지만 이번에 이청준의 글을 읽으며 거슬리는 문장이 보이는 것은 큰 충격이었다. 주위 사람들에게 혹시 이청준의 문장에 대해 이런 쪽으로 얘기들이 오간 일이 있었느냐고 하니 다들 없었다고 했다. 얼마나 우뚝 높이 올라앉은 작가인가. 나부터 얼마나 큰 신뢰를 보내며 자랑스러워하고 있었는가. 그만큼 충격은 컸고, 그만큼 '나쁜 문장'이 나타날 때마다(연필 자국이 늘어날 때마다) 그동안의 내 무심과 게으름이 부끄러움으로 다가왔다.

「국어학자의 소설 읽기」[4]를 다시 한번 해 보아야겠다는 생각이 들었다.

---

4 나는 「국어학자의 소설 읽기」(『현대문학』 1994년 1월호)를 비롯하여 「非文과 名文」(『文學과 知性』 1972년 겨울호), 「좋은 글을 찾아서」(『국어생활』 23, 1990), 「소설 같은 계절」(『문학과 사회』 58,

연필 자국이 있는 문장들을 모아 그것들이 어떤 점에서 문법적으로, 또 문장론적으로 문제를 일으키는지를, 국어학자로서, 그보다는 작문 선생으로서 좀 차근차근 분석해 보고 싶어진 것이다.

이 글에서 다룬 예문은 주로 『별을 보여 드립니다』(1971)에 수록된 것 중 비중이 큰 것으로 생각되는 다음 몇 편의 것이다. 『별을 보여 드립니다』의 책 제목을 정할 때 『별을 보여 드립니다』와 『『幸福園』의 예수』가 경합을 벌였다고 해서 이 두 편, 나중 2010년 문학과지성사에서 전집을 낼 때 『별을 보여 드립니다』가 분량이 많아 두 권으로 분책分冊이 되면서 각각 『병신과 머저리』 및 『매잡이』의 이름으로 출간된 것에 의거하여 이 두 편, 그리고 처녀작 「退院」을 비롯하여 「石花村」, 「沈沒船」 등. 여기에 장편으로 작가 스스로 대표작으로 꼽았다는 『당신들의 천국』(2012)과 산문집 『사라진 밀실을 찾아서』(1994/2009)에서 자료를 보강하였다.

이청준은 발표된 글에도 계속 수정을 가하여 전집류로 묶을 때는 그 수정된 부분을 전폭적으로 반영하였다 한다.[5] 마침 열화당(悅話堂)에서 복간한 『별을 보여 드립니다』(2023) 별권別卷[6]에 그 수정 내용이 〈『별을 보여 드

2002) 등 소설가들의 문장을 비판하는 글을 꽤 많이 써 왔다.

5 "선생은 이미 나온 책들의 페이지마다 깨알 같은 글씨로 수정에 수정을 거듭하고 있었다(내 개인적 생각으로, 이번 전집은 선생 자신의 손으로 당신 작품의 마지막 판본을 확정해 간 데 무엇보다 중요한 의미가 있다). 내가 보기엔 이미 완성품인 작품들을 놓고 말이다"(이인성, 『식물성의 저항』 2000: 244).

6 이청준 서거 5주기 특집으로 복간된 『별을 보여 드립니다』(2023)는 두 권(2권 2책)으로 되어 있는데, 하나는 1971년 판을 거의 그대로 재현한 복간본이고, 다른 하나는 큰 제호는 역시 『별을 보여 드립니다』이나 '불혹의 세월이 남긴 기록들'이란 부제가 붙은 것으로 여러 참고 자료를 묶은 책이다. 그것을 여기서는 '별권'으로 부르고자 한다.

해묵은 소망 하나

립니다』의 달라진 표현 대조표〉라는 이름으로 깔끔히 정리되어 있었다. 이 글에서 다룬 예문들은 그 부단한 수정 작업에서도 고쳐지지 않고 그대로 남아 있는 부분들이다.[7] 예문 뒤의 페이지는 『별을 보여 드립니다』에 수록된 소설의 경우 앞쪽은 1971년 초판의 것이고 빗금 뒤쪽은 2023년 복간본의 것이다. 예문의 소설 작품명에는 단행본이든 개별 작품이든 꺾음쇠 따위의 기호를 달지 않았으며 산문의 경우는 일반적으로 쓰이는 형식을 따랐다. 『별을 보여 드립니다』의 예문은 맞춤법 등 대개는 2023년 판에서 바로잡은 것을 따랐으나 제목의 한자漢字는 초판의 것을 그대로 따랐다.

2

문법적인 것을 보기 전에 일반 지식에 관련된 것 한두 가지를 먼저 보고자 한다. 앞에서 보았듯이 이청준은 이미 출간된 작품에도 계속 수정을 해 가는 치열한 작가였고, 그것은 "이청준은 전문 지식이나 과학적 사실과 어긋난 소설 속 묘사를 발견하면 지체 없이 오류를 교정했고, 그 과정을 글로 밝히기도 했다"(『이청준 평전』: 444)에서도 다시 확인된다. 그런데 법률이나 의학 쪽으로는 가까운 친구들이 있어 열심히들 바로잡아 주었다는데 상식적인 쪽으로는 그런 원군援軍이 없었던지 다음 예문들에서는 잘못된 이야기가 그대로 남아 있다.

---

7 그러나 〈『별을 보여 드립니다』의 달라진 표현 대조표〉에서도, 가령 "강심에서는 아직도 보트들이 물소리를 일고 있었다"(별을 보여 드립니다: 132/141)의 "일고"를 "일으키고"로 바로잡은 것 등 누락된 것이 있어 필자가 다시 문학과지성 전집판과 일일이 대조하여 거기에서도 그대로 남아 있는 것들만 추렸다.

(1) 사실 뻐꾸기 소리가 노래를 한다고 생각하는 것은 어이없는 일이었다. 뻐꾸기란 놈은 진달래가 필 무렵이면 뻐꾹뻐꾹 한나절씩 울어 목에서 피를 토해 내서는 그 피로 진달래를 붉게 물들여 따먹고 다시 울어 피를 토한다고들 했다. 그래서 뻐꾸기를 두견새라고 하며 그 피로 물들이는 진달래를 두견화라고 부른다고 말하기도 했다. 피를 토하도록 울어대는 가련하고 슬픈 뻐꾸기의 울음이 노래 소리로 들리는 것은 이만저만 정신없는 사람의 귀가 아니었다. (石花村: 258/276)

뻐꾸기를 두고는 필자가 글까지 쓴 일이 있다.[8] 우리가 어릴 때 부르던 동요는 "뻐꾹뻐꾹 봄이 왔네／춥던 겨울 다 지나가고／따뜻한 봄 돌아왔네"이던 것이 나중 "뻐꾹뻐꾹 봄이 가네／뻐꾸기 소리 잘 가란 인사／복사꽃이 떨어지네"로 개사改詞된 것을 두고 앞엣것이나 뒤엣것이나 뻐꾸기가 언제 이 땅에 오는지를 잘못 알고 지은 가사들이라고 비판한 글이다. 앞의 예문 (1)에서도 역시 뻐꾸기와 진달래를 한 시기의 것으로 해 놓는 실수를 보이고 있다.

'뻐꾸기'는 우리 사전 어디서나 '여름철새' 또는 '여름새'로 규정하고 있는데, 여름까지는 아니어도 진달래 철과는 전혀 다른 철에, 진달래꽃이 지고도 몇 가지 꽃이 차례대로 다 지고 난 한참 후에야 그 첫 울음을 들을 수 있는 새다. 어디에 그런 전설이 있어 가져다 쓴 것인지는 모르겠으나, 예문 (1)은 마치 양귀자의 소설 「숨은 꽃」에서 벚꽃과 감나무 잎을 한 자리에서 볼 수 있는 것으로 묘사한 것과 마찬가지로[9] 스스로 계절 감각이

---

8 「뻐꾹뻐꾹 봄이 가네」(『현대문학』 1984년 9월호).
9 이에 대해선 「국어학자의 소설 읽기」에서 비판한 바 있다.

무디다는 것을 드러낼 뿐 아니라 독자들에게도 누累를 끼치고 있다.

진달래를 두견화杜鵑花라 부르는 내력도 사실과 너무 다르다. 두견화는 진달래 품종이 없는 중국에서 철쭉 종류를 뭉뚱그려 가리키는 이름인데 우리가 어쩌다 진달래 이름으로 가져다 쓴 것이다. 그리고 뻐꾸기가 두견과에 속하긴 하여도 두견과 뻐꾸기는 엄연히 다른 새다.

(2) ㄱ. 남해 바다가 어느새 차가운 회색빛으로 식어가는 9월로 접어들자. . . .
    (당신들의 천국: 242)

    ㄴ. 하루하루 겨울 색이 짙어져가는 잿빛 바다를. . . . (당신들의 천국: 256)

    ㄷ. 겨우내 충충한 회색빛으로 가라앉아 있던 남해 바다가. . . . (당신들의 천국: 279)

앞의 예문 (2)를 보면 바다가 가을부터는 '회색빛(잿빛)'으로 변하여 겨울이 끝날 때까지 그 색을 유지하는 것으로 되어 있다. 마르셀 프루스트도 「바다」라는 글에서 지적하였듯이 바다는 하늘의 빛깔을 닮아 가을과 겨울에는 오히려 더 짙고 더 깨끗한 푸른색으로 빛난다. 어떤 고정관념에 사로잡혀 있었던 것 같은데, 아무리 소설의 분위기를 잿빛으로 만들고 싶어서 끌어들인 것이라 할지라도 엄연한 자연 현상을 왜곡하는 일은 피해야 할 것이다.

(3) 버버리 — 그것은 〈벙어리〉의 전라도 사투리. 나중에 알고 보니 중식은 그저 호적상의 이름이었을 뿐 마을에서는 그냥 〈버버리〉를 소년의 이름으로 불러 오고 있었던 것이다. (매잡이: 272/291-2)

'버버리'를 국립국어원의 『표준국어대사전』에서 찾아보면 "'벙어리'의 방언(강원, 경상, 전라, 제주, 충북, 평안, 함경, 황해)"로 되어 있다. 한 방언의 분포를 이렇게 여러 지역에 걸쳐 제시한 경우가 이 단어 말고 또 있을까 싶도록 '버버리'는 복수표준어로 올려도 좋을 만큼 우리 모두에게 친숙한 방언이다. 좀 친절을 베풀 필요가 있었다면 가볍게 "그냥 그들의 사투리인 〈버버리〉를 소년의 이름으로"라고 해도 충분할 것을 굳이 "전라도 사투리"라고(더욱이 무슨 대단한 선언이라도 하듯 따로 떼어 "그것은 〈벙어리〉의 전라도 사투리")라고 특기할 일은 아니라고 생각된다.[10]

문법적인 문제로 들어가기 전에 여기서 한 가지만 더 지적해 두고 싶은 것이 있다. 작가가 글쓰기에서 때로는 꼼꼼하지 못한 일면을 보이는 수가 있다는 것이 그것이다. 나중 문법 방면의 문장을 검토하는 자리에서도 '꼼꼼하지 못한 일면'을 자주 보게 되는데 말하자면 미리 마음의 준비를 해 두고자 하는 것이다.

(4) ㄱ. 어떤 소주가게 앞을 지나려는데, 그 안에서 얼굴이 벌겋게 취해 가지고 앉아 있는 얼굴이 얼핏 눈에 들어왔다. (매잡이: 283/304)

ㄴ. 사내를 원장 앞으로 밀어뜨린 원생 녀석이 자초지종을 말하기 시작하였다.

인부들 사이에 아무래도 일손이 얼떠 보이는 녀석이 하나 끼어 있더라고 했다. [중략] 몇몇 인부들과 합심해 녀석의 정체를 까놓고 추궁해 보았지만, 작자는 아직도 한사코 입을 열려고 하지 않더라고. 그래 그렇듯 속셈을 털어놓지 않으려는 것이 더욱 수상해서 녀석을 원장 앞까

---

10 흥미롭게도 평안도를 배경으로 한 황순원의 소설 『카인의 後裔』(p. 141)에 다음과 같은 구절이 보인다. "첫때 데새낀 버버린(벙어리)디 사람을 보구두 인삿말 한마디 없쉐다레."

해묵은 소망 하나

지 끌고 왔노라는 것이었다.

　원장은 <u>사내</u>의 설명을 들으며 한편으로는 이 엉뚱스런 피의자의 면면을 조심스럽게 살폈다. (당신들의 천국: 244)

앞의 예문 (4ㄱ)에서는 한 자리에 같은 단어를 두 번씩 쓰고 있는데 단순한 부주의로밖에 안 보이고,[11] (4ㄴ)에서는 뒤쪽 '사내'는 '원생 녀석' 또는 '원생'이 맞겠는데 무슨 착각을 일으킨 듯하다.[12]

3

이제 문법적으로 문제를 안고 있는 문장 중 가장 간단한 것으로 단어가 그 용법이나 형태에서 정상적으로 쓰이지 않은 것부터 보고자 한다.

　(5)　그래도 안에서는 대답이 없었다. ─ 불은 <u>켜</u> 있는데. (매잡이: 269/289)

앞의 예문 (5)의 "켜"는 "불을 켜다"와 같이 목적어를 취하는 타동사다. 그것을 여기서는 자동사로 써서 문법을 거스르고 있다. '켜다'를 '켜지다'

11　문학과지성사 전집판에서 (4ㄱ)의 "가지고"가 빠져 있고, 또 "아침에 그것을 본 순간 나의 그런 궁금증이 <u>다시</u> 순식간에 <u>다시</u> 불붙어 올랐음은 말할 것도 없다"(매잡이: 297/318)의 두 "다시" 중 앞엣것을 뺀 것을 보면 교정을 보면서 바로잡아 갔는데 중복되는 "얼굴"은 끝내 그대로 남겨 두었다.

12　좀 가벼운 것이지만 『당신들의 천국』에서 보면 "[옷을 벗어 보일 리는 없는] 터이었다"(84)/"[무리가 아닐] 터였다"(94)처럼 표기가 통일되지 못한 것도 있고, "병사"가 여러 차례 나오는데 "병사(病舍)"처럼 한자를 병기하려면 앞에서 해 주는 것이 자연스러울 것을 16, 18, 25페이지를 건너뛰고 27페이지에서 달고 있다.

로 바꾸어 "불은 켜져 있는데"라고 해야 할 것이다.

(6) ㄱ. "너 같은 참새가슴은 보지 않는 게 좋아. 모른 체하고 있으래지 않
았나." (병신과 머저리: 113/120)

ㄴ. 사내는 황 장로에게 머리칼을 끄들려대면서도 고래고래 악을 쓰
며. . . . (당신들의 천국: 254)

앞 예문 (6ㄱ)의 "있으래지"는 "있으라 하지"의 준말이겠는데, 그렇다
면 "있으라지"라 해야 옳을 것이다("꼼작 말고 여기 있으랬어"의 "있으랬어"는
"있으라 했어"의 준말이어서 '랬'이 되는 것이다). 한편 (6ㄴ)의 "끄들려대면서도"
는 왠지 어색하게 읽히는데 보조동사 '대다'가[13] '끄들리다'와 같은 피동형
하고 어울렸기 때문일 듯하다. "먹어 대더니"는 자연스러운데 "먹혀 대더
니"는 어색한 것에서 그것을 확인할 수 있다. 그리고 '끄들다'는 '꺼들다'
의 사투리여서 이래저래 "끄들려대면서도"는 "꺼들리면서도"로 고치면
좋겠다.

(7) ㄱ. "원장님께서 미쳐 계시는 걸 보고. . . , 원장님께서 미쳐가고 계신
걸 보니 이 섬 이야기에서 원장님 스스로 이미 자신을 구해낼 길을 마
련하고 계신 것 같군요." (당신들의 천국: 422)

---

13 보조동사 '대다'는 띄어 써야 한다. 이 글에서 띄어쓰기에서 틀린 것들은 다루지 못하고
있는데, 다만 "주정수에게 아직 그런 건 별 문제되지 않았다"(당신들의 천국: 142)의 "별 문
제되지"는 주의를 환기해 두고 싶다. '별(別)'은 관형사여서 '문제되지'와 같은 동사를(국
어사전에서는 '문제되다'를 한 단어로 올리지도 않았지만) 꾸밀 수 없다. '문제되지'를 살리고 싶으
면 '별로 문제되지'라고 '별'을 부사 '별로'로 바꾸고, '별'을 살리고 싶으면 '문제'를 명사
로 독립시켜 '별 문제가 되지'로 써야 할 것이다.

해묵은 소망 하나

ㄴ. 뿐더러 아가씨는 기대 <u>외의</u> 호의에 보답이라도 하려는 듯 우리가 건넨 말에 스스럼없이 잘 응대를 해 왔고, 나중엔 처음 만난 <u>그</u> 외지인들 앞에서 자기 신상사와 가계(家系)까지 모두 털어놓았을 <u>정도다</u>. (「마음의 빗장을 열고」, 『사라진 밀실을 찾아서』: 77)

앞 예문 (7ㄱ)의 "계시는" 및 "계신"은 꽤나 거북한 느낌을 주는데 그 이유가 무엇인지 바로 떠오르지 않는다. "미치다"와 같은 점잖지 못한 말에 '계시다'와 같은 존대어를 붙이는 것이 어울리지 않아서이기도 할 것 같고('계시다'를 '있으시다'로 바꾸면 그나마 나아 보인다), 아니면 아예 "미치다"를 존경하는 인물에 대해 쓰는 것이 금기 사항으로 여겨져서가 아닐까 싶기도 하다. 그리고 이왕 "계시는"과 "계신"으로 구별해 쓰겠으면 앞쪽이 "계신"이 되고 뒤쪽이 "계시는"으로 되는 것이 낫겠다.

한편 (7ㄴ)의 것은 가벼운 것들이긴 한데 이상하게 한 문장에 손을 볼 곳이 겹쳐 나타난다. 먼저 "기대 외의 호의"는 "기대 밖의 호의"가 한결 낫겠다. 굳이 'Right Word in Right Place'를 들먹이지 않더라도 "기대 외의 호의"에 "외의"를 쓰는 감각은 꽤나 무디어 보인다. 그리고 "그 외지인들 앞에서"의 "그"도 "외지인"이 작가와 그 친구를 가리키는 말인 만큼 너무 엉뚱하다. "우리 외지인"(또는 "우리"도 빼고 "외지인")이라야 하는 게 옳겠고, 또 "정도다"는 "정도였다"로 과거형을 쓰는 게 좋겠다.

4

이청준이 구사하는 단어에는, 그 형태나 용법이 전혀 생소한 것들도 있다. 작가가 독창적으로 조어(造語)를 한 것인지 아니면 그야말로 전라도 사투리인지 모를 것들인데,[14] 그중에는 쉽게 다가갈 수 있는 것들도 있으나 무슨 의미인지 짐작도 되지 않거나 어딘가 뒤틀려 있어 거슬리는 것들도 있다.

(8) ㄱ. 한데 <u>땡겨울</u>이 되자 마을에는 이상한 일이 일어나고 있었다. (沈沒船: 214/228)

ㄴ. 마을에서는 하필 <u>병둥이</u>를 거기다 모실 게 뭐냐고 그 움집을 적잖이 꺼려했다. (石花村: 249/266)

ㄷ. 입을 굳게 다문 <u>열 칠팔 세</u> 가량의 소년 하나가 나를 넘겨다보다가 다짜고짜 꾸벅 절을 하였다. (매잡이: 271/291)

먼저 예문 (8ㄱ)의 "땡겨울"은 '땡볕', '땡고추'의 '땡'을 '겨울'에 붙여 본격적으로 추운 겨울을 가리키는 말로 쓴 듯하고, (8ㄴ)의 "병둥이"는 사투리가 아니라면 '병자(病者)'의 '자(者)' 자리에 '검둥이/막내둥이'라 할 때의 '-둥이'를 넣어 만든 말 같은데, '병자'를 얼마간 비하(卑下)하는 듯한 느낌을 주는 단어가 필요해서였든가 아니면 가볍게 사투리 냄새를 풍기기 위해서 작가가 따로 만들어 쓴 것일 듯하다. 그런데 (8ㄷ)의 "열 칠팔 세"는 우리말 문법을 파괴하는 형태이기도 하지만, 전라도 사투리에 이런 용법이 있다면 좋은 자료가 될 듯하나 표준어 화자에게는 어색하기 이를 데 없다.[15]

---

14 여기서 미처 다루지 못하는 것으로 "<u>엉뚱스런</u> 관심을"(당신들의 천국: 17), "<u>이상스런</u> 느낌이"(동 58) 등 및 "누가 이 섬을 도망 <u>빼</u> 나갔단 말요?"/"어떻게 도망을 <u>뺐나</u> 경위를 묻고 있는 게요."(동 14) 등 따로 논의될 법한 것이 수도 없이 많다.

15 문학과지성사 전집판에서는 "열 칠팔 세"가 "십칠팔 세"로 수정되어 있다.

해묵은 소망 하나

(9) ㄱ. 나는 <u>고줌말을</u> 거머쥐고 엉금엉금 조심스런 걸음걸이로 의무대로

갔다. (「幸福園」의 예수: 169/181)

ㄴ. 캄캄한 밤바다도, <u>창연스런</u> 빗소리도 소년은 견딜 수 없이 무서웠

다. (당신들의 천국: 124)

ㄷ. 움집 형색으로는 방안이 퍽 정결하게 <u>살펴져</u> 있더라는 것이다. (石花

村: 257/275)

ㄹ. 동병상련의 동료 의식커녕 자신의 처지를 돌보느라 상관단의 눈치

를 <u>봐돌기</u>에도 여념이 없을 지경이었다. (당신들의 천국: 139)

앞 예문 (9ㄱ)의 "고줌말"은 전혀 모를 단어다. 그 의미를 어디에서도
찾아낼 수 없는데 많은 독자가 읽을 소설에 이런 어휘를 노출시키는 문제
를 우리 문단에서는 어떻게 평가하고 있는지 궁금하다. 만일 후대에 이청
준 연구가에 의해 이런 어휘들의 출처와 의미가 밝혀지면 좋겠으나 그때
에도 미궁으로 남게 된다면 그 책임은 일단 작가가 져야 하겠지만 문단도
책임이 없다고 하기는 어려울 듯하다.[16]

(9ㄴ)의 "창연스런"도 막막하기만 하다. 국어사전에 '창연스럽다'는 없
어도 '창연하다'는 몇 개 있는데 '蒼然 · 悵然 · 敞然' 그 어떤 것도 "창연
스런"의 의미를 추출할 만한 것이 없다.[17] (8ㄷ)의 "살펴져"는 '정돈되다'
정도의 뜻 같은데 워낙 엉뚱하여 무슨 미로迷路에 들어선 듯한 느낌을 준

---

16 시집詩集에서는 흔히 이런 어휘에 별표를 붙이고 간단한 주석을 붙이는 걸 볼 수 있는데
여기에서도 그런 장치를 이용하면 좋을 듯하다. 이청준의 글에서도 산문집『사라진 밀
실을 찾아서』에서는 "그 남루하고 못생긴 내 손 *꼴새라니"(p. 235)의 '꼴새'에 "*'꼬락서
니'의 경북 방언"(p. 236)이라는 주석을 붙인 것을 볼 수 있다.

17 국어사전에 '창연하다' 중 '敞然하다'는 이청준의 「이어도」의 것이 예문으로 쓰이고 있
다.

다. (9ㄹ)의 "봐돌기"는 더욱 그렇다. 무슨 암호도 아니겠고 형태 자체가 괴이쩍기만 하다.[18]

5

이청준의 글에서는 단어에서뿐 아니라 구句나 비유譬喩에서도 편하게 읽히지 않는 것들이 있다.

> (10) ㄱ. 내게는 그 비슷한 데다 무얼 <u>잊어 놓은</u> 기억조차 없는데, 마치 그런
> 것이라도 찾고 있는 듯한 기분이다. (退院: 7/7)
> ㄴ. 그 문은 <u>이틀 뒷날 저녁때</u> 열렸다. (退院: 13/13)
> ㄷ. 그는 색시에게 자신이 문둥병을 숨기고 있다고 일러주었다. 그리고
> 는 <u>곧이를 잘 들으려 하지 않는</u> 색시에게 비실비실 실없는 웃음을 흘려
> 보이며. . . (당신들의 천국: 270)

예문 (10ㄱ)의 "잊어 놓은"은 이런 말도 있나 싶게 낯설다. "잊어버리고 놓아 둔"을 줄인 말이라면 이것은 거의 횡포 수준이라 해야 할 것이다. 또 (10ㄴ)의 "이틀 뒷날 저녁때"는 마치 외국인이 우리말을 서툴게 하는 듯하다. "이틀 뒤 저녁때"라는 간명한 표현을 두고 왜 이렇게 우리말을 힘들어하는 모습을 보이는지 의아하다. 더욱이 (10ㄷ)의 "곧이를 잘 들으

---

18 전집이 나올 단계에서는 워낙 교정을 철저히 보았다니 오타라고 규정하기 어려우나 그
럼에도 "봐돌기"는 오타가 아니고선 나타날 수 없는 말처럼 보인다. 같은 소설의 "이야
기가 어떻게 끝나고 있는지나 알고 싶었다. 원고지를 <u>되짚어다</u> 끝부분 몇 장을 들춰보
니"(당신들의 천국: 161)의 '되짚어다'도 '되집어다'의 오타로 볼 수밖에 없어 더욱 그렇다.

해묵은 소망 하나

러 하지 않는"의 "곧이를 잘"이야말로 이런 서툰 우리말도 있나 싶다.

(11) ㄱ. 아까는 그렇게 초라하고 납작해 보이던 집들이 마을로 들어서 보니
제법 처마들이 키를 넘고 마당들도 꽤 널찍널찍했다. (매잡이: 269/288)
ㄴ. 어떤 경우는 불과 반년 남짓한 부임 기간 동안 원생들의 실태나 여
타의 섬 실정과는 제대로 손발이 익어지기도 전에 섬을 떠나가버린 원
장도 있었다. (당신들의 천국: 401)

앞 예문 (11ㄱ)의 "처마들이 키를 넘고"는 처마가 예상과 달리 나지막
하지 않고 높이 달렸다는 말인 듯한데, 처마의 높이를 두고 이런 식으로
표현해도 자연스러운 우리말로 통하는지 의문스럽다. (11ㄴ)은 먼저 '익어
지다'부터 이상하지만 그것을 '익다'로 고치더라도 '무엇과 손발이 익다'
라는 표현은 어색하기만 하다.

(12) 소년은 허구한 날 언제나 그 문이 잠긴 방에서만 숨어 지냈다. 손가락
하나 문밖으로 몸을 내밀어본 일이 없었다. (당신들의 천국: 120)

앞 예문 (12)의 "손가락 하나 문밖으로 몸을 내밀어본 일이 없었다"야
말로 글을 참 희한하게 쓰는 수도 있구나 하는 느낌을 준다. "몸을"을 당
연히 빼버려야 할 것 같은데 굳이 그것을 넣는, 그래야 마음이 편해지는
'문장감文章感'이라 할까 그런 것이 어떤 것인지 우리로서는 짐작이 잘 되
지 않는다.

(13) ㄱ. 녀석은 그렇게 휘파람을 불고 가다가 사람의 바위가 끝난 공지의

한가운데에 이르러 발을 멈춰 섰다. (별을 보여 드립니다: 130/139)[19]

ㄴ. 그때 어둠 속에서 그 광경을 보고 서 있던 나는 글 쓰는 일과 내 자신이 얼마나 열패스럽고 허망스러워 보였던지, 울고 싶은 심사가 아니었다면 필경은 내가 개아들이었을 것이다. (「원고료 운반비」, 『사라진 밀실을 찾아서』: 263)

앞의 예문 (13)의 것들은 비유들인데 별로 좋은 평가를 받기 어려워 보이는 것들이다. (13ㄱ)의 "사람의 바위"는 어두운 강변에 두셋씩 앉아 아무 기척도 내지 않고 앉아 있는 사람들을 은유적으로 표현한 것인데, 이 경우는 그 무언의 사람들이 좀 음흉스럽게 느껴져 무서움을 주던 것들이어서 우리가 보통 '바위'라는 말로 상징하는 것과는 거리가 멀어 그 "바위"가 무엇을 상징하는지 잘 다가오지 않는다.

그리고 (13ㄴ)의 "개아들"은 어떻게 받아들여야 할지 잘 모르겠다. 보통 행실이 불량한 경우에 쓰는 "개아들"이 이 자리에 합당하지도 않지만, 느닷없이 튀어나온 이 비속어에 놀라 나는 점잖은 자리에서 느닷없이 야한 몸짓이 돌출하였다고나 할까 못 볼 것을 본 듯 몸을 돌리고 싶은 심정이 들었다.

6

이청준의 글에는 '그리고/그러나' 등의 접속사接續詞가[20] 유난히 많다는

---

19 문학과지성판 전집에서는 이 문장의 일부를 "가다가→가다," "한가운데에→한가운데쯤," "이르러 발을→이르러 비로소 발길을"처럼 고쳤는데 "사람의 바위가"에는 손을 대지 않았다.

20 국어의 품사에 접속사는 따로 없고 이들을 부사에 넣어 '접속부사'라 부르는데 여기서는

　　　　　　　　　　　　　　해묵은 소망 하나

것도, 그러면서 그 접속사가 그 자리에서 무슨 기능을 하는지 애매할 때가 있다는 것도 지적할 만하다.

(14) ㄱ. 그때 그 집 식구들은 신도 신지 못하고 뛰어나와서는 무엇에 놀란 사람처럼 말을 못하고 있었다. <u>그러나</u> 진은 그게 너무 반가워서일 거라고 생각했다. <u>그러나</u> 청년은 그렇게 당당한 모습과는 반대로 누구에게나 상냥하고 친절했다. (沈沒船: 217/232)

ㄴ. 조 원장은 이윽고 다시 방 안으로 들어가 권총을 뽑아들었다. 예편을 하고서도 계속 서랍 속에 따로 간직해온 **권총 탄알을 꺼내다가 그중의 한 알을** 조심스럽게 탄창에 장전했다.

<u>그러나</u> **그가 집은 탄알은 꼭 한 알뿐이었다.** 그는 탄환을 장전하고 나서도 계속해서 권총을 만지작거리며 원생들의 대열이 좀더 가까워지기를 기다렸다. (당신들의 천국: 315)

앞의 예문 (14ㄱ)에서 보면 "그러나"가 앞뒤 문장에서 거듭 나오는데 뒤쪽 "그러나"는 어느 문장에 닿는지 드러나지 않아(이 예문 앞으로 올라가 보아도 그렇다) 이 자리에서 꼭 필요한가 하는 생각을 일으킨다.[21]

앞의 예문 (14ㄴ)은 단순히 "그러나" 문제보다 "그러나 그가 집은 탄알은 꼭 한 알뿐이었다" 전체가 그 앞의 "권총 탄알을 꺼내다가 그중의 한 알을"과 거의 그대로 중복되는 내용이어서(무얼 깜빡 하고 실수를 한 것으로

편의상 '접속사'로, 또 필요에 따라서는 '이음말'로 부르고자 한다. 결국 '접속어接續語'의 개념으로 쓰는 셈이다.

21 작가도 뒤늦게 발견하였는지 문학과지성 전집판에서는 이 언저리를 대폭 삭제하고 개고하여 이 문제점을 해소하였다.

보이기도 하여) 삭제해야 되지 않겠느냐는 더 큰 문제를 안고 있지만, 만일 "꼭 한 알"이라고 '꼭'을 넣어 강조하고 싶어 반복한 것이라면 "그러나"는 넣지 말았어야 했을 것이다.

그런데 이들보다 더 크게 주목할 일은 다음 예문 (15)에서 보듯 '그리고/그러나' 계통과 다른 '하지만' 계통의 것을 독자적으로 많이 만들어 쓴다는 것이다. 대개는 접속사라기보다 '그러다'의 '그러-' 대신 '하-'를 써서 대동사代動詞처럼 쓰고 있는데, 아직 낯설어 그런지 특히 (15ㄷ)의 "하더니"나 (15ㄹ)의 "한다고" 따위가 더 그렇지만 전체적으로 편하게 다가오지 않는다. 이 '하지만' 계통의 것을 적극적으로 창안해 쓴 것이 이청준 글의 큰 특징의 하나라고 할 만한데 이것이 독자들이나 후생들에게 어떤 호응을 얻을지 앞으로 지켜볼 일일 듯하다.

(15) ㄱ. 그러나 곽 서방은 다시 입을 다물어 버렸다. 하니까 나는 그때 바로 두고두고 후회할 실수를 지지르고 만 셈이었다. (매잡이: 291/313)

ㄴ. 한데도 사람들은 다시 그 뚝 일을 시작했다. (沈沒船: 224/239)

ㄷ. 화가 나서 욕을 하니까 유난스레 심한 북쪽 사투리 억양이 섞여 들었다. 하더니 원장은 자동차가 . . . 완충 지대로 들어서고 있을 때에야 비로소 생각이 미친 듯 (당신들의 천국: 148)

ㄹ. "원장님께서 동상을 원하시느냐 않느냐는 오히려 다음 문젭니다." "한다고 언제까지나 그러고만 있을 수는 없는 일 아니오." (당신들의 천국: 111)

7

이청준의 문장에는 '의'나 '을'과 같은 조사助詞의 쓰임에서도 불안한 면

해묵은 소망 하나

을 보이는 것들이 있다. 좀 더 깔끔하게 다듬을 수 있었을 법한데 도식적 圖式的이랄까 무심코 안이하게 처리한 듯한 느낌을 주는 것들도 있고, 도 무지 문장이 온전하지 않아 불가해不可解한 것들도 있다.

> (16) ㄱ. 거기 오십여 채의 초가들이 마치 장마 뒤의 고목나무 밑둥에 돋아
> 난 버섯처럼 오르르 모여 있었다. (石花村: 248/265)
> ㄴ. 어쨌든 이 마을에서는 어렸을 때부터 누가 배를 탔건 아무것도 이
> 상할 것이 없는 것이다. 하지만 그 모든 아이들이 고통스럽지 않게 쉽
> 사리 바다로 나갈 수 있었던 것은 확실히 그 여객선의 공상 같은 것이
> 누구에게나 있었기 때문이었을 것이다. (石花村: 253/271)[22]
> ㄷ. 사실 각혈 정도의 결핵이라면 오늘날의 의학이 충분한 구제의 가능
> 성을 가지고 있는 것이다. 한데도 그는 스스로 목숨을 끊어 버린 것이
> 다. (매잡이: 264/283)[23]

앞의 예문 (16)은 소유격조사 '의'의 쓰임과 관련된 것들인데, (16ㄱ)의 "장마 뒤의"나 (16ㄴ)의 "여객선의 공상"에 쓰인 '의'는 문법적으로 문제 될 것은 없으나 그럼에도 두 경우 모두 그 '의' 때문에 문장이 나빠진 것 은 지적해 두고 싶다. "장마 뒤의 고목나무 밑둥에 돋아난 버섯," 너무 문 어적文語的이랄까 경직된 느낌을 주지 않는가. '의'를 '에'로 바꾸기만 하 여도 글이 얼마나 부드러워지는가.

그리고 "여객선의 공상"은 마치 여객선이 무슨 공상을 하는 것처럼, 또는 여객선에 대해 품은 어떤 공상인 양 읽히면서 그만큼 불투명한데,

---

22 문학과지성 전집판에서 "때문이었을"은 "때문일"로 수정되어 있다.
23 문학과지성 전집판에서 "오늘날의"는 "요즘의"로 수정되어 있다.

우리말의 '의'는 무소불위無所不爲까지는 아니어도 그 쓰임의 범위가 넓어 여러 상황에 유용하게 쓰이지만 "여객선의 공상"은 그런 타성에 젖어 '의'로 대강 때운 듯한 인상을 준다. "그 여객선 때문에 부풀어 오른 공상"처럼 좀 길더라도 선명한 쪽의 표현이 낫지 않겠느냐는 생각이 든다. (16ㄷ)의 "충분한 구제의 가능성을 가지고 있는"도 "충분히 치료할 수 있는"과 같은 쉬운 표현을 두고 왜 이렇게 잔뜩 목에 힘을 주는 듯한 표현으로 글을 경직되게 만들까 하는 생각이 드는데 그것도 결국 '의'에 너무 크게 의존하려 한 결과일 것이다.[24]

(17) ㄱ. 그야 누구의 것이 됐든 주님께서 피 흘리는 일이 좋아하실 리는 물론 없으시겠지." (당신들의 천국: 324)

ㄴ. 조 원장은 이제 이정태에게 마음대로 섬을 물으라는 식으로 말했다. (당신들의 천국: 423)

ㄷ. 그리고 그 튼튼한 방둑 안에 지금 당신들이 섬으로 돌아가기를 고대하고 있는 사람들은 대대손손 안심하고 풍성한 추수를 거두게 될 것입니다. . . ." (당신들의 천국: 302-3)

앞의 예문 (17)은 '의' 외의 조사에서 문제를 일으키는 예들로서 (17ㄱ/ㄴ)에서는 주격조사 '이/가'와 대격조사 '을/를'과 같은 아주 기초적인 조

---

24 이청준의 글에는 여기 예들 외에도 "그 무렵에 마을로 온 사람들의 이야기에는 밥의 이야기가 많았다"(沈沒船: 227/243), "그리고 보니 전쟁의 이야기를 신나게 하고 간 사람일수록"(沈沒船: 221/236)에서 보듯 '의'가 과도하게 쓴 것들이 있었는데 작가가 그 문제를 바로 깨달은 듯 문학과지성 전집판에서는 앞 예문은 그 언저리를 통째로 삭제해 버리고 뒤 예문도 "그러나 대개 전쟁 이야기를 신나게 지껄이고 돌아간 사람일수록"으로 좀 큰 폭으로 수정하면서 "전쟁의 이야기"의 "의"도 빼어 버렸다.

해묵은 소망 하나

사를 잘못 쓰고 있는데 이런 것은 어떻게 설명해야 할지 모르겠다. (17
ㄱ)은 주격조사 '이'를 타동사 앞에 써서 비문을 만들고 있다. '이'를 대격
조사 '을'로 바꾸어 "피 흘리는 일을 좋아하실 리는"으로 하거나, 주격조
사 '이'를 그대로 살리겠으면 "피 흘리는 일이 좋으실 리는"로 해야 할 것
이다.[25] 또 (17ㄴ)의 "섬을 물으라는"은 '을'이 공기共起가 안 되는 두 단어
사이에 쓰여 역시 비문을 만들고 있다. '묻다[問]'가 '길을 묻다'나 '그 이
유를 묻다'에서처럼 '길'이나 '이유' 등과는 어울리나 '섬'을 목적어로 취
할 수는 없다. 한편 (17ㄷ)의 '안에'는 '안에서'가 맞을 것이다. 그래야 뒤
의 '추수를 거두다'와 호응이 되기 때문이다. 우리말의 '에'와 '에서'의 차
이는 외국인들이 가장 어려워하는 것 중의 하나이지만 우리는 '안에 두어
라'와 '안에서 놀아라'의 차이를 누구나 직관적으로 척척 잘 구별한다.

8

문법적으로 두드러지게 거슬리는 것으로 '지다'를 필요 없이 많이 쓰는
것도 지적될 만하다. 이미 피동의 의미가 갖추어져 있는 형태에 결국 군
더더기가 될 '지다'를 덧붙이는 일이 많은 것이다. 그뿐 아니라 '지다'를
좀 엉뚱한 자리에 쓰는 예도 있다.

(18) ㄱ. 다음날은 수많은 색헝겊의 깃대가 개펄에 가득히 꽂혀졌다. (石花村:
249/266)

---

25 이런 기초적인 오류가 산문집에서도 나타난다. 예 횟집이란 으레 술판을 벌어지기 예사
여서. . . . (「여자 동창생은 누님으로 변한다」, 『사라진 밀실을 찾아서』: 195).

ㄴ. 노인이 여자를 따라 안으로 들어서자 대문은 다시 안으로 <u>닫혀져</u> 버렸으니까. (「幸福園」의 예수: 166/178)

(19) ㄱ. 결말부에 가서는 순전한 민 형의 상상력만으로 <u>되어진</u> 작품이었다. (매잡이: 298/320)

ㄴ. "이 섬에선 이미 훌륭하게 <u>성취되어진</u> 것입니다." (당신들의 천국: 356)

ㄷ. 내 이름과 전화번호는 과연 이웃들의 수첩에서 얼마동안이나 지워 지지 않고 <u>간직되어질</u> 수 있을까. . . . (「혼자 견디기」, 『사라진 밀실을 찾아서』: 98-9)

'지다'의 과용過用 문제는 오랫동안 수도 없이 제기되어 왔다. 그만큼 그 과용을 허용하지 못하는 사람이 많다는 뜻인데 다른 한편으로는 그 버 릇을 고치지 못하는 사람 또한 많다는 뜻도 될 것이다. 그런 만큼 다들 그 러는데 그걸 뭘 따지느냐고 할 수도 있으나 문필가가 그러는 것은 또 다 른 문제가 아닌가. 특히 (19)의 "되어진/성취되어진/간직되어질"의 '되어 지다'는 '지다'의 과용 중에서도 가장 엄한 꾸중을 듣는 형태인데 신망 높 은 소설가의 글을 놓고 이런 걸 논하고 있자니 마음이 착잡해진다.[26] (18) 의 "꽂혀졌다/닫혀져"는 '되어지다'에 비하면 가벼운 것이지만, 역시 '꽂 혔다/닫히다'로 충분히 피동형이 된 만큼 '지다'를 빼고 쓰는 것이 맞고

---

26 한 문장 안에서 "선택되어야"와 "선택되어져야"를 뒤섞어 쓴 경우도 있다. 예 "그 자생적 인 운명의 일부분으로서 <u>선택되어져야</u> 할 힘의 근거가 [중략] 어쩔 수 없는 일이겠지요." "자생적인 운명의 일부분으로서 <u>선택되어야</u> 할 힘의 근거라는 말의 뜻은, 그 원장이나 원장의 권능이 섬사람들 자신의 의사에 의해 그들 가운데서 <u>선택되어져야</u> 한다는 뜻입 니까"(당신들의 천국: 482).

그것이 또 글의 품격도 높인다.[27]

(20) ㄱ. 거울을 들여다보노라면 <u>잃어진</u> 자기가 망각 속에서 살아날 때가 있거든요." (退院: 17/17-8)

ㄴ. 그 같은 경쟁적·배타적 자아실현의 추구나 성취욕이 지나치다 보면, 사람들 간에는 알게 모르게 마음의 문들이 <u>닫아지게</u> 마련이다. (「마음의 빗장을 열고」, 『사라진 밀실을 찾아서』: 79),

(20ㄱ)의 "잃어진"은 더욱 어떤 억지를 느끼게 한다. 도저히 될 수 없는 피동형을 억지로 만들려고 한 것처럼 보이는 것이다. "그 많던 자식들을 전쟁으로 다 잃었다"의 '잃었다'를 '잃어졌다'로 한다고 해서 피동의 뜻이 더해지지 않는다. '잃다'는 의지로 하는 행위가 아니어서 '지다'가 아니라 무엇으로든 피동사로 바꿀 수 없다. 이 예문에서 "잃어진"을 "잃은"으로 고치면 문법적으로는 좋아지지만 "잃은 자기"도 여전히 어색하여 작가도 고민을 한 끝에 이 형태를 만들어 냈는지 모르나 "잃어버린 자기"로 하든 어떤 다른 말을 찾든 적어도 "잃어진 자기"는 피하는 게 좋았을 것이다.[28] (20ㄴ)은 피동형 '닫히다'가 버젓이 있는데도 불구하고 그것을 '닫아지다'로 쓴 경우다. 그야말로 '지다' 과용의 한 예일 것이다.

---

27 문학과지성 전집판에서는 작가에 의해서인지 출판사 측에 의해서인지 "꽂혀졌다→꽂혔다," "닫혀져 버렸으니까→닫혀버렸으니까"로, 그리고 "되어진 작품이었다"도 "씌어진 작품이었다"로 수정되어 있다.

28 저 앞의 예문 (11ㄷ)에 보면 '익어지다'("손발이 익어지기도 전에")도 있다.

9

이청준의 문장 중에는 시제時制 쪽으로 불안한 모습을 보이는 것들도 있다. 특히 아주 기초적이라 할 과거시제의 어미 '-었-' 및 전달의 선어말어미 '-더-'의 용법을 제대로 숙지熟知하지 못하고 있는 듯한 것들이 있어 고개를 갸우뚱거리게 한다.

(21) ㄱ. 지난 봄 갑자기 세상을 등지고 만 민태준 형은, 그가 이승에 있었다는 흔적으로 단 한 가지 유물만을 남겨 놓고 갔었다. (매잡이: 263/282)

ㄴ. 나무를 캐러 갔더라는 사람이 마음이 바빴던지 조 원장은 풀포기 하나 캐어 오지 않았다. (당신들의 천국: 409)

먼저 예문 (21ㄱ)의 "갔었다"는 '갔다'가 옳겠다. '-았었/었었-'은 이른바 대과거시제大過去時制를 나타내는 것으로 어떤 상태가 계속 그 상태로 이어지지 않는 경우에 쓰는 것이어서 "갔었다"고 하면 마치 나중 다시 살아난 듯한 느낌을 주기 때문이다. 한편 (21ㄴ)의 "갔더라는"은 생전 처음 보는 낯선 형태다. 어지간한 사람이면 어렵지 않게 "갔다던"을 찾아 쓸 듯하다.

다음 예문 (22)의 것들은 단순히 '-었-'보다는 '것이었다'와 관련되는 것들이다. 다른 일반 글에서와 달리 우리 소설에서 유난히 자주 보이는 '것이었다,' 그중에서도 '-ㄹ/을 것이었다'는 어떻게 달리 더 좋은 길이 없을까 늘 고민을 주는 문제인데 이청준의 글에서도 이 소설 특유의 표현이 고스란히 지켜지고 있다.

해묵은 소망 하나

(22) ㄱ. 수술은 처음부터 절반도 성공의 가능성이 <u>없었던 것이었다</u>. (병신과
머저리: 95/101)

ㄴ. 계집아이는 눈치도 모르고 여러 사람 앞에서 그렇게 <u>떠벌리던 것이</u>
<u>었다</u>.

(23) ㄱ. 혜인은 원래 형 친구의 소개로 나의 화실을 나왔던 터이니까[29] 형도
그건 알고 있을 것이었다. (병신과 머저리: 110/117)

ㄴ. 소년은 대답 대신 나를 보고 이상한 웃음을 웃었다. . . . 소년은 나
에게 무슨 말을 하고 있는 것이었다. 누구나 사람들은 흔히 상대방에게
어려운 말을 할 때 대개 그런 웃음을 웃는다. 벙어리라도 그것은 <u>마찬</u>
<u>가지일 것이었다</u>.[30] (매잡이: 275/295)

ㄷ. 일부러 상욱이 소개말을 건넬 필요가 없었다. 상욱과 윤혜원 사이
에 몇 마디만 이야기가 오가고 나면 원장은 저절로 그를 알게 <u>될 것이</u>
<u>었다</u>. (당신들의 천국: 54)

(22ㄱ)의 "-었던 것이었다"를 읽으면 무성영화 시대 변사辯士의 말투
가 떠오른다. 그게 영화 장면을 극적劇的이게 하는 효과가 있었던지 으레
"-었던 것이었다"라고 했었다. 그게 우스꽝스러워 우리는 또 그걸 흉내
내며(나아가 "울고 있었던 것이었던 것이었다"로 과장까지 하며) 즐거워했는데 그
우스꽝스러운 표현을 우리 소설에서는 또 무슨 효과가 있다고 믿고 전통
처럼 이어가고 있는지 궁금하다. 추측컨대 "없었던 것이다"라고 하면 현

---

29 문학과지성 전집판에서는 "터이니까"가 "까"를 뺀 "터이니"로 수정되어 있다.
30 문학과지성 전집판에서는 "마찬가지일 것이었다"가 "마찬가지일 터였다"로 수정되어 있
는데 별로 나아진 것이 없는 듯하다.

재를 나타내고 그래서 과거를 묘사하는 자리인 만큼 "없었던 것이었다"라고 해야 문법에 맞는다고 믿는 것이 아닐까 싶다. 그러나 과거는 '없었던'으로 충분히 해결되므로 '것이다'가 다시 그 일을 떠맡을 필요는 없을 것이다. (22ㄴ)의 "떠벌리던 것이었다"는 이것도 저것도 아닌 엉거주춤한 형태인데 차라리 '떠벌렸던 것이었다'가 낫겠고, 역시 그보다는 '떠벌렸던 것이다'라 하는 것이 좋겠다.[31]

(23)의 "-ㄹ/을 것이었다" 형태는 아무리 뜯어보아도 억지로 만든 말 같다. 우리 소설에서 꽤 이전부터 나타나 많은 소설가들에게 퍼져 있는 형태인데 미래완료未來完了쯤을 염두에 둔 것인지 모르나 좀 다른 길을 모색해 볼 수 없을까 하는 것이 필자의 생각이다. 가령 '-었-'을 그 앞 서술어 쪽으로 옮겨 "형도 그건 알고 있을 것이었다 → 형도 그건 알고 있었을 것이다"로 고치는 길이 하나 있을 법하다. 그런데 왜 소설가들은 이 야릇한 '소설 문법'에서 헤어나지 못하는지, 정말 합동 세미나라도 열어 진지한 토론을 한 번 해 보면 좋겠다.

10

이청준 소설은 쉽게 읽히지 않는다고들 한다. 당장 『별을 보여 드립니다』 권말에 붙은 김현 교수의 평문評文 「匠人의 苦惱」에서 "그의 소설을 읽으면서 독자들은 그들이 기대한 낯익고 편안한 세계와 遭遇하는 것이 아니라 [중략] 불안스럽고 힘든 세계와 만난 게 된다(밑줄 필자)"라고 하고 있다.

---

31 문학과지성 전집판에서는 (22ㄱ)은 "수술은 처음부터 성공의 가능성이 절반도 못 됐던 경우였다"로, (22ㄴ)의 "떠벌리던 것이었다"는 "떠벌려 댔던 것이다"로 수정되어 있다.

관념소설이니 지식인 소설이니 하는 것도 그와 관련되는 이름일 것이다. 그럴 때 평론가들은 으레 그 소설의 소재나 주제와 관련시켜 논한다. 그런데 필자는 무엇보다 그 문장들이 "불안스럽고 힘든 세계"였다. 앞에서 이미 그런 예들을 많이 보아 왔지만 그것들은 단어나 구와 같은 작은 단위의 것이었는데 문장 단위에서, 또는 문장보다 더 큰 단락段落의 단위에서 나를 더 불안스럽게 하고 더 힘들게 하는 사항들이 많았던 것이다.

먼저 주어主語가 없거나, 아니면 반대로 주어는 있는데 그 주어의 짝이 될 서술어敍述語가 없어 온전하지 못한, 이른바 '주술主述의 호응呼應'이 제대로 안 된 문장들부터 보기로 하자.

> (24) 당초부터 이런 소설 같은 글을 쓰겠다는 욕심이 있는 것은 아니었다. 다만 나는 이 이야기가 지금까지 숱해 보아 온 절절한 참회서나 회상록 따위보다 소설 형식을 취하는 것이 그중 알맞겠다고 생각한 때문이다.
>
> (「幸福園」의 예수: 159/169)

앞의 예문 (24)는 "때문이다"의 짝이 되는 주어가 없어 일그러진 문장이다. 이 예문을 읽어 나가다가 "때문인 것이다"에 이르면 그 순간 뭐가 허전하다는 느낌이 온다. 나아가 몸을 제대로 못 가누고 공중을 부유浮遊하는 듯한 기분이 된다. 그 "때문이다"와 짝이 될 주어가 없어 그런 것이다. 우리말은 주어가 생략되는 경우가 많고 오히려 주어가 생략되어야 더 자연스러운 경우도 있지만 이 경우에는 그렇지 않다. 주어가 무엇이겠다는 것을 쉽게 상정想定할 수 있어도 그것이 표면에 나타나 있지 않으면 온전한 문장으로 받아들여지지 않는 경우인 것이다.[32]

---

32 어느 때에 주어가 생략될 수 있고 어느 때에는 주어가 생략될 수 없는지는 어떤 규정에

이청준 글에는 '때문이다'로 끝맺는 문장이 유난히 많은데 이상하게 그 중에는 또 온전치 못한 문장이 많다. 이 점 소설뿐 아니라 일반 산문에서 도 마찬가지여서 이번에는 산문집 『사라진 밀실을 찾아서』에서 몇 예를 보고자 한다. 예문 (26)은 "이유다"로 끝맺었으나 같은 틀이라 할 수 있 겠다.

(25) ㄱ. 적어도 그것이 내게 이 세상과 이웃들에 대한 감사의 마음을 일깨 워주고 그에 대한 보답의 길을 생각하게 해주는 것은, 다만 그런 깨달 음과 마음의 다짐만으로도 나의 삶이 한층 새롭고 풍성해질 수 있을 것 이기 <u>때문이다</u>. (「지워지지 않는 이름」: 101)

ㄴ. 나는 종종 나의 학창 시절을 후회한 적이 있다. 공부를 거의 하지 못한 탓이다. 그때는 그럴 수밖에 없었던 처지 <u>때문이었다</u>. (「혼자 견디 기」: 225)

(26) 〈조율사〉에서 '단식의 꿈'을 꾼 지 20여 년이 지난 지금도 나는 여전히 나의 삶과 세상에 대해 늘 비슷한 꿈을 꾸고 있는바, 그 꿈으로 하여 아 직도 나의 어줍지 않은 소설질을 계속하며 그 일에 감사하고 있는 <u>이유 다</u>. (「다시 태어남에의 꿈」: 268)

앞의 예문 (25ㄱ)은 "보답의 길을 생각해 주는 것은"이 주어여서 그것 을 머리 한쪽에 불을 켜 놓고 그 짝이 될 서술어가 나오기를 기다리며 뒤 쪽을 읽어 나가게 되는데 끝내 그 서술어는 자취를 드러내지 않는다. "보

의해서이기보다 대개 우리의 직관直觀에 의존할 수밖에 없으나 문필에 종사하는 사람은 모국어에 대해 그 직관을 갖추는 것도 최소한의 의무일 것이다.

해묵은 소망 하나

답의 길을 생각해 주는 것은"이 공중에 붕 떠 있어 머리에 켜 놓은 불이 꺼지지 않는다. 그만 비상벨이 울리며 글 읽는 사람의 평정심이 깨지고 만다. 문장이 일그러지면 독자도 그렇게 일그러지는 것이다. 그런데 (25ㄱ)은 거기에 그치지 않고 이번에는 "때문이다"는 그것대로 주어가 없어 이중으로 결손缺損을 보인다. 쉼표 앞쪽의 "보답의 길을 생각하게 해주는 것은"을 "보답의 길을 생각하게 해주는 것이 고마운 까닭은"으로 고치면 이것저것 다 해결되지 않을까 싶다.

한편 예문 (25ㄴ)은 "나는 종종 나의 학창 시절을 후회한 적이 있다"가 이 단락의 화제문(topic sentence)이고 그 다음 문장이 "하지 못한 탓이다"라 하면서 그것을 잘 뒷받침하고 있는데, 여기에 "때문이다" 문장을, 글을 어떻게 이렇게도 요령부득으로 쓰는가 싶도록 주어가 없는 비문으로 덧붙여 단락의 흐름을 흐트러뜨리면서 글의 짜임새를 깨고 있다. 그리고 예문 (26)도 끝을 "감사하고 있다"로 맺으면 깨끗한데 괜히 '이유다'를 덧붙여 주어가 없는 비문으로 만들고 있다.

11

이청준의 글에는 병렬문竝列文의 규칙을 어긴 문장들도 많다. 다시 말하면 '-고'나 '-거나/-이냐'와 같은 어미로 두 문장을 묶어 병렬문[33]을 만들자면 앞뒤 문장이 대등한 요소들로 되어 조응(照應, parallelism)이 이루어져야 하는데 그 규칙을 깨고 있는 것이다.

---

33 접속문接續文이라 불러도 좋은데, 엄격히는 접속문은 더 넓은 의미로 쓰이는 수가 있다.

(27) 그러나 이야기는 전날 그대로 한 장도 더 나아가지 못하고 있었다. 휴지통에 파지를 내놓은 것이나 하루 종일 책상에 매달려 있었다는 아주머니의 말을 들으면 형은 무척 애를 쓰기는 했던가 보았다. (병신과 머저리: 99/105)

(28) ㄱ. 그 어느 것 하나 나의 삶을 뒷받침하고, 내가 되새겨야 할 은혜입음이나 미더운 이웃이 아닌 데가 없었다. (「지워지지 않는 이름」, 『사라진 밀실을 찾아서』: 96)
ㄴ. 그 문학의 새롭게 보거나 감시·반성의 정신은 바로 우리 삶의 한 창조적인 방편이 되어 마땅하고 당연한 일일 것이다. (「독창적인 삶만이 진짜삶이다」, 『사라진 밀실을 찾아서』: 89)

먼저 (27)에서 앞쪽에 "내놓은 것이나"가 나오면 뒤에 이와 대등한 짝이 올 것을 기대하게 되는데 그것이 없고 엉뚱하게 "말을 들으면"이 짝으로 들어와 있어 읽는 사람으로 하여금 어지럼증을 일으키게 한다. 앞쪽의 "것이나"는 명사의 활용형인 데 반해 뒤쪽의 "들으면"은 그와 이질적인 동사의 활용형이어서 어느 장단에 춤을 추어야 할지 혼란을 겪게 되는 것이다. 앞을 "[파지를] 내놓은 것을 보거나"로 고치거나 뒤쪽을 "아주머니의 말로나"로 고쳐야 할 것이다.

예문 (28ㄱ)에서도 앞에 "뒷받침하고"가 왔으면 뒤가 ". . .하지 않는 것이"로 이어져 둘이 함께 "없었다"에 걸리는 구조가 될 것이 기대되는데, "뒷받침하고"와 같은 동사와 전혀 성격이 다른 '은혜입음' 및 '이웃'과 같은 명사가 와서 "뒷받침하고"를 공중에 붕 뜨게 함으로써 병렬문의 규칙을 깨는 전형적인 모습을 보이고 있다. (28ㄴ)에서도 "새롭게 보거나"라

　　　　　　　　　　　　　　　　　　　　해묵은 소망 하나

고 했으면 '감시하고 반성하는'이라고 하여 나란히 뒤의 "정"에 걸리도록
해야 하는데, "보거나"와 이질적인 "감시·반성의"를 배치시킴으로써 문
장을 찌그러트리고 있다. "새롭게 보거나"를 "새롭게 보기"로만 하였어도
좋았을 것이다.

> (29) 포구마을 회진(會鎭)은 백의종군하시던 이충무공의 병원(兵員) 규합과 조
> 선지(造船地)로 알려져 오고 있으니. . . .(「삶으로 맺고 소리로 풀고」, 『사라진 밀
> 실을 찾아서』: 248)

앞 예문 (29)에서는 조사 '과'로 묶이는 단순한 문장에서도 조응이 깨
지는 예를 보여 준다. 즉 "병원兵員 규합"과 "조선지造船地"는 각각 행위와
물체를 나타내는 이질적 요소여서 병렬이 될 수 없는 것을 잘못 묶은 것
이다. 이것은 "회진이 이 충무공의 조선지로 알려져 오고 있으니"는 자연
스럽지만 "회진이 이 충무공의 병원 규합으로 알려져 오고 있으니"는 부
자연스러운 것에서 곧바로 드러난다. "병원 규합지와 조선지"로 하든가,
아니면 "병원을 규합하고 조선하던 곳"으로 해야 할 것이다.

12

이청준의 글에는 긴밀성緊密性(coherence)에서 결함을 보이는 문장이 유난
히 많은 편이다. 글쓰기에서 중요하게 강조되는 것 하나가 긴밀성이다.
문장과 문장이, 또 단락과 단락이 매끄럽게, 방해물이 없이 이어져야 한
다는 것이다. 그럼으로써 한 단락으로서의 통일성統一性(unity)을 깨지 말
아야 한다는 것이다. 그런데 다음 예문들을 보면 굵은 글씨 문장들이 앞

뒤 문장의 흐름을 깨면서 그 단락의 통일성도 약화弱化시키고 있다.

(30) ㄱ. 언어예술로서의 소설이라는 것은 나 따위 화실이나 내고 있는 졸때
기 미술학도가 알 턱이 없다. **그것은 나를 크게 실망시키지도 않는다.**
그러니까 내가 지금 형의 소설에 대해 말하고 있는 것은 문학적 관심과
는 거리가 먼 것일 수밖에 없다. (병신과 머저리: 95/101)
ㄴ. "어어. . . 아직도 안 왔어? 또 밤을 새우는 게비."
하고는 늘어지게 하품을 했다. **나에 대한 경계를 풀어 버린 모양이었다.**
그래서 겨우 중식의 행방을 짐작했다. 소년의 말로 중식이 어디론가 가
서 자주 밤을 새우고 돌아오는가 보다 짐작되었다. (매잡이: 272/290)[34]

앞의 예문 (30ㄱ)에서 "그러니까"를 읽으면 바로 앞의 "그것은 나를 크
게 실망시키지도 않는다"에 걸려 "크게 나를 실망시키지도 않으니까"의
뜻으로 읽힌다. 그런데 그렇게 읽으면 말이 안 된다. "그러니까"는 문맥
으로 보아 저 앞의 "자기 같은 졸때기 미술학도는 소설을 제대로 알 수
없다"를 받는다. 그것을 그 사이에 "그것은 나를 크게 실망시키지도 않는
다"가 끼어 글의 흐름을 방해하고 있다. 긴밀성을 깨고 있는 것이다.

(30ㄴ)도 같은 유형의 글이다. 여기서도 "그래서"를 읽으면 자연히 그
앞의 "나에 대한 경계를 풀어 버린 모양이었다"를 받는 접속사로 읽힌다.
다시 말하면 "나에 대한 경계를 풀어 버린 모양이어서"라고 할 것을 대신
해서 '그러해서/그래서'로 줄여서 표현한 것으로 해석된다. 그런데 그렇
게 해서는 글이 제대로 풀리지 않는다. 이상하다 싶어 그 뒤쪽까지 읽으

---

34 문학과지성 전집판에서는 이 예문의 일부가 수정되어 있다. "어어→어이," "그래서 겨
우→그래서 나는 겨우," "보다 짐작되었다→보았다" 등.

면 "그래서"는 더 앞의 "어어. . . 아직도 안 왔어? 또 밤을 새우는 게비"를 받아야, "그 말을 듣고서"의 뜻으로 읽어야 글이 제대로 풀린다.

(31) 조 원장을 따라 섬 안을 둘러보기 시작하면서부터 이정태의 눈에는 새삼스러운 느낌을 주는 일이 한두 가지가 아니었다. 길가의 벚나무들은 가지마다 불그스름한 꽃망울들을 촘촘히 머금고 있었다. **벚꽃이 만발하면 그것은 꽃잎의 구름이었다. 꽃들의 환성이요 아우성이었다.** 남쪽으로 뻗은 가지 끝엔 이미[35] 성급하게 흰 꽃송이가 터져 나오고 있었지만, 그것은 차라리 어느 날의 눈부신 합창을 위한 조심스럽고도 가슴 두근거리는 개화의 예행연습 같은 것이었다. 그 벚나무가 줄을 늘어선 도로 아래로는 부드러운 봄바람이 여인네의 머리채를 빗질하듯 수북한 보리밭 이랑 사이를 가지런히 지나가곤 했다. (당신들의 천국: 424)

앞의 예문 (31)의 경우는 앞의 것들보다 더 심각한 형상을 보여 준다. 이정태가 개화 직전의 벚꽃을 바라보는 장면의 묘사 중간에 느닷없이 "벚꽃이 만발하면 그것은 꽃잎의 구름이었다. 꽃들의 환성이요 아우성이었다"라는, 앞으로 만발하면 어떻다는 것을, 더욱이 과거형으로 넣음으로써 벚꽃 풍경을 온통 뒤범벅으로 만들어 놓고 있는 것이다. 이 소설에서는 만발한 벚꽃의 화려함에 대한 묘사가, 자연 풍경에 대한 이런 유의 묘사가 인색하리만치 드문 이청준의 다른 소설에서와 달리 유난히 자주

---

35 한두 방울씩 '한두 방울씩'의 '방울'은 잠깐 실수를 한 것 같다. '꽃방울'이라는 말도 없지만 '방울'은 액체에 쓰지 꽃에는 쓰지 않는다.

나오는데 작가 스스로 감흥에 겨워 절제를 하지 못한 게 아닌가 싶다.[36]

"버리는 데 용감하라!"가, 출전은 모르겠으나, 글쓰기에서 가장 큰 교훈이라는 얘기가 있다. 앞의 네 예문에서 굵은 글씨 문장은 과감히 버렸어야 할 것들이다. 아무리 하고 싶은 이야기더라도 긴밀성을 깨는 것이면 일단 그 자리에서는 버려야 한다. 정말 용기를 내야 한다. 이청준은 용기가 없었거나 그런 데에 무슨 용기를 내고 어쩌고 하겠느냐는 심사였는지 오히려 무얼 자꾸 덧붙여 넣는 쪽을 추구하였던 듯하다.

다음 예문들에서 그 일단을 더 볼 수 있는데, 이런 것을 보노라면 정말 무얼 자꾸 끼워 넣는 것이, 그럼으로써 문장 구조를 좀 더 복잡하게 만드는 것이 아예 버릇이 된 것이 아닌가 하는 생각을 일으킨다. 이청준이 1965년 사상계에서 「退院」으로 신인상을 받을 때의 심사평(「애매한 가운데 중요한 가능성 – 심사를 마치고」, 『별을 보여 드립니다』 별권: 88)에 엄중한 충고가 있다. "우리는 이 간단한 심사평을 끝마치면서, 응모한 모든 새로운 사람들의 가일층의 정진을 위하여 한마디 고언苦言을 덧붙이고자 한다. 그것은 언어를 절약해 달라는 것이다. 한 줄의 부적절한 표현이, 아니 한마디의 필요 없는 말의 존재가 작품 전체를 무너뜨리기 때문이다." 그럼에도 당선자였던 이청준이 그것을 깊이 새겨듣지 않았던 듯하다.

(32) ㄱ. 그러나 그는 워낙 호주(豪酒)인데다가 아까 밑자리를 깐 술이 되어 걸음걸이가 흐트러지지는 않았다. 거기다 그는 **술값을 정확히 따지지도 않았고** 주모가 갖다 주는 대로 안주를 먹었기 때문에 실상 술기가

---

36 이 예문 중 "그 벚나무가 줄을 늘어선 도로 아래로는"의 "줄을 늘어선"도 이상하다. "줄을 지어 늘어선," 아니면 적어도 "줄로 늘어선"이면 좋겠다.

해묵은 소망 하나

그렇게 과하지는 않았던 것이다. (매잡이: 286/307)[37]

ㄴ. 배를 빌 수 있으리라고는 그녀 자신도 생각지 않았다. **자기들 일이 바쁜 탓이기도 했다.** 그러나 마을 사람들이 다 배를 가지고 있는 것은 아닌데도 모두가 돌을 실어 내는 것은 배를 서로 빌고 있는 증거였다. 그러나 그녀는 빌 수가 없었다. 그들은 별네가 석화밭을 끝내 만들 수 없게 되기를 바라고 있는 것이었다. 아니, 별네가 마을에서 아주 싹 없어져 주기를 바라고 있었다. 마을의 모든 사람들은 그녀를 미워하고 저주했다. (石花村: 249/267)[38]

ㄷ. 선생님은 그리고 나서 곧 피아노 앞으로 가 앉았다. 그리고 건반을 두드리기 시작했다. 그때 곡목이 무엇이었는지, **그리고 그 연주가 어느 정도 수준이었는지,** 아마 분명히 소개를 받았으련만 지금은 제대로 기억을 할 수가 없다. (「혼자 견디기」, 『사라진 밀실을 찾아서』: 223)

앞 예문 (32)의 굵은 글씨 부분은 더욱 불필요해 보이는 것들이다. (32ㄱ)의 "술값을 정확히 따지지도 않았고"가 이 자리에 왜 들어와 있는지 앞뒤를 아무리 살펴보아도 그 답이 보이지 않는다. 그리고 (32ㄴ)에서는 "자기들 일이 바쁜 탓이기도 했다"가 그 앞뒤 문장들과 어떻게 얽히는지 아무리 뜯어보아도 잘 드러나지 않는다. (32ㄷ)에서도 "아마 분명히 소개

---

37 이 예문은 문학과지성 전집판에서 다음과 같이 수정되었는데 별로 개선된 게 없어 보인다. "그러나 그는 워낙 호주인데다 이미 밑자리를 깐 술이 되어 새삼 더 걸음걸이가 흐트러지진 않았다. 애초에 술값을 정확히 따지지도 않았고 주모가 갖다 주는 대로 그저 안주 접시만 자주 비워냈기 때문에 제 주량에 비해선 아직도 크게 술기가 과하지는 않은 때문이었다."

38 문학과지성 전집판에서는 이 예문의 일부가 수정되었다. "빌 수→빌릴 수," "빌고 있는 증거였다→빌리고 있기 때문이었다" 등.

를 받았으련만"에 해당되는 것은 곡목 정도이지 굵은 글씨 부분은 아니었을 것이다. 이 예문에서는 드러나지 않으나 중학교 2학년 한 반을 청중으로 음악 선생이 교실에서 펼쳤던 미니 피아노 연주회 때의 이야기인데 그때 곡명曲名 정도는 알려 주었겠지만 자기 연주의 수준에 대해 '소개'를 했을 것 같지는 않기 때문이다. 그러니까 굵은 글씨 부분은 깊은 생각 없이 손바람을 낸 게 아닌가 싶다.

> (33) 그때, 잠에서 깨어났을 때부터 곽 서방은 영 사람이 달라져 있었던 것이다. 어떻게 달라졌는지는 알 수 없다. 혹은 달라진 게 없다고 해야 할지도 모른다. **달라졌거나 달라지지 않았거나, 또는 달라졌으면 어떻게 달라졌는가는 아무것도 말할 수 없다.** 그는 그때부터 갑자기 벙어리가 된 것처럼 누구의 말에도 일절 대답을 하는 일이 없었고 혼잣말을 하는 일조차도 없어져 버렸기 때문이다. (매잡이: 287/308)

예문 (33)의 굵은 글씨로 처리한 "달라졌거나 달라지지 않았거나, 또는 달라졌으면 어떻게 달라졌는가는 아무것도 말할 수 없다"는 문학과지성사판 전집본에서는 삭제된 부분이다. 이 부분이 있으면 그 특징이 더 두드러지지만 이것을 빼고 보아도 이청준 글의 한 특징이 잘 드러난다. 이청준 소설에서 심심찮게 볼 수 있는 현상인데, 되새김질이라 할까 문장을 제자리에서 몇 번씩 뒤척이는 버릇이 그것이다. 끝 문장을 보면 누구의 말에도 대답하는 일이 없고 혼잣말을 하는 일조차 없어진 큰 변화가 있었다. 그러면 밑줄 친 부분도 함께 삭제할 일이지 굳이 살려 놓을 필요가 없다. 가운데 문장들을 다 빼고 마지막 문장을 "곽 서방은 영 사람이 달라져 있었던 것이다"에 이어붙이면 전달하고 싶은 장면이 말끔히 드러난다. 무엇 때문에 "어떻게 달라졌는지는 알 수 없다. 혹은 달라진 게 없다고 해야 할지도 모른다"라고 제자리에서 맴돌며 독자를 헤매게 하는지 이해하기 어렵다.

13

마지막으로 몇 문장만 더 보기로 한다. 앞에서는 결함의 유형별로 나누어 보아 왔는데, 어느 한 유형에 넣기보다, 굳이 이름을 붙이자면 '글쓰기에 서툰 면을 보이는' 문장 몇 개를 집약해서 보려는 것이다. 사실 결함이 있다는 것은 기본적으로 서투르다는 뜻이기도 하고 또 이미 앞에서도 종종 '서투르다'는 표현을 쓰기도 하였으면서도 유난히 글을 왜 이렇게 서투르게 쓸까 하는 느낌을 주는 문장들을 따로 뽑아 본 것이다. 평판 높은 문필가가 글쓰기에 서투르다고 하면 말도 안 되는 소리를 한다고들 할 일이지만, 워낙 다작多作이다 보니 꼼꼼히 살필 여유가 없어 생긴 실수인지는 모르나 적어도 현실로 나타난 것은 '서투르다'고 평가할 수밖에 없는 문장들이다.

> (34) "그래도 사람을 찾게 매를 훈련시켜 놓은 그 인간들을 찾아 내려오는 매를 산으로 다시 쫓아 보내지 않고 일부러 자네를 찾아 청승맞게 놈을 안고 장터까지 나온 건 나란 말일쎄." (매잡이: 285/306)

예문 (34)의 "사람을 찾게 매를 훈련시켜 놓은 그 인간들을 찾아 내려오는 매를"은 읽는 순간 정신이 헛갈려 몇 번이나 다시 읽게 된다. 작가도 문장이 잘 되지 않아 이리저리 고심苦心을 한 결과인 듯한데, 관계대명사와 같은 장치가 없는 우리말에서 정확을 기하려고 하다가 꼬여 버린 것일까, 글을 읽다가 이런 문장도 보게 되는구나 하는 생각이 드는 참으로 희한한 문장이다.[39]

(35) (나이가 든 동네청년들은 그 시절 가을철 추수 무렵이 되면 대개 "큰 산에 간다"고 저희끼리 마음을 비우고 떠나간 일이 있었다. 그리고 두어 밤쯤이 지나고 나면 동네에서는 얻기 어려운 감이나 밤, 모과 같은 산과일들을 한 자루 가득씩 담아 메고 돌아왔다. [중략] 그 천관산 산행에서 가을 산 야생과일들을 실컷 따오곤 한 것이었다.)
나도 일테면 동네아이들이 나이가 들면 으레 그 가을 철 큰산행을 따라나서듯, 그 산 너머 세상으로 내 어린 날의 산들을 떠나가게 된 것이다. **그 큰 산은 학교아이들과 단 한번 소풍으로 올라본 것뿐,** 저 6·25 전란이 끝나 가던 54년 초등학교를 졸업하면서, 그 학교를 오가던 십여 리 산길은 물론, 내 오랜 산길의 길동무였던 나뭇지게까지 모두 벗어놓고서였다. (「유년의 산을 다시 탄다」, 『사라진 밀실을 찾아서』: 186)

이 예문 (35)는 소설 문장이 아니고 산문(수필)이어서 그런지 유난히 허술한 데가 많다.[40] 당장 괄호에 넣어 제시한 앞 단락의 내용과 자신이 고

---

39 이 예문이 문학과지성 전집판에서는 다음과 같이 수정되어 있다. "그래도 사람을 찾게 저를 훈련시켜놓은 그 인간들을 찾아 내려온 매를 차마 다시 산으로 쫓아보낼 수가 없어 이렇게 어정어정 청승맞게 장터까지 놈을 안고 자네를 찾아나온 거란 말일쎄."
40 이청준은 산문집 『사라진 밀실을 찾아서』의 머리말(「책을 내면서」)에서 "얼굴과 목소리가 쉽게 드러날 형식의 글인 터에, 제 이름을 내 걸고 쓰인 이 글들에 소설 못지않은 애정과 정성이 바쳐졌음은 새삼 여기서 밝혀 말할 바가 없을 것이다"라고 산문 쓰기에도 정성을 들였다고 하였으나 전반적으로 산문의 글에서 허술함이 조금이라도 더 드러나는 것

향을 떠나 대도시로 가는 상황을 무슨 동질성이 있는 듯 연관시킨 것부터 그렇다. 그리고 고향을 떠나는 장면에 굵은 글씨로 표시한 부분 "그 큰 산은 학교아이들과 단 한번 소풍으로 올라본 것뿐"을 끼워 넣어 앞에서 비판하였듯이 불필요한 것을 끼워 넣기를 좋아하는 버릇이 다시 나타나고 있다. 또 "그 산 너머 세상으로 내 어린 날의 산들을 떠나가게 되었다"도 짤막한 문장이면서도 꽤나 허술한데 이런 짤막한 문장에서조차 흠결을 보이는 것이 안타깝다. 무엇보다 공력功力을 덜 들인 탓일 터인데 반복하지만 전체적으로 받는 느낌은 왜 글을 이렇게 서툴게 쓸까 하는 것이다.

14

이 글 모두冒頭에서 보았듯이 이청준은 이미 간행된 소설도 계속 수정을 해 두었다가 다시 출간하는 기회가 오면 그것들을 세심히 반영을 하는, 자기 글에 대한 수정을 가장 치열하게 한 작가로 알려져 있다. 열화당에서 복간한 『별을 보여 드립니다』의 별권 권말에 친필로 한가득씩 수정을 한 장면을 보이는 도판이 여러 장 실렸는데 그걸 보면 그 폭幅과 치밀함이 우리를 완전히 압도할 수준이다. 이 글에서 다룬 문장들은 거의가 그 치밀하고 대폭적인 수정 작업에서도 고스란히 살아남은 것들이었다.[41]

같았다.

41 그 치열한 수정 작업에도 불구하고 왜 이들이 이렇게 많이 남았을까가 의문인데, 마지막 전집을 낼 때의 수정 내용을 보면 대부분 스토리 전개와 관련되는 것이지 문법적인 것과 관련되는 것은 "물을 내붓는 소리를 단속(斷續)하면서"(「石花村」 260/278)를 "물을 퍼내는 짧고 급박한 단속음에 내몰리듯"으로, 또 "입을 굳게 다문 열 칠팔 세 가량의 소년 하

그런데 그 분량이 결코 적지 않았다. 『별을 보여 드립니다』(1971/2023)의 몇몇 단편 등 극히 일부 작품에서 이만한 분량이 나왔으니[42] 결코 적은 분량이라 할 수 없다. 물론 나머지 이청준 소설에서도 같은 비율로 이런 '나쁜 문장'들이 나오리라는 예측은 성립되지 않을 것이다. 그러나 이 분량만으로도 그것이 우발적인 것이라고 믿기는 어렵다.

이청준은 우리나라 역대 소설가 중 아마 상賞을 가장 많이 탔을 것이다. 약력을 보면 상이란 상은 거의 다 탔다. 그때마다 심사를 했을 것이다. 그런데 그 어디에서도 지금 이 글에서 문제 삼는 쪽으로 논의된 일은 있었던 것 같지 않다. 워낙 대가大家의 글이니 그런 것을 들추는 것은 큰 본질을 두고 너무 사소한 데 매달리는 소인배의 짓이라고 꺼려했을지도 모른다. 아니, 그보다는 우리 문단의 풍토가 늘 이런 쪽으로 너무 대범大凡하다는 것이 옳을지 모르겠다.

여기서 『文學과 知性』(1972년 겨울호)에 「非文과 名文」을 쓸 때 인용했던 글을 다시 한번 불러내오는 게 좋을 듯하다.

나가」(매잡이: 271/291)의 "열 칠팔세"를 "십칠팔세"로 바로잡은 것 등 없지는 않으나 활발하지 못하다. 작가가 이 방면으로는 그 중요성을 깊이 인식하지 못하고 있었거나, 아니면 근원적으로 이쪽으로는 섬세한 감각이 부족하였던 것이 아니었나 싶다. 작가가 『별을 보여 드립니다』의 중원사 판(1992) 및 책세상 판(2007)의 머리말에서는 "책을 다시 꾸미는 과정에선 틀린 문장이나 군더더기들을 눈에 띄는 대로 손질했고"(『별을 보여 드립니다』 별권:19), "그동안 책을 바꿔 내거나 새 책을 꾸밀 때마다 수록 작품들의 문장을 매번 다시 손보곤 했지만"(『별을 보여 드립니다』 별권: 21)이라고 했는데 이때의 구체적인 수정 내용은 구해 보지 못한 것이 아쉬우나 이 글에서 다룬 예문은 그때 수정을 거친 후의 것인 만큼 이 글의 예문이 최후까지 작가에게 수용된 문장들이라는 점에는 달라질 바가 없을 것이다.

42 사실은 이 글의 분량 때문에 초고에서 다루었던 예문 중 상당수를 뺐다.

해묵은 소망 하나

文法에 맞지 않는 文章이 惡文임은 틀림없다. 그러나, 文法에 맞는 文章이면 곧 좋은 文章이냐고 하면 그렇지는 못하다. 文法에 맞는 文章이 文章으로서의 優越性을 주장할 수 있는 것은, 文法에 맞출 줄을 몰라서 文法에 맞추지 못한 文章을 대할 때뿐이다. 小學校나 中學校의 作文 先生이 붉은 붓을 들고 생도의 作文을 대할 때에만 주장할 수 있는 것이다. 정말 좋은 文章은 文法에 맞지 않되 맞고, 맞되 맞지 않는, 말하자면 文法을 초월한 文章, 文法에 구애되지 않고 도리어 文法을 驅使하는 文章인 것이다. (俞鎭午, 「文章道」, 『구름 위의 漫想』, p. 339)

이 글을 보면 얼핏 꽤 그럴듯하게 들린다. "문법을 초월한 문장, 문법에 구애되지 않고 도리어 문법을 구사하는 문장," 이 얼마나 모든 걸 초연超然한 듯한 높은 기상인가. 그러나 문법에 구애받지 않고 도리어 문법을 구사하는 문장은 있을 수 없다. 문장에 있어 문법은 음악에서 박자나 음정音程과 같다고 할까 구애받지 않고 초월할 수 있는 사항이 아니다. 그것을 어기면 그런 문장은 사실 문장이 아니다. 비문非文이다. 비문이요 악문惡文이다.

혹시 소설가나 문학평론가들은 이 "문법을 초월한 문장, 문법에 구애되지 않고 도리어 문법을 구사하는 문장"이라는 구호에 경도되어 있는지 모르겠다. 아니면 『별을 보여 드립니다』의 복간본 일러두기에 "현행 표기법에 맞지 않더라도 '문학적 범주'에 있다고 할 만한 표현들이나 작가 특유의 표현들은 그대로 두었다"가 있는데 어지간한 것은 '문학적 범주에 드는 표현' 또는 '작가 특유의 표현'으로 면죄부를 주기도 할 듯하다. 하긴 문학작품의 가치는 주제와 그 주제를 잘 살린 수준으로 결정되는 것이지 문장이 몇 곳 이상하다 해서 영향을 받지는 않을 것이다. 독자들도 대개는 문장 하나하나 뜯어 읽으며 그 표현에서 무얼 찾으려 하지는 않는다.

그러나 문장에 어떤 결함이 있다면 역시 칭찬만 해 줄 수는 없지 않은가. 국어사전을 보면 소설에서 가장 많은 예문을 뽑아 쓴다. 그만큼 소설가의 글은 우리 문장의 전범典範으로 대접받는다. 앞으로는 신인을 등단시킬 때든 그 넘치게 많은 상의 심사 때든 문장의 적합성도 엄격하게 심사 대상에 넣어 적어도 수정 지시라도 하는 체재가 되었으면, 그래서 수상작들을 묶어 단행본으로 낼 때는 그 수정 지시를 따른 것으로 출간되는 풍토가 되었으면 좋겠다.

이청준과 같은 명망名望 있는 작가의 글에 비문이 섞여 있다는 논평을 들으면 무엇인가를 잘못 진단한 것이 아닌가 하는 의구심을 일으킬지 모르겠으나 실제로 우리 주변에는 많은 저서로 널리 알려진 문필가 중에도 나쁜 문장으로, 악문가惡文家로 소문난 분들이 의외로 많다. 이제 이 사회가 더 냉엄해지고 더 성숙하여 그런 소문을 듣는 문필가가 없어지는 세상, 글쓰기를 무겁게 알고, 좋은 글이 귀히 대접받는 세상이 되었으면 좋겠다.

해묵은 소망 하나

장 경 렬

광인狂人과 시인詩人

내 고향은 인천이다. 충청남도 서산 성연면聖淵面의 외가에서 만 세 살부터 여섯 살까지 지냈던 것을 제외하면 나는 성장기를 내내 인천에서 보냈다. 하지만 서울에서 대학을 다니는 과정에 인천 생활을 접게 되었고, 그 이후 인천에 있는 대학에서 직장을 얻게 되어 다시금 인천 생활을 하게 되었지만, 이 또한 유학을 떠나는 바람에 몇 년 후에 마감되지 않을 수 없었다. 유학을 다녀와서도 잠시 인천 생활을 다시 했지만, 직장이 바뀌게 되어 또다시 인천을 떠나지 않을 수 없었다. 요컨대, 대학에 들어간 이후 나에게 인천은 잠깐씩 머물다가 떠나는 곳이 되고 말았다. 물론 나는 여러 가지 이유 때문에 아주 자주 인천을 찾는다. 하지만 갈 때마다 인천이 극적劇的으로 변모했거나 변모하고 있음을 감지한다. 무엇보다 내가 익숙해 있던 인천의 거리들과 골목들은 사라지거나 전혀 예상치 않은 모습으로 바뀌었거나 바뀌고 있고, 그 모든 거리와 골목에 정취를 더하던 온갖 지형지물들도 태반이 보이지 않는다. 이에 때로 당황하기도 하고, 때로 사라진 옛 모습을 떠올리며 안타까워하기도 한다. 이제 인천은 꿈엔들 잊을 수 없는 '정든 내 고향'으로서의 그 옛날의 인천이 이미 아니기에.

해묵은 소망 하나

그럼에도 인천에는 나의 어린 시절에 내가 보았던 당시의 모습을 비교적 온전하게 간직하고 있는 곳이 더러 있으니, 옛날의 인천 시청 건물과 그 위쪽의 자유공원 근처가 그 가운데 하나다. 옛날의 인천 시청은 현재 인천 중구청으로 바뀌어 있는데, 한겨울이 이제 막 마감되기 직전인 2월 어느 날 인천 중구청 아래쪽의 신축 호텔에서 열린 고등학교 선배 부친 — 구순의 나이를 넘기셨지만 당시 여전히 정정하시던 어른 — 의 자서전 출판 기념행사에 초청을 받았다. 행사가 끝난 뒤에 시계를 보니 오후 1시였다. 그 행사에 나와 함께 참석했던 초등학교 동문 친구가 하나 있었는데, 그와 의기투합하여 우리는 그곳에서 주안까지 반나절 동안 '과거를 더듬어가는 도보 여행'을 시도하기로 했다. 인천일보 사옥 앞쪽에서 출발하여, 친구와 옛 이야기를 나누며 인중로仁中路를 따라 걷고 또 걷다 보니 어느덧 수인水仁 사거리가 나왔다. 그곳을 지나 숭의동崇義洞 로터리까지 간 다음, 우리는 옛날에 장안극장이 있던 곳 근처의 골목길로 들어섰다. 초등학교 시절 친구들이 살던 집의 위치를 여기저기 가늠해 가면서 이 골목길에서 저 골목길로 발걸음을 옮기던 우리는 마침내 우리가 다니던 초등학교인 인천교육대학부속국민학교의 정문과 마주하게 되었다. 정문은 물론이고 건물도 다 옛날 그대로였지만, 그곳은 이미 학교가 아니었다. 관공서로 바뀐 학교 건물을 잠시 바라보며, 고향을 잃은 것 같은 헛헛한 마음에 친구와 나는 망연자실할 수밖에.

잠시 멈춰 서서 옛날의 학교 정문 안쪽에 눈길을 주던 우리는 다시 잠깐 동안 걸음을 옮겨 내가 초등학교 저학년 시절에 살던 집이 있던 동네에서 그리 멀리 않은 곳에 이르게 되었다. 그곳에서 친구와 나는 편의점을 찾아 음료수를 산 다음 쉬어 갈 겸 가게 바깥쪽의 간이의자에 자리를 잡았다. 자리에 앉아 헛헛한 마음을 달래는 동안 나는 문득 온통 주택가로 변한 이곳이 그 옛날에는 미나리꽝이었음을 기억에 떠올렸다. 그 시절, 겨울이 와서 바로 이곳에 있던 미나리꽝이 얼음판으로 바뀌면 나와 동네 친구들은 그 위에서 신나게 썰매를 타기도 했고 팽이 돌리기 시합도 했지! 이를 기억에 떠올리자, 미나리꽝 동쪽으로 논이 있었고 그 한가운데에 허름한 오두막이 있었던 것도 기억에 떠올랐다. 그리고 몹시 춥던 한겨울 어느 날 그 오두막의 문틈으로 잠자듯 죽음에 취해 있던 한 여인을 훔쳐보았던 것도 기억에 떠올랐다.

그 무렵 서로 불러내어 함께 어울려 놀던 동네 친구들 가운데 한 녀석이 어떻게 알았는지 우리 동네의 '미친년'이 바로 그 오두막에서 얼어 죽어 있다는 소식을 전했던 것이다. 호기심에 우리는 오두막으로 몰려갔다. 그리고 나는 엉성해서 속이 다 들여다보이는 문틈으로 그 모습을 보았다. 막연하게나마 죽음은 어둡고 무서운 것이라고 생각했었는데, 놀랍게도 그때 내가 본 것은 누더기로 몸을 감싼 채 누워 있는 여인의 모습, 엷은 미소를 입가에 띤 채 몸을 웅크린 채 잠들 듯 누워 있는 여인의 모습이었다. 죽음이란 어둡고 무서울 뿐 아니라 기괴하고 절망적인 것이리라는 내 어린 시절의 상상은 그렇게 무너졌다. 어쨌거나, 나는 죽음에 이른 그 여인의 입가에 담긴 엷은 미소를 이해할 수 없었다.

조금 더 나이가 들어 안데르센 동화의 성냥팔이 소녀 이야기를 읽고는 그녀의 미소를 이해할 것 같다는 생각을 하게 되었다. 성냥팔이 소녀가 죽음의 순간에 자기를 부르는 할머니를 환상 속에 보고 웃음을 띤 채 죽음을 맞이했다는 안데르센의 이야기처럼, 그리고 내가 엄마에게 이전에 들었던 그 여인에 관한 이야기에 기대어 말하자면, 그녀 역시 죽음의 순간에 자신이 사랑하고 자신을 사랑하던 사람들, 그러니까 남편과 아이들의 모습을 보았던 것 아닐지?

해묵은 소망 하나

살아생전 그녀는 산발의 머리에다 누더기를 걸친 채, 그리고 어설픈 웃음기를 얼굴에 담은 채 온 동네를 떠돌아다니곤 했었다. 그런 그녀를 불러와 엄마 — 노년의 나이에도 내가 여전히 '어머니'가 아닌 '엄마'라 부르는 나의 엄마 — 는 밥을 먹이기도 하셨고 옷가지를 건네기도 하셨다. 모르긴 해도, 동네 아주머니들도 다 한마음이었던 것 같다. 아무튼, 나를 포함한 동네 아이들은 아무렇지도 않게, 아무런 생각도 없이, 그녀를 '미친년'이라고 불렀다. 그런데 어쩌다 내가 그녀를 그렇게 지칭하는 것을 확인한 엄마가 나에게 불같이 야단을 치셨다. "너 이 녀석, 미친년이라니? 어디서 배워먹은 말버릇이냐!" 전혀 예상치 못한 엄마의 꾸중과 노여움에 어리둥절해 하는 나에게 엄마는 그녀가 전쟁의 와중에 남편과 아이들을 잃고는 정신 끈을 놓아버린 가엾고 슬픈 아줌마임을 알려 주셨다. 한숨을 내쉬면서 안타까워하시던 엄마의 모습을 본 이후, 적어도 나만큼은 '미친년'이라는 말을 다시는 입에 올리지 않았다.

엷은 미소를 띤 채 죽음에 취해 있던 그녀의 모습을 기억에 떠올리는 순간, 세상이 엄청나게 변하고 나도 엄청나게 변했음에도 불구하고 그 옛날의 기억이 이처럼 생생하고 새삼스럽게 떠오름에 나는 마음의 갈피를 잡을 수 없었다. 마음의 갈피를 잡지 못해서인지 말을 잃은 채 정신을 놓고 멍하니 앉아 있는 나에게 정신을 되찾을 여유를 주기라도 하려는 듯, 친구는 나를 남겨 놓은 채 화장실을 찾아 자리에서 일어섰다. 혼자 멍하니 앉아 있는 사이에 오래전에 읽은 함혜련 시인의 「미친 바다」라는 시 — 가슴이 저릴 만큼 슬프고 안타까운 이야기를 아름답고 따뜻하면서도 때로 담담한 언어로 전하고 있는 시 — 가 기억의 저편에서 떠올랐다. 곧 휴대전화의 인터넷 기능을 이용하여 그 시를 찾아 읽었다.

그때

우리 동네 바다가 가까운 옥거리에는

누더기를 걸친

때투성이 얼굴에

언제나 환한 웃음이 넘쳐흐르는

혼 나간 여인 하나 살고 있었다

무엇을 찾아 그랬던지

낮에는 온 사방 거리를 휘젓고 돌아다니다

밤이면 꼭

제가 전에 살림하던 집

그녀가 집을 나간 뒤에는 다른 여인을 얻어 사는

그 사내의 집 처마 밑에 가서

별빛에 젖은 밤바다처럼 웅크리고 잠을 잤다

마을 사람들은 구경거리인 그녀의 자유를

부러워하기도 하고

측은하다고 동정도 했지만

갈매기와 은방울새들이 떼를 지어 날아다니는

그녀의 표정은 사시사철 환희에 가득 찬 아침바다였다

그러다 가끔은

파도에 녹은 돌구멍 속으로 푸른 하늘이 들어와 앉듯

제정신이 들 때도 있었다

그럴 때면 길바닥에 두 다리를 뻗고 주저앉아

파도치는 듯 울던 여인

해묵은 소망 하나

그렇게 울 때의 그녀를 보고도
사람들은
미친년!
했다

"혼 나간 여인"이 "별빛에 젖은 밤바다처럼 웅크리고 잠을 잤다"니! "갈매기와 은방울새들이 떼를 지어 날아다니는/그녀의 표정은 사시사철 환희에 가득 찬 아침바다였다"니! 이처럼 아름다운 시적 묘사에서 우리가 감지할 수 있는 것은 자기만의 세계 안에 머물러 "자유"를 구가하는 한 여인을 향한 시인의 따뜻한 눈길이다. 아무튼, 몇 구절만 바꾸면, 이 시가 일깨우는 것은 그대로 나의 어린 시절 옛 기억이다. 옛 기억을 떠올리면서 나는 "혼 나간 여인"이라는 구절에 다시 눈길을 돌렸다. 그렇다, 엄마의 꾸중대로 '미친년'과 같은 비하卑下 투의 표현을 함부로 입에 올려서는 안 된다. "혼 나간 여인"이라는 아름다운 시적 표현이 있지 않은가.

  하지만 다시 생각해 본다. 이 같은 표현이 적절한 것일까. 혼이 나갔다니? 또는 혼이 나가 있다니? 그렇다면, "혼이 나간 여인"을 제외한 다른 이들은 혼이 들어와 있는 사람들이란 말인가. 혼이 나가 있다거나 들어와 있다고 했을 때 '혼'이 의미하는 바는 무엇일까. 혹시 이때의 '혼'은 상식과 교양과 체면과 예절과 관습과 규범을 의미하는 것 아닐지? 아니, 이는 지겨울 정도로 안정되어 있고 답답할 정도로 반듯한 사회, 숨 막힐 정도로 변화에 둔감한 사회의 기존 질서를 유지하고자 하는 사람들이 전가傳家의 보도寶刀처럼 동원하는 이른바 '미덕'을 지칭하는 것 아닐지? 바로 이런 종류의 '미덕'에서 자유롭거나 이를 우습게 여기는 사람을 혼이 나갔다 하여 '정상인들'의 집합체인 이 사회는 그를 '미친놈' 또는 그녀를

'미친년'으로 낙인을 찍는 것 아닐지? 따지고 보면, 인간 사회란 이 같은 '미덕'에서 자유롭거나 이를 무시하거나 깨뜨리는 사람을 광인으로 단죄하고, 그들을 끊임없이 규제하거나 가둬 놓으려 하고 심지어 추방하려 하는 데 노력을 아끼지 않아 왔던 조직체 아닐지? 이런 관점에서 보면, 로버트 피어시그(Robert Pirsig)가 『라일라』(*Lila*, 문학과지성사, 2014)에서 이야기했듯, 광기란 "현재 상태의 문화"에 순응하는가, 순응을 거부하는가의 문제일 수 있다.

> 이렇게 물어보라. "만일 이 세상에 오로지 한 사람만 존재한다면, 그가 광인일 가능성은 얼마나 될까?" 광기란 항상 다른 사람들과 상대적인 비교가 가능할 때 존재하는 것이다. 이는 사회적 또한 지적 일탈일 뿐, 생물적 일탈이 아니다. 재판정에서든 어디에서든 적용할 수 있는 광기에 대한 유일한 검증 기준이 있다면, 이는 현재 상태의 문화에 순응하느냐 하지 않느냐일 것이다.

하기야 현재 상태의 문화에 순응하지 못하는 사람이 어찌 '광인'뿐이랴. 일찍이 셰익스피어(Shakespeare)는 『한여름 밤의 꿈』(*A Midsummer Night's Dream*)에서 "광인들과 사랑에 빠진 자들과 시인들"은 "과도하게 왕성한 상상력"의 지배를 받는다는 점에서 하나로 묶일 수 있다고 설파한 바 있거니와, 이 가운데 광인과 시인은 "과도하게 왕성한 상상력"을 공유한다는 점에서뿐만 아니라 '지겨울 정도로 안정되어 있고 반듯한 사회와 문화'에 순응하기를 거부하고 저항하는 '자유로운 정신의 소유자들'이라는 점에서 서로 통하는 바가 있는 사람들 아닐지? 하기야 미치지 않고 어떻게 시인이 시를 쓸 수 있겠는가. 어찌 보면, 숨 막힐 정도로 답답한 현실에 구멍을, 우리가 숨 쉴 수 있도록 그 답답한 현실에 구멍을 뚫어 새로운 세계를 언뜻 엿보게 하는 데 앞장서는 '자유로운 정신의 소유자들'이 다름 아닌 시인들 아닐지? 변화에 굼뜨고 지리멸렬한 일상의 현실에 숨 막혀 하면서도 우리가 그나마 삶을 살아갈 수 있는 것은 이들 시인이 존재하기 때문 아닐지? 시인들이 우리에게 펼쳐 보이는 시 세계에 잠시나마 몰입하여 정신과 의식의 자유와 해방과 일탈을 즐길 수 있기 때문 아닐지? 아니, 시인들과 더불어 우리도 잠시나마 미칠 수 있기 때문 아닐지?

화장실에서 친구가 돌아오자 우리는 잠시 더 앉아 음료수를 비운 뒤에 자리에서 일어섰다. 그리고 숭의동을 벗어나 용현동龍現洞 독정이 고갯길을 가로질러 주안으로 향했다. 그날 친구와 나의 '과거를 더듬어가는 도보 여행'은 주안의 신기촌新基村에 이르러 나의 엄마를 찾아뵙는 것으로 끝을 맺었다.

평소와 달리 예고 없이 찾은 나와 내 친구를 환한 표정으로 맞이하는 엄마를 바라보며 나는 생각했다. 내 어릴 적에 '혼이 나간 여인'에게 따뜻한 마음을 가질 것을 에둘러 말씀하셨던 나의 엄마가 계시듯, 또 한 부류의 '혼이 나간 인간'들인 시인들에게 따뜻한 마음과 따뜻한 눈길로 감쌀 것을 권하는 이들이 어찌 이 세상에 없을 수 있겠는가. 그리고 그런 이들의 권고를 받아 시인과 시를 더욱더 사랑하고 아끼는 사람들이 어찌 이 세상에 없을 수 있겠는가. 바라건대, 시인이든 광인이든 현실에 저항하는 동시에 새롭고 낯선 삶의 길을 찾아 헤매는 모든 이들도 자유롭고 평화롭게 거주하는 곳이 바로 이 세상이기를! 그리고 그들을 이해하고 사랑하는 이들이 그들과 함께하는 곳이 바로 이 세상, 내가 몸담고 있는 여기 이곳, 같은 하늘 아래이기를!

(2016년 7월 작성, 2024년 10월 숙맥 문집 수록을 위해 전면 수정 및 보완)

"그대 살고 있는 괴로움이 다시 나를 울릴 때까지"
— 황동규의 「아이오아 일기 2」를 읊조리며

팬츠 바람으로 장갑을 끼고
밤비에 젖어가는 주차장을 내려다본다
잠이 오지 않는다
기다리리라 허락하리라
허락하리라 모든 것을
그대 살고 있는 괴로움이
다시 나를 울릴 때까지
슬퍼하는 기사를 태운 말처럼
내 그대 마을 건너편 언덕에
말없이 설 때까지.

몇 개의 초가집이 솔가지를 태워
그 연기 날개처럼 솟아
그대 사는 하늘의 넓이를 재고.

해묵은 소망 하나

그 하늘 아래 앉아

서로 이를 잡아주는 그대와 나.

보이지 않는다

다시 보인다

지워지지 않는다.

　　　　　　　　　　　── 황동규, 「아이오와 일기 2 ─ 아내에게」 전문

　아직 학교에 적을 두고 있던 시절, 나는 내가 몸담고 있는 학교의 교수들과 함께 1월 말에 전라남도 여수로 연례행사인 '학사 여행'을 다녀온 적이 있다. 겨울비가 오락가락하던 그곳 여수에 도착하여, 학술 세미나 시간을 가진 후에 교수들 사이의 친목을 도모하기 위한 저녁식사 자리가 이어졌다. 그러고 나서, 여전히 겨울비가 내리는 가운데 몇몇 젊은 교수와 함께 나는 여수의 명물로 알려진 '해상 케이블카'를 즐길 기회를 가졌다. 케이블카가 밤하늘을 가로지르기 시작하자, 교수 한 분이 휴대 전화기에 담긴 〈여수 밤바다〉라는 노래로 분위기를 돋우었다. 노래가 끝나고 다시 담소가 이어졌다. 담소에 끼어들어 몇 마디 거드는 동안에도 나는 여전히 밤바다와 밤비로 흐릿해진 여수 항구의 야경에서 눈길을 뗄 수 없었다. 그런 나의 뇌리를 불현듯 스치는 시가 있었으니, 이는 황동규 시인의 「아이오와 일기 2 ─ 아내에게」였다.

　함께 탑승한 젊은 교수들에게 문득 시 한 편이 떠오르는데 감히 이를 읊어도 되겠냐고 물었더니, 모두가 너그럽게 허락함으로써 정년퇴임을 앞둔 노老교수의 기를 살려 줬다. 기가 산 나는 황동규 시인이 미국 아이오와에 체류할 때 지은 이 시의 도입부인 "팬츠 바람으로 장갑을 끼고/밤비에 젖어가는 주차장을 내려다본다/잠이 오지 않는다"를 생략한 채, 시를 읊기 시작했다. "기다리리라 허락하리라/허락하리라 모든 것을/그대 살고 있는 괴로움이/다시 나를 울릴 때까지/슬퍼하는 기사를 태운 말처럼/내 그대 마을 건너편 언덕에/말없이 설 때까지."

내가 「아이오와 일기 2」와 처음 만난 것은 대학 1학년 시절이다. 서점에서 시집을 뒤적이다 황동규 시인이 김영태, 마종기 시인과 함께 출간한 『평균율 2』라는 시집과 만나게 되었는데, 지금도 간직하고 있는 이 시집에 수록된 세 시인의 시 세계 가운데 내 마음에 가장 깊은 울림을 주었던 것은 황동규 시인의 시 세계였고, 그 가운데 특히 「아이오와 일기 2」는 황무지처럼 메말라 있던 내 감성을 흠뻑 적셔 주는 비와도 같았다. 그리고 무엇보다 방금 교수들 앞에서 읊조린 "기다리리라 허락하리라"에서 시작하여 "말없이 설 때까지"에서 나는 빠른 호흡의 운율과 선명한 시적 이미지가 일깨우는 시인의 내밀한 마음과 상상 속의 고졸古拙한 정경에 매료되지 않을 수 없었다. 바로 이 부분을 몇 번이고 되뇐 다음 처음 시구에서 마지막 시구까지 시 전체를 여러 차례 소리 내어 읽고 나서, 나는 이 시가 나에게 평생의 노래가 되리라 예감했었다.

언젠가 나는 그때의 감흥을 되새기며, 특히 시적 언어 구사와 관련하여 다음과 같이 논의한 바 있다. "호흡의 빠름과 느림 사이의 조화 속에서 진행되고 있는 이 시의 언어를 따라가다 보면, 마치 신들린 무희의 춤사위를 바라보고 있는 듯한 착각에 빠져들게 된다. 느린 속도로 시작되는 음악에 맞춰 천천히 몸을 움직이다가 갑자기 빨라지는 음악에 온몸을 맡기는 무희의 모습을, 이윽고 처음보다 한결 더 느려진 음악에 맞춰 섬세하게 몸의 움직임을 가다듬기도 하고 때로는 시간이 정지된 듯 어느 자세에서 몸을 정지시킨 다음 다시 음악에 몸을 맡기는 무희의 모습을 본다."

이 같은 논의에 나는 다음과 같은 언급을 덧붙이고자 한다. 이 같은 언어의 흐름보다 더 소중한 것은 시 전체에서 감지되는 한 인간의 깊고 따뜻하고 생생한 사랑의 마음과 그리움과 안타까움의 마음이라고. 힘주어 말하건대, 감성이 얼음처럼 차가운 사람이 아니라면, 어찌 이 시의 언어를 가득 채우고 끝내 넘쳐흐르는 시인의 그런 마음에 마음 깊이 공감하지 않을 수 있겠는가. 그리고 어찌 이를 온 마음으로 받아들이지 않을 수 있었는가. 아니, 어찌 이 시를 좋아하지 않을 수 있겠는가.

　다시 여수의 밤으로 돌아가자면, 잠시 호흡을 가다듬고 나는 밤바다와 밤비에 젖은 항구의 야경에 눈길을 준 채 느릿느릿하게 낭송을 이어갔다. "몇 개의 초가집이 솔가지를 태워 / 그 연기 날개처럼 솟아 / 그대 사는 하늘의 넓이를 재고. // 그 하늘 아래 앉아 / 서로 이를 잡아주는 그대와 나."

　멈춰 선 말이 호흡을 고르듯, 달리는 말처럼 빠르게 이어갈 것을 요청하던 시어詩語가 이 부분에 이르러 읽는 이에게 호흡을 고를 것을 요청한다. 속도를 늦춰 천천히 읽어 보라. 달리던 말을 멈추고 건너편 언덕에 선 기사가 바라보는 평화롭고 고요한 마을의 정경이 한 폭의 그림처럼 환하게 떠오르지 않는가. 여기서 움직임을 감지케 하는 것이라고는 느릿느릿 "날개처럼" 솟아 "하늘의 넓이"를 재는 "연기"뿐이다. "연기"가 "하늘의 넓이"를 재다니? 이에 대한 답변은 이어지는 논의를 마무리하는 자리에 이르기까지 잠시 유보하기로 하자.

　드넓은 하늘 아래 몇 개의 초가집에서 연기가 피워 오르는 정경이 아름답지 않은가! 하지만 이보다 더 아름다운 것은 초가집 어딘가에 앉아 "서로 이를 잡아주는 그대와 나"의 모습이다. 감출 것도 부끄러울 것도 없는 사이가 아니라면, 또는 그대가 나이고 내가 그대인 사이가 아니라면, 어찌 스스럼없이 상대의 몸에 기생하는 이를 잡아 줄 수 있고 제 몸의 이를 상대에게 처리해 주도록 맡길 수 있겠는가. 사랑이란 어떤 것인지를 어찌 이보다 더 간결한 언어로, 그것도 회화적 이미지를 통해 호소력 있게 전할 수 있겠는가. 어찌 보면, 앞서 언급한 이 시에 대한 나의 논의 자리에서 말했듯, "슬퍼하는 기사를 태운 말처럼 / 내 그대 마을 건너편 언덕에 / 말없이 설 때까지'에서 감지되는 회화적 이미지는 낡고 오래된 서양화, 그것도 목각 판화를 연상케 한다." 당시 나의 논의는 이렇게 이어졌다. "목각 판화라니? 인쇄술이 오늘날 같지 않던 오랜 옛날에 발간된 책에서 발견할 수 있는 목각 판화, 굵고 가는 선으로 마을과 언덕, 말과 기사를 새겨 놓은 목각 판화를 떠올리게 하기 때문이다. '그대 살고 있는 괴로움'을 향해 말을 모는 '슬퍼하는 기사'의 이미지는 지나치게 섬세하게 그린 그림이나 화려한 색채의 그림을 통해서는 도저히 살아날 것 같지 않다고 한다면, 이건 지나치게 자의적恣意的인 해석일까. 어쨌든, 이런 분위기의 서양화적 이미지보다 이 시를 더욱더 아름답게 만드는 것은 '몇 개의 초가집'이 있고 넓은 하늘로 '날개처럼 솟'는 '연기'가 있는 동양화적 이미지다. 사실 같은 달이라고 하더라도 하늘 한가운데 떠 있는 달보다는 지평선이나 언덕에 걸려 있는 달이 더 커 보이게 마련이다. 마찬가지로 아무것도 없는 텅 빈 하늘보다는 '날개처럼 솟'는 초가집의 연기로 수놓아진 하늘이 더 넓어 보일 것이다. 초가집의 연기 때문에 더할 수 없이 넓게 느껴지는 하늘, 바로 그 하늘과 그 하늘 아래 나지막하게 자리하고 있는 몇 채의 초가집에서 우리가 느낄 수 있는 것은 평화와 고요의 분위기다." 요컨대, "하늘의 넓이"를 재는 "연기"로 인해 하늘은 더욱 가없이 넓어 보이고, 그 넓은 하늘 아래 몇 채의 초가집이 있는 풍경의 고요하고 평화로운 분위기는 더욱 생생하게 살아나고 있는 것이다.

다시 호흡을 가다듬고는 되뇌었다. "그 하늘 아래 앉아 / 서로 이를 잡아주는 그대와 나." 그리고 덧붙였다. "아름답지요?" 한 교수가 물었다. "이라니요?" 그러자 또 한 교수가 말했다. "아, 사람 머리 같은 곳에 붙어 사는 기생충!" "네, 그래요. 내가 어렸을 땐 머리뿐만 아니라 옷 위로 이가 기어 다니는 아이들도 있었습니다. 그런 시절도 있었지요." 이 말과 함께 나의 열변이 이어졌다. "진실로 사랑하는 사이라면, 어찌 상대의 청결치 못함이 청결치 못함으로 느껴지겠어요? 사랑하는 이의 몸을 기어 다니는 이를 서로 잡아주는 그대와 나에서 누추하고 가난하지만 그래도 사랑으로 행복한 이들의 모습이 떠오르지 않나요?"

이렇게 열변을 토하는 가운데 케이블카가 목적지에 이르렀다. 그리하여 나는 「아이오와 일기 2」의 나머지 부분을 다 낭송하지 못한 채 케이블카에서 내려야 했다. 그리고 이로써 나는 내가 여수 항구의 야경과 밤바다가 내려다보이는 케이블카에서 이 시를 떠올리고, 자리를 함께한 이들에게 이를 소개하고자 했던 이유를 끝내 밝히지 못했다. 케이블카에서 내린 다음 여전히 내 시야에 어른거리는 항구의 야경과 밤바다를 바라보며 나머지 부분을 몇 번이고 혼자 읊조렸다. "보이지 않는다 / 다시 보인다 / 지워지지 않는다."

이 시에서 시인은 "잠이 오지 않는" 밤에 이국의 하늘 아래서 "밤비에 젖어가는 주차장을 내려다"보고 있다. 그런 그의 심안心眼에 비친 "하늘 아래 앉아 / 서로 이를 잡아주는 그대와 나"는 고국에 두고 온 아내와 자신의 모습이리라. 밤비에 젖어가는 눈앞의 정경이 보일 듯 보이지 않고 보이지 않을 듯 다시 보이듯, 시인의 심안에 비친 "그대와 나"의 모습이 보일 듯 보이지 않고 보이지 않을 듯 다시 보인다. 하지만 그 모습이 어찌 그의 마음에서 지워질 수 있으랴.

그날 케이블카에서 내려다보는 여수의 밤바다와 밤비에 젖은 항구의 야경이 그러했다. 어둠 속에서 보일 듯 보이지 않고 보이지 않을 듯 다시 보이는 그 밤의 정경이 나에게 문득 내 마음에 새겨져 있는 황동규 시인의 시 한 편을 떠올리게 했던 것이다. 혹시 시인이 그러하듯 우리는 각자 마음속에 지워지지 않은 채 남아 있다가 때로 되살아나는 추억과 꿈의 정경들, 꿈같이 아름다운 정경들의 소유자가 아닐지? 그리고 밤비에 젖어 어둠 속에 어른거리는 밤바다와 항구의 야경처럼 보일 듯 보이지 않고 보이지 않을 듯 다시 보이는 각자의 마음속 정경에 이끌려 깊은 상념에 젖기도 하고 새로운 삶의 길을 찾기도 하는 이들이 다름 아닌 우리 아닐지?

(2016년 2월과 2021년 12월 초고 작성 및 수정,
2024년 11월 숙맥 문집 수록을 위해 전면 보완 및 확장)

해묵은 소망 하나

"커다란 오동잎처럼 보이던 그 손"

— 김광규 시인의 「그 손」과 함께

마침내 한여름 더위의 기세가 완전히 꺾인 2024년 10월 초에 외국에서 디자이너로 활동하는 큰아이가 오랜만에 찾아와, 아이와 함께 아이의 할머니이자 나의 엄마 — 거듭 말하지만, 늙은이가 되어서도 내가 여전히 '어머니'가 아닌 '엄마'로 부르는 나의 엄마 — 를 찾아뵈었다. 아흔 중반의 나이인 나의 엄마는 병상에 누워 계시며, 이제는 오래 앉아 계시기 어려울 만큼 쇠약해지셨다. 그런 엄마를 뵙고 여느 때나 다름없이 슬프고 무겁고 어두운 마음으로 돌아섰다. 그리고 얼마 후에 아이가 언제 찍었는지 할머니를 찾아뵈었을 때의 사진 세 장을 내게 보내 주었다. 그런데 놀랍게도 세 장 모두에는 엄마의 두 손을 감싸고 있거나 그러는 가운데 엄마의 두 손을 쓰다듬기도 하는 나의 두 손이 엄마의 두 손과 함께 '클로즈업'되어 있었다. 세상을 보는 아이의 눈이 남다르다는 느낌에 기껍기도 했지만, 고된 삶의 흔적이 지워지지 않는 엄마의 거친 두 손에, 나의 두 손이 감싸고 있는 작고 가냘픈 엄마의 두 손에 눈길을 주며 목이 메기도 했다. 저 작고 가냘픈 손으로 세상의 온갖 궂은일을 마다하지 않은 채 다 해 내시고, 나를 키워 주신 나의 엄마! 손재주가 비상하신 나의 엄마는 저 작고 가냘픈 두 손으로 못하시는 일이 없었다.

　문득, 양장점을 운영하시기도 했던 엄마가 나의 초등학교 입학에 즈음하여 손수 지어 주셨던 교복과 교모校帽인 베레모가 기억에 떠올랐다. 교복이야 비록 천은 달라도 규격을 맞춘 것이기에 도드라지지 않았지만, 그때 엄마가 만들어 주신 베레모를 쓰고 학교 가기가 어찌나 싫던지! 다른 아이들의 베레모는 둥글게 오린 천 한 장과 머리가 들어갈 자리를 감안하여 그 아래쪽의 둘레로 네 조각의 천을 맞대어 만든 밋밋한 모양의 것이었지만, 엄마가 만들어 주신 베레모는 제작 방법부터 다른 것이었다. 둥글게 오려 낸 천의 가장자리를 일정한 간격을 두고 안으로 모이게 접은 다음 겹치는 부분 하나하나를 재봉으로 마감하는 등 좋게 말해 화려하고 나쁘게 말해 '요란한' 것이었다. 게다가, 다른 아이들의 밋밋한 베레모와 달리 엄마가 만드신 베레모 위쪽 한가운데에는 천으로 만들고 나비 모양으로 묶은 꽃망울 모양의 술이 두 개 달려 있었다. 다른 아이들 것과 모양이 다르기에 나는 그 베레모가 싫었던 것이다.

　그때 엄마가 기울였던 사랑의 마음과 정성을 이해하지 못한 채 모양이 다르기에 그 베레모를 싫어했던 어린 시절의 내가 기억에 떠오르자 다시금 메이는 목을 주체할 수 없어 고개를 든 채 멍하니 앉아 있는 동안이었다. 나에게 문득 예전에 그러했듯 엄마의 작고 가냘픈 손 위로 커다란 오동나무 잎이 다시금 겹쳐 떠올랐다. '오동나무 잎'이라니? 오동나무 잎 또는 오동잎은 정말로 크다. 웬만한 크기의 오동잎은 활짝 편 어른의 손 몇 개를 얹어도 남을 정도로 크다. 그처럼 커다란 오동잎이 엄마의 작고 가냘픈 손에 겹쳐 떠오른 것은 예나 지금이나 김광규 시인의 시 「그 손」 때문이다. 이 시의 전문을 소개하자면 다음과 같다.

　　　　　　　　　　　　　해묵은 소망 하나

그것은 커다란 손 같았다

밑에서 받쳐 주는 든든한 손

쓰러지거나 떨어지지 않도록

옆에서 감싸 주는 따뜻한 손

바람처럼 스쳐가는

보이지 않는 손

누구도 잡을 수 없는

물과 같은 손

시간의 물결 위로 떠내려가는

꽃잎처럼 가녀린 손

아픈 마음 쓰다듬어 주는

부드러운 손

팔을 뻗혀도 닿을락 말락

끝내 놓쳐 버린 손

커다란 오동잎처럼 보이던

그 손

— 김광규, 「그 손」 전문

내 엄마의 손은 시인의 말대로 "꽃잎처럼 가녀린 손"이지만, 나에게는 역시 시인의 말대로 "커다란 오동잎처럼" 크고 넓게 느껴진다. 어디 그뿐이랴. 나에게 엄마의 손은 "밑에서 받쳐 주는 든든한 손"이기도 하고 "쓰러지거나 떨어지지 않도록 / 옆에서 감싸 주는 따뜻한 손"이기도 하고, 또 "아픈 마음 쓰다듬어 주는 / [거칠지만] 부드러운 손"이기도 하다.

물론, 김광규 시인의 시는 시인 자신이나 다른 누군가의 엄마(또는 어머니)의 "손"에 관한 작품으로 단정할 수도 없고, "그 손"이 제목이지만 "손"

자체를 주제로 한 작품으로 보기도 어렵다. 오히려, "커다란 오동잎처럼 보이던/그 손"의 이미지를 비유적으로 떠올리게 하는 "그것"에 관한 시라고 해야 할 것이다. 즉, 「그 손」은 온갖 손의 이미지를 연상케 하는 '그 무엇'을 노래하기 위한 시로 보아야 할 것이다. 그렇다면, 이 시에 언급된 "그것" 또는 '그 무엇'은 무엇일까. 이 물음과 관련하여, 전에 이 시에 관해 논의했던 바에 약간의 수정을 가한 다음 이 자리에 옮기고자 한다. "이 시와 처음 접했을 때 나는 엉뚱하게도 나의 엄마를 떠올렸다. 나에게 엄마는 '커다란 손'과도 같은 분이기에. '밑에서 받쳐주는 든든한 손/쓰러지거나 떨어지지 않도록/옆에서 감싸주는 따뜻한 손'과 같은 분, '시간의 물결 위로 떠내려가는/꽃잎처럼 가녀린 손/아픈 마음 쓰다듬어주는/부드러운 손'과 같은 분, '커다란 오동잎처럼 보이던/그 손'과 같은 분이 우리 모두에게 엄마(또는 어머니)가 아닐지? 하지만 엄마를 '바람처럼 스쳐가는/보이지 않는 손/누구도 잡을 수 없는/물과 같은 손'이나 '팔을 뻗혀도 닿을락 말락/끝내 놓쳐 버린 손'에 비유할 수야 없지 않을까. 아니다, 엄마와 떨어져 있어 엄마를 그리워하는 사람에게라면 여전히 이런 비유가 깊은 호소력을 지닐 수 있겠다. 아무튼, 나는 '그것'이 지시하는 바가 무엇인지에 대해 생각을 이어가지 않을 수 없었다. 혹시 '그것'은 신 또는 초월적 존재가 아닐지? 아마도 읽는 이에 따라서는 시인이 '시인'임을 감안하여, 신이나 초월적 존재와 마찬가지로 인격화人格化된 대상으로서의 시 또는 문학을 떠올릴 수도 있으리라. 하지만 그 어떤 대상을 떠올리더라도 여전히 새로운 해석에 열려 있는 것이 이 시의 '그것'일 수도 있다."

나의 당시 논의는 다음과 같이 이어졌다. "손에 잡힐 듯 선명하고 환한 온갖 손의 이미지에도 불구하고 결코 손쉬운 해명을 허락하지 않는 이 시

해묵은 소망 하나

는 어찌 보면 프랑스의 비평가 롤랑 바르트(Roland Barthes)가 말한 바 있는 '쓰기에 열려 있는 텍스트'(texte scriptible)일 수도 있으리라. 바르트는 의미가 미리 결정되어 고정되어 있는 '읽기에 열려 있는 텍스트'(texte lisible)와 읽는 이가 의미 생성의 과정에 능동적으로 참여할 수 있는 '쓰기에 열려 있는 텍스트'를 구분한 바 있는데, 전자가 시와 만난 이를 즐거움(plaisir)으로 이끈다면 후자는 그보다 차원이 높은 열락(悅樂, jouissance)으로 이끈다는 것이 그의 논리다. 여기에다 그는 후자가 전자보다 더 중요하다는 입장을 견지한 바 있다. 정녕코 「그 손」은 시적 이미지의 선명함과 섬세함이라는 미덕에 더하여 의미 부여에 열려 있다는 또 하나의 미덕을 지니고 있다는 점에서 소중한 작품이 아닐 수 없다."

아무튼, 김광규 시인의 「그 손」에 관한 우리의 논의는 여기서 그칠 수 없다. 우리의 논의는 시인의 눈길이 "손"을 향하고 있다는 사실을 주목하는 것으로 계속될 수 있는데, "그것"에 어떤 의미 부여가 가능하든 "그것"을 이야기하기 위해 시인이 자신의 눈길을 보내고 있는 "손"은 '손을 지닌 인격체'나 '그런 인격체로 상정될 수 있는 그 무언가'가 지닐 법한 신체의 일부에 해당하는 것이다. 다시 말해, 시인의 시선은 '전체'가 아닌 '부분'을 향하고 있는 것이다. 하지만 그렇다고 해서 시가 다만 "손"에 관한 묘사 그 자체만을 목적으로 하여 창작된 것이 아님을 우리는 이 시의 첫 행을 이루는 "그것은 커다란 손 같았다"에서부터 감지하지 않을 수 없다. 어떤 이유에서 그런가 하면, 이 시적 진술 안의 '같았다'는 원론적인 형태의 비유이거니와, 이를 통해 '손'은 보조관념補助觀念의 역할을 하고 있을 뿐이기 때문이다. 따라서 원관념元觀念에 대한 천착이 없이는 이 시를 어떤 각도에서 읽더라도 제대로 읽은 것이 될 수 없다.

어찌 보면, 시인은 다만 "손"에 시선을 모으고 있지만, "손"을 보조관념으로 거느리는 원관념 자체 — 즉, '무엇보다 손을 떠올리게 하는 인격체' 그 자체 또는 '그런 인격체로 상정될 수 있는 그 무언가' 그 자체 — 를 감추고 있다고 할 수도 있겠다. 이는 시인이 '전체'에 대한 이해의 실마리가 되는 '부분'을 제시함으로써 '전체'에 대한 유추가 가능할 것이라는 믿음 때문일 수도 있다. 그리고 실제로 이런 전략을 의식하든 의식하지 아니하든 이 같은 유형의 시에 대한 우리의 작품 읽기는 '부분'에 대한 이해를 통해 자연스럽게 '전체'에 대한 이해에 이르게 마련이다. 마치 내가 '엄마의 작고 가냘픈 손'(부분)에 눈길을 주는 것이 발단이 되어 마침내 '엄마의 삶과 엄마의 사랑 그리고 무엇보다 엄마 자신'(전체)에 이르렀듯. 또는 '엄마의 손'이 담긴 사진을 응시하다가 이 시의 "커다란 오동잎처럼 보이던 / 그 손"을 겹쳐 떠올렸지만, 인용한 이전 논의에서 확인할 수 있듯 "그 손"을 결국에는 '엄마 자신'으로 이해했듯.

이처럼 '부분'에 집중하거나 '부분'을 일깨움으로써 '전체'를 비유적으로 드러내거나 '전체'에 다가가 그것이 지닌 보다 깊고 넓은 함의含意에 이르게 하는 수사법을 환유(換喩, metonymy)라고 한다. 이전 논의에서도 주목한 바와 같이, 일찍이 러시아의 언어학자인 로만 야콥손(Roman Jakobson)은 이처럼 '부분'에 기대어 '전체'의 이미지를 환기하는 수사법을 환유로 규정한 바 있는데, 그가 이와 대비되는 수사법으로 제시하고 있는 것이 곧 은유(隱喩, metaphor)다. 이때의 은유란 무언가의 대상을 묘사할 때 문제의 대상과는 관계없는 전혀 별개의 대상을 끌어들여 그 의미를 드러내는 수사법을 말한다. 예컨대, 사랑하는 이를 태양이나 별에 비유하는 것이 하나의 대표적인 예가 될 수 있다. 이런 논의와 함께 야콥손은 대상을 비사실적으로 몽롱하게 이른바 '시화詩化'하는 은유와 달리 대상의 예민하고도 생생한 사실성(事實性, reality)을 드러내는 글에서 두드러지게 확인되는 것이 환유임을 주목하기도 하였다. 요컨대, 환유는 '부분'에 기대어 '전체'의 사실성과 현장감을 미시적으로 생생하게 드러내는 데 유용한 수사법이라는 것이다. 이 때문인지 몰라도, 「그 손」에서 시인이 심안을 통해 드러내는 온갖 "손"의 이미지는 더 이상 보탤 것 없이 선명한 동시에 손에 잡힐 듯 생생하다. 비록 "그것"이 무엇인지에 대해 잠정적인 의미 부여의 차원에서 머물 수밖에 없게 하더라도, 여전히 깊은 의미로 충만한 무언가의 대상을 생생하게 마음속에 그리도록 우리를 유도하고 있는 것이다.

여전히 나의 이전 논의에 기대되 이에 얽매이지 않고 자유롭게 논의를 이어가고자 한다. 김광규 시인의 「그 손」과 처음 마주하고 나는 앞서 언급한 "커다란 오동잎처럼 보이던 / 그 손"이라는 마지막 시구에 이르러 잠시 엉뚱한 생각에 잠기기도 했는데, '그'라는 관형사가 유독 이 부분에만 동원되고 있기 때문이다. 물론 앞서 제시된 "손"의 이미지에 대한 각각의 서술에서는 시의 언어적 리듬을 위해 '그'가 생략된 것으로 볼 수도 있겠다. 그렇게 보는 경우, 이 시를 마감하는 시구인 "그 손"의 '그'는 앞서 제시한 온갖 손의 이미지를 '하나'로 모으는 일종의 방점傍點과 같은 역할을 하는 것으로 이해할 수도 있으리라. 하지만, '그'가 마지막 시구에만 나오기 때문에, 이 시의 문을 닫는 시구인 "커다란 오동잎처럼 보이던 / 그 손"은 단순히 문을 여는 시구인 "그것은 커다란 손 같았다"를 되풀이하되 변조한 것으로만 읽히지는 않는다. '그'라는 관형사는 시인의 상상 속에서 생생한 이미지로 떠올라 그의 심안心眼이 응시하게 된 그 어떤 구체적인 이미지로서의 "손"을 암시하고 있는 것으로 읽히기도 한다. 여기서 나는 다시 원래의 질문으로 되돌아가지 않을 수 없다. 과연 마지막 시행의 "그 손"이, 시인의 심안에 구체적으로 생생하게 모습을 드러냈을 법한 "그 손"이 지시하는 바는 무엇인가.

　이제 시에서의 "손"이 지시하고 의미하는 바에 대한 이해의 단계를 넘어서 "그것"뿐만 아니라 "그 손"에 대한 의문까지 답을 요구하게 되었다. 이와 관련하여, 이 시와 처음 접한 뒤 이 시에 대해 골몰히 생각에 잠겼던 때를 다시금 기억에 떠올리고자 한다. 이 시의 첫 행의 "그것"과 마지막 행의 "그 손"이 지시하는 바가 무엇일까에 대한 생각에 잠긴 채 전철을 타고 집을 향하는 도중이었다. 전철이 지하 갱도를 벗어나 한강 위 다리를 지나는 동안, 언뜻 눈을 들어 바라보니 흐름을 이어가는 강이, 저 먼 곳으로 아슴푸레 보이는 산과 산이, 그리고 연무煙霧에 뒤덮여 낮게 드리워진 하늘이 시야에 들어왔다. 그 순간 나에게 "그것"이든 "그 손"이든 이때의 대상을 지시하는 것은 엉뚱하게도 저 아래의 강일 수도, 저 멀리의 산과 산일 수도, 저 위의 하늘일 수도 있겠다는 생각이 들었다. 하지만 얼마의 시간이 지난 후에 다시 생각을 거듭하면서 저 강과 저 산과 산 그리고 저 하늘은 구체적이고 생생한 이미지를 갖는다는 점에서 막연한 "그것"이라기보다 구체적 이미지로서의 "그 손"일 수도 있겠다는 생각에 이르기도 했다. 그렇다면 "그것"은? 지하 갱도를 벗어난 지하철에서 창밖에 눈길을 주며 함께 떠올렸던 아일랜드의 시인 윌리엄 버틀러 예이츠(William Butler Yeats)가 「재림再臨」("The Second Coming")이라는 시에서 언급한 "세계의 영靈"(Spiritus Mundi)이 이에 해당하는 것일 수 있지 않을까. 또는 극도로 추상적이고 관념적으로만 이해될 수 있을 뿐이어서 시인조차 비유적으로 암시할 뿐, 그리고 우리도 쉽게 그 존재의 깊이와 넓이를 가늠하지 못하는 그 무엇인 종교일 수도 있고 철학일 수도 있는 동시에 지구일 수도 있고 우주일 수도 있을 뿐만 아니라 천국일 수도 있고 지옥일 수도 있는 동시에 영원일 수도 있고 순간일 수도 있지 않을까.

　　　　　　　　　　　　　　해묵은 소망 하나

하지만 그렇게 생각했다고 해서 내가 원래 지니게 되었던 "손"에 대한 나의 이해를 포기하고자 하는 것은 아니다. 나에게는 여전히 "그 손"이 나의 엄마가 지닌 작고 가냘픈 손이자 다름 아닌 엄마 자신일 수도 있고, 나아가 시를 읽는 이들 저마다에게 소중한 그 누군가의 손이자 그 손을 소유한 누군가일 수도, 그들의 삶일 수도, 아니, 우리가 마주하고 함께할 수 있는 세상의 그 모든 아름답고 소중한 그 무엇일 수도 있다는 생각을 여전히 보듬어 안고자 한다. 어디 그뿐이랴! "그 손"은 "커다란 오동잎"의 모습으로 구체화하는 동시에 추상화하여 시인이나 우리의 심안에 언뜻 그 모습을 드러내는 인간사의 그 모든 아픔과 위안과 희망과 사랑일 수도 있으리라.

엄마의 손을 감싸고 있는 나의 손에 내 아이의 눈길이 머물렀음을 보여 주는 사진 몇 장을 앞에 놓고, 나는 엄마의 아픔을, 엄마에게 위안이었거나 위안인 것을, 엄마의 희망을, 그리고 무엇보다 엄마의 사랑을 아주 오랫동안 가슴 저미도록 가늠하고 또 가늠해 보지 않을 수 없었다.

(2018년 4월과 8월의 초고에 기대어
2024년 10월 숙맥 문집 수록을 위해 작성)

정 재 서

어느 해 초봄의 제천대祭天臺-무릉리武陵里 답사

오래전 이른 봄에 전라북도 진안鎭安으로 답사를 간 적이 있다. 삼연三 淵 김창흡金昌翕(1648-1722)의 문집에 「남유일기南遊日記」라는 제명題名으로 전라도 일경一境을 여행한 기록이 있다. 거기에 조선 전기의 시인 총계당 叢桂堂 정지승鄭之升(1550-1589)이 은거했던 진안 용담龍潭 고택과 그가 건 립했다는 제천대祭天臺를 찾아가 부시賦詩했던 내용이 실려 있었다. 총계 당은 조선 전기 삼당파三唐派로 칭위稱謂되었던 뛰어난 시인으로 그의 시 는 후일 청 심덕잠沈德潛의 『명시별재明詩別裁』에 선록選錄되기도 하였다. 아래의 「축천정丑川亭 이별[留別]」이라는 시가 그것이다.

細草閑花水上亭,　여린 풀, 아리따운 꽃, 물가의 정자,
綠楊如畵掩春城.　푸른 버들은 그림처럼 봄 성을 가렸네.
無人解唱陽關曲,　아무도 이별의 노래 불러주지 않는데,
惟有靑山送我行.　홀로 짙푸른 뫼만이 나를 전송하네.

총계당은 시인이자 유명한 도인이기도 하였다. 조선의 『열선전列仙傳』

이라 할 홍만종洪萬鍾의 『해동이적海東異蹟』에 등선登仙한 존재 곧 신선으로 열기列記되어 있기 때문이다. 일화에 의하면 그는 용담 인근에 제천대를 세우고 별에 초제醮祭를 지냈다고 한다. 흥미로운 것은 총계당이 신령스러운 거북이를 타고 다녔는데 그가 죽기 전날 사라졌다고도 한다. 내가 주목했던 것은 중국에서는 천자만이 제천을 할 수 있는데 한국에서는 일반 도인도 할 수 있었다는 사실이다. 용담 제천대가 한국 선도仙道의 정체성을 찾아볼 수 있는 유적이 아닐까 생각되었다.

이러한 기본 내용을 염두에 두고 전주의 향토사학자 이용엽 선생과 함께 총계당의 유적이 있는 주천면朱川面으로 향했다. 주천은 주자내라고 하는 곳으로 옛날에 주자의 증손이 이곳을 방문한 적이 있다고 하여 붙여진 지명이라고 한다. 그러나 정천면程川面도 인근에 있는데 정자가 방문했다는 말은 없는 것으로 보아 주천, 정천 모두 유교적 취지를 강조하기 위해 현지의 촌유村儒들이 붙인 지명일 수도 있겠다. 면내面內에 들어서니 마을마다, 집집마다 조성한 특이한 형상이 눈길을 끌었다. 즉, 돌을 다듬어 만든 거북이나 거북 모양의 돌덩이를 동구나 집 앞에 배치한 것이다. 주민에게 무슨 용도이냐고 물었더니 '수구막이'라고 해서 재물이나 복이 나가는 것을 막아 주는 풍수적 조치라는 것이었다. 여기서 나는 총계당의 신령스러운 거북이가 떠올랐다. 그리고 한 가지 의문이 생겼는데 그것은 총계당의 신구神龜 설화로 인해 마을의 거북 신앙이 성립된 것인지, 아니면 마을의 토착 거북 신앙을 바탕으로 총계당의 신구 설화가 생겨난 것인지 그 선후 관계에 대한 궁금증이었다.

총계당의 고택은 자취 없이 사라져 지표조사조차 어려웠다. 뒤이어 제천대가 있다는 제천봉에 올랐다. 주자천을 내려다보는 제천봉은 그닥 높은 산은 아니었으나 천변에 돌올突兀한 것이 무언가 신비감을 주는 산이

었다. 제천봉의 정상에 있을 것으로 추측되는 제천대 역시 온전한 제단의
형태는 남아 있지 않았고 석축石築한 흔적만 있었다. 나는 제천대에서 잠
시 산 아래로 흐르는 주자천을 굽어보며 그 옛날 총계당이 이곳에서 밤하
늘의 별을 보며 제를 올리는 상상에 잠겼다. 김창흡 역시 제천대에 올라
다음과 같은 회고시를 남겼다.

叢桂幽人自逸豪,　은자 총계당은 홀로 뛰어난 인물이었거니,
祭天臺與紫霞高.　제천대는 자색 기운 속에 솟아 있네.
村翁不記飛昇歲,　시골 늙은이 그가 신선 되었을 때를 기억 못하고,
潭上春風老碧桃.　못물 위의 봄바람에 벽도碧桃는 늙어가네.

　총계당의 유적을 살핀 후 풍광이 좋다는 인근의 운일암雲日巖, 반일암半
日巖 계곡을 보러 갔다. 계곡은 수세가 좋고 넓은 반석이 깔려 있으며 산
봉우리들이 기묘하고 아름다웠다. 1970년대의 유명한 문필가였던 박동
현 교수가 『구름에 달 가듯이』라는 여행기에서 이 지역을 상세히 묘사하
고 펜화로 그려 놓기도 했는데 자신이 묵었던 산장 여주인이 고백한 애틋
한 순애보까지 적어 놓은 것을 인상적으로 읽었던 기억이 있다. 그 여주
인과 산장은 지금도 있을까? 퇴락한 산장 몇 채가 있으나 그 집인지는 확
인할 수 없었고 이제는 노년이 되었을 여주인은 찾은들 무엇 하랴 싶어
그냥 심중에만 담아 두기로 했다.
　운일암, 반일암 계곡을 나와 큰길로 내려오다가 무릉리武陵里로 향하였
다. 시냇물을 옆에 끼고 협로峽路를 따라가는데 새순이 나오고 이른 봄꽃
이 핀 좌우의 풍경이 근사하였다. 그렇게 협로로 한참을 갔더니 갑자기
탁 트인 곳과 마을이 나타났다. 이른바 동천洞天인 것이다! 이곳을 무릉리

　해묵은 소망 하나

라고 명명한 이유를 알 것 같았다. 도연명의 「도화원기桃花源記」에 따르면 어부가 복숭아꽃 떠내려 오는 시냇물을 따라 산길을 가다가 물길이 끝나는 곳에서 동굴을 발견했고 그곳을 통과하니 넓고 기름진 땅에 사람들이 살고 있는 낙원이 있었다고 해서 이른바 '무릉도원武陵桃源'의 유래가 된 것은 주지의 사실이다. 이곳 무릉리의 지세가 꼭 무릉도원 같았다. 탁 트인 동천에는 마을도 있고 초등학교 분교도 있는데 이곳이 좋은 것을 알고 찾아 들어온 예술인들의 집도 있었다. 아기자기하게 꾸민 어떤 집을 들여다 보았더니 주인은 없고 '외출 중'이라는 메모만 대문 대신 울타리를 가로지른 나뭇가지 위에 접혀 있었다. 아하! 선경仙境에 사는 사람들의 심성이 이러한 것인가? 감탄을 하며 발길을 돌렸다. 그런데 동구 밖으로 가는 큰길가 나무에 걸린 현수막이 눈길을 끌었다. 현수막에 담긴 글귀를 보니, "홍매화 도둑을 찾습니다"였다. 때는 바야흐로 초봄이었고 매화가 처처處處이 핀 시절이긴 했다. 그런데 홍매화 도둑이라니? 무릉도원에서는 범죄라고 해야 매화를 훔쳐가는 일 정도인가? 매화가 너무 좋아서 훔친 사람. 그는 아름다운 도둑이고 용인되는 도둑일 수도 있겠다. 마치 책 도둑은 도둑이 아닌 것으로 생각되기도 하듯이. 그렇다면 이 현수막의 글귀는 누가 작성했는지 모르지만, 무릉리 마을을 자찬自讚하는 고도의 수사가 아닐 수 없다. 이 모든 것이 아니라면 남의 집 귀한 홍매화를 누가 파가서 정말 홍매화 도둑을 찾는 것인가? 상념이 꼬리를 이었지만 결국 어느 쪽이든 '홍매화 도둑'이라는 희유稀有의 존재가 역설적으로 무릉리 마을을 정녕 무릉도원인 양 여기게끔 하는 데에는 틀림이 없었다.

　초봄, 제천대에서 무릉리에 이른 나의 진안 답사는 이렇게 매화의 서늘한 암향暗香이 마음 깊이 스며드는 가운데에 끝이 났다.

봉원사奉元寺의 조趙 낭자娘子 비석 앞에서

이화여대 후문에서 금화터널 방향으로 가다가 안산鞍山 쪽으로 올라가면 산기슭에 봉원사奉元寺라는 오래된 절이 있다. 신라 때 도선道詵 스님이 창건했다는 이 절은 오늘날 태고종太古宗의 본산이면서 범패梵唄, 단청丹靑 등 국보급 불교예술을 전승해 온 터전이기도 하다. 그런데 고색古色이 창연蒼然한 가람과 찬란한 유형, 무형의 문화유산을 뒤로하고 사하촌寺下村으로 내려오면 동네 한구석에 오롯이 위치한 낡은 비각 한 채를 발견하게 된다. 어느 늦가을, 봉원사를 거닐다 들른 이 비각은 절 앞에 고이 모셔둔 고승, 대덕大德들의 부도와는 달리 아무도 돌보는 사람이 없는 듯 몹시 퇴락해 있었다. 게다가 시절이 시절인지라 주변 나무의 조락한 잎들이 비각을 뒤덮고 있어 소슬蕭瑟하기 이를 데 없었다.

자물쇠가 채워진 어두운 비각 안을 들여다보니 뜻밖에도 '조낭자희정유애비趙娘子熺貞遺哀碑'라는 비명碑名이 눈에 들어온다. '유애비遺哀碑'라니? 무슨 슬픈 사연이 있는 것일까? 먼지와 세월의 때에 더럽혀진 비문을 어렵사리 판독해 보니 과연 그럴 만한 사연이 있었다. 조희정趙熺貞이라는 이 비극의 여인은 1904년, 그러니까 조선 말기에 경상도 진주 근처

해묵은 소망 하나

에서 태어났다. 고명딸이었던 그녀는 겨우 여덟 살 때 어머니의 손에 이끌려 기생이 된다. 커가면서 그녀는 항상 자신의 신세를 한탄하였다고 한다. 열아홉 살에 그녀는 한 남자의 첩이 되었으나, 그 생활도 순탄하지는 않았다. 남편은 사업에 여념이 없어서 1년에 한두 번 그녀를 찾을 정도였다. 마침내 스물한 살 되던 해 그녀는 한 장의 유서를 남기고 음독자살하고 만다. 유서에서 그녀는 내세에 다시는 이런 인생을 살게 되지 않기를 서원誓願하고 있다. 비석은 그녀의 죽음에 죄책감을 느낀 남편이 세운 것이었다. 그는 봉원사에서 그녀를 화장하고 약간의 전답을 절에 바쳐 그녀의 왕생극락을 기원하였다.

비문을 읽고 나니 처절한 그녀의 삶에 대한 연민으로 쉽게 발걸음이 떨어지지 않았다. 무엇이 겨우 스물한 살의 그녀로 하여금 죽음을 결심하게 하였을까? 비문은 단지 그녀가 기생첩이라는 신분을 비관하여 자살한 것으로 말하고 있으나 말 못 할 더 슬픈 사정이 있을 줄 누가 알랴? 그녀는 부처님께 귀의하여 내생에는 다른 좋은 삶을 살게 되기를 소망하였지만 불교의 세계에서도 여성은 그리 환영받는 존재가 아니다. 봉원사 대웅전의 외벽, 부처님의 출생에서 득도, 열반에 이르는 전 과정을 그린 팔상도八相圖에는 부처님이 수행 중에 여인들로부터 유혹을 받는 장면이 있다. 그런데 거울에 비친 여인의 얼굴은 마귀의 모습이었다. 여성은 진리를 파괴하고자 하는 유혹자로서 마귀와 동일시되고 있는 것이다. 아마 부처님은 자비로우시겠으나 부처님을 따르는 종교의 교리나 제도에서 여성은 여전히 평등치 못한 처지에 있는 것이리라. (승려들이 출가할 때 비구가 250개의 계율을 받는 데 비해 비구니는 348개의 더 무거운 계율을 받는다.)

고대 중국, 도가道家 계열의 책 『열자列子』를 보면 영계기榮啓期라는 어진 은자隱者에 대한 이야기가 있다. 공자가 영계기에게 무슨 즐거움이 있느냐고 물었더니 영계기는 인간으로 태어난 것, 남자로 태어난 것, 장수를 한 것 이 세 가지가 삶의 큰 즐거움이라고 대답한다. 남자로 태어난 것이 즐겁다고 한 것은 당시 남성들이 여성보다 우월한 지위에서 공유하던 인식이었을 것이다. 다만 상대적인 관점에서, 영계기가 남자로 태어난 행운을 즐기고 있을 때 조희정 같은 여인은 여자로 태어난 비운을 한탄하며 불행한 삶을 살고 있지 않았을까 싶다.

나의 이러한 소회所懷에 대해서는, 감상에 치우친 나머지 조 낭자의 죽음을 너무 여성주의적 시각에서 단순화하고 비문 이면의 현실을 몰각한 견해라는 비판이 있을 수 있다. 물론 한 남자의 기생첩이 된 이후 죽음에 이르기까지 그저 여성이라는 이유로만 설명할 수 없는 어떤 사정이 있었는지는 알 수 없다. 아울러 비문을 작성하여 그녀의 짧은 삶을 입전立傳한 사람이 남편일진대 비문에는 조 낭자의 목소리뿐만 아니라 남편의 의도도 담겨 있을 것이다. 그러나 식민지 전야前夜, 빈한한 가정에서 태어나 기생으로 팔려 가고 다시 부자의 첩이 되어 스물한 살이라는 젊은 나이에 자살을 감행한 조 낭자의 기구한 삶이 여성 약자로서 겪어야 했던 비극이라는 사실은 변하지 않는다. 이에 대해서는 페미니즘 같은 거창한 이론을 들먹이지 않더라도 인간의 상정常情으로서 한 여인의 비극적 삶을 두고 누구든 우러나는 동정과 안타까운 심정을 금하기 어려울 것이다. 생각이 여기에 미치자 앞에서 불교의 여성관이 어떻고, 영계기의 남성우월주의가 어떻고 했던 말들이 도리어 우활迂闊하게 느껴지긴 한다.

조 낭자의 비석은 '유애비遺哀碑'라는 비명에 충실하게 한 여인의 처연한 삶에 대한 슬픔을 내게 전하였고 그녀에 대한 애도는 쉽게 꺼지질 않아 이처럼 나를 감오感悟시키기에 이르렀다. 비각을 떠나면서도, 100년의 세월을 넘어 한 젊은 여인의 심사를 마주하게 된 기연奇緣이 과연 나에게 무엇을 의미하는지 상념이 그치질 않았다. 천년 고찰 봉원사를 무심히 지나던 과객인 나를 불러 멈추게 한 '조낭자희정유애비'는 봉원사 언덕길을 황황遑遑히 내려가는 나를 늦가을 저녁 어스름 속에서 묵연默然히 굽어보고 있었다.

한류 유행의 원인에 대한 단상

최근 급속도로 한류가 세계로 확산되는 현상에 대해 그 원인을 두고 의견이 분분한 것 같다. 혼자 생각해 본 것이 있는데 지극히 주관적인 견해인지 모르겠다.

80년대 말 방문학자로 하버드 대학 옌칭연구소에 가서 지낸 적이 있다. 어느 날 중국인 친구가, 줄리어드 음대의 중국계 교수가 하버드에 와서 중국 악기 연주 공연을 하니 함께 가서 감상하자고 청하였다. 저녁에 노천 광장 같은 곳에서 공연을 하였는데 하버드가 있는 케임브리지는 물론 인근 보스턴의 중국인들까지 운집한 것 같았다. 이름이 잘 기억나지 않는, 실로폰 비슷한 중국 악기를 음대 여교수가 날렵하게 연주하였다. 현란한 테크닉으로 묘음妙音이 울려 퍼지자 만장한 청중들의 박수 소리가 진동하고 중국인 친구도 감동한 듯 상기된 얼굴로 내게 "대단하지 않아?"라 물으며 동의를 구하였다. 나도 고개를 끄덕이며 "대단한데!"라고 응답할 정도로 줄리어드 교수의 연주는 훌륭한 것이 사실이었다. 그런데 마음 한구석에서는 무언가 2% 부족한 것이 느껴지지 않는가! 완벽한 연주 같았는데 이상하게 무언가 더 있어야 할 것 같은 느낌이랄까, 이런 것이었는데 곰곰이 생각해 보니 그것의 정체는 바로 '신명'이었다. 그녀는 완벽에 가까운 연주 솜씨를 보여 주었고 중국인 청중들도 대만족을 했지만 나 혼자 그렇지 못했는데 그 원인은 그녀가 속칭 '헷가닥' 하지 않았기 때문이라는 것이 당시 나의 결론이었다.

그 후 몇 년 지나 대만에 초청 강연을 하러 갔을 때도 비슷한 경험을 하였다. 강연 후 전통 악기의 인간문화재 같은 악사들의 관현악 특별 공연을 관람하였는데 아름답고 기묘한 선율과 장인들의 손놀림에 감탄은 하였지만 역시 '헷가닥' 하는 느낌을 받지 못해 완전한 감동에는 이르지 못하였다. 이외에도 가끔 중국에 가서 머물 때 호텔 방에서 TV를 켜고 그들의 음악 프로를 시청하게 되면 가수들조차도 언제나 규격에 맞게 정석대로 노래를 부른다는 느낌을 지울 수 없었다. 물론 중국의 경우는 사회주의 정부의 통제가 당대 문학, 예술에도 영향을 미쳐 더욱 그런 점도 있을 것이지만.

여기서 문득 떠오른 것이 공자의 시교詩敎와 관련된 언급 곧 "즐거워하나 음란하지 않고, 슬퍼하나 상심하지 않는다"(樂而不淫, 哀而不傷 ―『論語』八佾)는 가르침이었다. 이는 인간의 감정이 항시 평정의 상태를 유지해야 한다는 말씀인데, 감정을 주조로 하는 문학, 예술에 대해서는 기본 준칙 같은 것이 되어서 지나친 감정의 몰입을 경계하게 되었고, 이에 따라 음악도 결코 선을 넘지 않는 것이 정도正道로 자리 잡았다. 그러니 중국 음악에서 스스로 신명이 지펴서 '헷가닥' 하기는 쉽지 않았을 것이다. 일찍이 정치 시학政治詩學의 원조로 중국 각지의 시가를 집성하여 『시경詩經』을 편찬함으로써 주周 제국의 다양한 지역과 종족의 통일을 도모했던 공자의 입장에서 백성들이 '헷가닥' 해서 선을 넘는 일은 제국의 질서와 통합을 저해하는 불온하고 위험한 행태로 간주되었을 수 있다. 유교가 무속을 음사淫祀로 규정하고 끊임없이 탄압을 가했던 것은 이러한 이유 때문이기도 할 것이다. 결국 효율적인 제국 통치를 위해 요청된 전통적인 예악관禮樂觀이 오늘날의 중국 음악에도 영향을 미치고 있는 것이 아닐까?

중국 음악의 선을 지키는 연주에 무언가 미흡한 느낌을 갖는 반면, 한국에서 우리는 드라마를 보거나 음악 프로를 시청할 때 수없이 선을 넘는 광경을 목도하고 피로할 정도로 그것에 열광한다. 내가 즐겨 보는 TV 프로에 〈전국 노래자랑〉이 있다. 이 프로는 한국 자생적인 것이 아니라 원래 일본 NHK 방송국의 프로였다. 원조 〈전국 노래자랑〉을 보면 기본 구조는 한국과 똑같은데 다만 사회자는 얌전히 사회를 보고 출연자는 조용히 나와 조용히 노래하고 퇴장한다. 이 프로가 한국에 와서 돌변한 것이다. 한국인이 이 프로에 열광하는 것은 고 송해의 구수한 입담 덕도 있지만 출연자들의 광란(?)에 가까운 다양한 행태 때문이다. 그들은 결코 얌전하거나 조용하지 않다. 멀쩡한 사람이 무대에만 올라가면 '헷가닥' 한다. 그런데 그들이 프로페셔널한 배우나 가수인가? 아니다! 도시의 평범한 소시민이거나 한촌寒村의 장삼이사張三李四일 뿐이다. 인류학자 조흥윤 교수에게 들은 이야기인데 그분의 친구인 독일인 교수가 한국에 와서 이 프로를 보자 일반인이 저런다고 말해 줬더니, 말도 안 된다고, 다 배우들이 짜고 하는 짓이니 거짓말하지 말라고 했다는 것이다.

한국인이 '헷가닥'을 잘하는 것은 고대부터 지금까지 기층 문화의 중심으로 자리 잡고 있는 무속과 깊은 관련이 있는 것으로 보는 시각이 있다. 무속의 입신入神이나 망아忘我의 경지에서 유래한 흥이나 신명 등을 한국인의 정서적 특징으로 보면서 그것이 우리 문화, 특히 예술 방면의 민족적 개성을 구현한 것으로 보는 것이다(이에 대해서는 김재은, 김경동 두 분 노사께서 이미 탁견을 제시한 바 있다). 이러한 견해를 밀고 나가면 한국의 드라마,

음악, 춤, 영화 등 대중문화 장르에 함장含藏된 '헷가닥' 성性이 이념과 냉전의 시대가 종언을 고한 90년대 이후 감성 해방과 탈경계의 시대가 도래하면서 점차 두각을 나타내더니 2000년대 이후 국력의 신장에 따른 자본과 기술의 힘에 의지하여 급기야 전 세계로 나래를 펼치게 된 것이 아닌가 생각해 볼 수 있다. 한국 대중문화의 '헷가닥' 성은 소위 막장 드라마에서, 현란한 칼군무 등에서 엿보이는데, 아카데미상을 수상한 영화 〈기생충〉 말미의 급작스러운 살육 반전극에서도 찾아볼 수 있다.

서두에서 주관적인 견해라고 자신 없어 했듯이 사실 이러한 논의는 정식 토론으로 들어가면 많은 문제를 안고 있다. 우선 음악 전문가도 아닌 내가 대가들의 연주에 대해 내린 즉흥적 논단을 일반화하기가 쉽지 않고, 한류 유행의 원인을 당대 현실보다 실체 애매한 고래의 신명에서 찾으려고 하는 것도 문제이며, 한국인만이 신명을 갖고 있는 것처럼 말하는 것도 근거 제시가 필요하다. 다만 오늘의 한류가 단군 이래 미증유의 현상인지라 그 원인이 일종의 의안疑案처럼 여겨지기에 속견俗見과 도청도설道聽途說을 엮어 한번 변증했을 따름이다.

정 진 홍

Wait for none!

Wait for none!

첫째 마디

더위가 무척 심해서 아무것도 손에 잡히지 않고 생각조차 멈춰 선 어느 오후에 하릴없이 타골 전집(*Collected Poems and Plays of Rabindranath Tagore*, Macmillan, 1958)을 뒤적였습니다. 읽겠다면서 펼친 것도 아니고, 그저 평생 해 온 버릇대로 무심코 책을 뽑아 든 것이어서 그게 타골 전집인 것도 우연한 것이었고, 펼친 면도 그랬습니다. 그런데 갑자기 "Wait for none!"이라는 글자가 그야말로 주먹만 하게 불쑥 튀어 오르는 것이었습니다. 그러나 그곳에 초점을 맞추고 그 글을 살필 겨를도 없이 제 손은 벌써 책장을 넘기고 있었고 순간 책을 닫고 있었습니다. "아차!" 하면서 다시 책을 펴고 방금 본 그 글을 찾으려 했지만, 아무리 찾아도 보이질 않습니다. 책 두께를 가늠해 어디쯤일 거라고 예상해서 그 언저리를 여러 차례 뒤졌지만 끝내 다시 만나지 못했습니다. 이 글을 쓰는 지금까지요.

아무래도 제가 잘못 보았거나 읽은 글은 그게 아닌데 제 마음대로 그런 문장으로 다듬어 지닌 것은 아닌가 하는 생각이 들었습니다. 저를 스스로 믿을 수 없게 된 거죠. 헛헛했습니다. 그런 낌새가 없지는 않습니다. 펼쳤던 책 두께의 느낌으로는 제가 보았던 곳이 "The Fugitive, and Other Poems"라는 표제의 장인데 거기에는 이런 글이 있습니다.

Tell me, for whom do you wait?
She looks in my face and says, "No one, no one at all!"

이를 읽은 인상印象이 "Wait for none!"으로 집약된 건 아닌가 하는 거죠. 그러나 이는 제게 어림없는 일입니다. 그런 시상詩想과 시어詩語가 그처럼 섬광같이 떠오른다면 저는 진즉 시인으로 살았어야 합니다. 그렇잖다면 저는 지금 시를, 그래서 시인을 모독하는 거나 다르지 않고요. 아무튼 날이 시원해지고 좀 마음에 짬이 생기면 저는 그 전집을 샅샅이 살펴 "Wait for none!"이 그 안에 정말 있는지 없는지 반드시 밝혀 볼 작정입니다.

그러나 그 일이 제게 지극한 과제는 아닙니다. 제가 지금 되살펴 보고자 하는 것은, "아무도 기다리지 마!"라고 해야 할지, "기다리지 마. 누구도!"라고 해야 할지, 아예 유치하게, 아니면 제법 형이상학적으로 "아무도 없음을, 또는 누구도 아님을 기다려!"라고 해야 할지 잘 모르겠지만, 왜 그 말이 제게 그리 커다란 충격이었는가 하는 겁니다.

둘째 마디

기다림은 제게 낯설지 않습니다. 그렇기는커녕 제 삶의 결이라고 해도 좋습니다. 기다리며 살았으니까요. 그것도 아침과 저녁을요. 아침을 기다리지 않았다면 저녁에 잠들 수 없었을 겁니다. 저녁을 기다리지 못했다면 아침과 낮을 견디지 못했을 겁니다. 기다림이 없었다면 삶을 이어가지 못했을 겁니다. 그럴 수밖에 없습니다. 저녁이면 아침이 오지 않을까 두려웠으니까요. 낮이면 저녁이 오지 않을까 겁이 났으니까요. 기다림은 저에게 호흡이나 다르지 않았습니다. 기다림으로 밤과 낮이 채색되지 않았다면 제 삶은 꽉 막힌 채 실종되고 말았을 겁니다.

그 기다림은 한 번도 저를 속이지 않았습니다. 배신하지 않았다고 해도 좋고요. 기다림은 제게 신뢰를 살게 했습니다. 두려움과 겁을 지워 버렸으니까요. 잠 못 드는 밤이 없지 않았어도, 그래서 멀뚱멀뚱 아침을 기다리면 밤이 없어도 아침은 와 주었습니다. 낮도 그러했습니다. 고통스러운 낮으로 낮이 낮답지 않아도 골똘히 밤을 기다리면 밤은 낮을 삼키고, 그 어둠 안에서 낮의 상처를 다 가시게 해 주었습니다.

그렇다고 해서 기다림의 정서가 제 삶에 강물처럼 도도하게 흐르고, 기다림의 의지가 제 삶에 산맥처럼 우뚝하고 우람했다고 묘사하지는 못합니다. 그럴 수 있다면 저는 기다림을 서둘러 꿈이나 희망과 잇고, 성취와 완성의 과정으로 삼으면서, 마침내 가치와 연계한 도덕률을 마련했을 겁니다. 기다림의 철학, 기다림의 윤리를 펼쳤겠죠. 그리고 기다림에 내재한 인과일 법한 질서를 일컬으면서 이를 어쩌면 나와 사람들에게 숭엄한 당위로 강요했을지도 모릅니다. "기다려라. 그러면 이루느니라!" 하면서요.

그러나 기다림은 그럴 수 있기에는 너무 순합니다. 결이 곱다고 해야 할지요. 꼭 이렇게 표현하고 싶지는 않은데 늘 그렇게들 말하니까 어쩔 수 없이 따라 한다면, 기다림은 능동적이거나 적극적이지 않습니다. 그냥 있는 곳에 머물러 있는 거지요. 어쩌면 아무런 움직임조차 없이 잠잠

해묵은 소망 하나

한 채로요. 그러니까 기다림은 실은 잘난 사람의 몫은 아닙니다. 못났거나 모자란 사람의 몫이지요. 웬만한 사람이면 기다리기보다 뛰쳐나가거나 앞으로 내달았을 거니까요. 기다림은 쟁취와는 아주 거리가 멉니다.

그런데도 기다리면 삶의 순환은 한 치의 오차도 없이 잘 구르며 나아갑니다. 아침이 오면 밤이 오고, 밤이 지나면 아침이 오듯이요. 굳이 엄청난 철학이나 윤리를 들먹이지 않아도 기다림은 지긋하게 삶을 이끌어 갑니다. 앞에서, "기다려라. 그러면 이루느니라!" 하는 것을 기다림이 지닌 힘을 좇아 비로소 할 수 있는 발언인 듯 말했지만, 오히려 기다림의 모자람에 의지해야 마침내 발언이 되는 것이라고 하는 게 옳을지도 모릅니다. 모자람은 잽싸지 못해 어쩔 수 없이 느긋하게 보이기 마련이니까요.

역설인데, 저는 이 역설 때문에 기다림을 능동적이지 않으니 수동적이라거나, 자율적이지 않으니 타율적이라거나 하지 못합니다. 기다림은 그렇지를 않습니다. 그렇게 보이고, 그렇게 읽히고, 그처럼 겪을 수밖에 없는 모습이 기다림에 없는 것은 아닙니다. 답답하고, 짜증 나고, 끝남을 어림할 수도 없고, 기약이 없는 것이라는 판단은 늘 기다림과 더불어 일컬어지는 거니까요. 게다가 기다림은 비어 있어 채움을 바라는 상태에서 머무는 것이기도 하니까요. 오죽해야 사람들은 "기다릴 짬이 어디 있냐?"고 하면서 이윽고 기다림을 떨쳐 버리곤 하겠습니까? 하지만 기다림은 그렇게 되질 않아 기다림입니다. 버렸다고 하고, 벗어났다고 하지만 기다림은 버려지지도, 잊히지도 않습니다. 버린 만큼의 무게로, 벗어난 만큼의 공간을 메울 여운으로, 기다릴 짬이 어디 있느냐는 성급한 초조 안에 끄떡없이 자리 잡고 있으니까요. 그러니 기다림을 능동이니 수동이니 하는 말로 일컫는 것은 마땅하질 않습니다.

셋째 마디

무릇 처음의 일컬음은 쉽지 않습니다. 있음을 확인하는 건 어렵지 않지만, 그 있음이 그러하게 된 까닭을 밝히기는 수월하지 않으니까요. 이를테면 창조를 읊는 이야기들이 그러합니다. 인간이 있게 된 처음을 이야기하는 인간 창조 설화는 제각기 다른 문화권에 있는 온 민족에서 차고도 넘칩니다. 한 신화 연구가는 아프리카 대륙에 있는 여러 부족의 인간 창조 신화를 훑고 나서 그 버전이 2천 개가 넘는다고 발표했더군요. 사람 있음은 분명한데, 그 분명함을 밝히는 이야기가 그리 많다는 겁니다. 이를 더 들여다보면 먼저 등장하는 것은 '사람을 무엇으로 만들었느냐?' 하는 질료의 문제입니다. 없던 게 있게 되었다면 있음의 처음 자료가 있으리라 생각하는 거죠. 그러다 보니 자기네가 살던 문화―생태적인 요인들과 어울려 무수한 처음 자료를 일컫게 되고, 모름지기 그 버전이 한없이 많아질 수밖에요. 이를테면 사람을 흙으로 빚어 만들었다든지 땅에 묻힌 나무 열매에서 솟아났다든지 하는 것들이 그러합니다.

그런데 사람의 생각이라는 게 여기에서 멈추지 않습니다. 그 처음 자료는, 그러니까 그 흙은, 그 열매는, 어디서 비롯했는가를 또 묻습니다. 있음의 까닭을 물어 본디 자료가 뭐냐 하는 것을 묻는 것도 생각의 기묘함이지만, 그것이 끊어지지 않고 원인의 원인을 거슬러 올라 끝까지 가려는 생각도 생각의 기이한 습성입니다. 그런데 바로 그런 거슬러 올라가는 일이 끝내 끝에 이르지 않으리라는 것도 생각은 생각합니다. 바로 이때 등장하는 것이, 그런 원인의 사슬에 매이지 않는 '다른 있음'입니다. 그러한 존재를, 사람들은 제각기 자기네 나름의 이름으로 신神이라 했습니다. 우리의 생각을 담아 말한 있음이나 없음이 전혀 해당 안 되는 있음으로 밖에 달리 묘사할 도리가 없는 있음, 그게 신이고, 그 신이 우리가 말하는 사람의 있음을 가능하게 했다고 말하면서, 있음에 대한 확인과 설명을 다 한꺼번에 풀어 버린 거죠. 시간으로 말하면 처음도 끝도 없는 영원으로, 공간으로 말하면 없는 곳이 없는 편재遍在로 그 신을 묘사한 것도 이런 독특한 있음을 묘사하는 이야기입니다.

그런데 이렇게 생각을 이어가다 보면 신이라는 존재는 실은 '있음'이라기보다 '없음'이라고 해야 더 그 있음이 잘 밝혀지는 것이 아닌가 하는 생각조차 하게 됩니다. 우리가 경험한 있음을 따르면요.

생각해 보죠. 영원은 시간의 끝없는 이어짐이 아니라 시간이 아예 없음을 뜻합니다. 처음도 끝도 없는 것이 영원이라면 그건 처음부터 시간의 범주 안에 드는 게 아니니까요. 시간과는 상관이 없는 거죠. 그러니까 영원은 시간 없음을, 또는 시간 아님을 뜻하는 거죠. 이와 마찬가지로 편재는 아무 데나 있음이 아니라 차지한 자리가 아예 없는 것이나 다르지 않습니다. 그러므로 이도 공간과는 아무 관계도 없는 겁니다. 공간이 아닌 것, 공간이 없는 거죠. 그렇다면 그러한 것으로 묘사된 신의 존재, 신의 있음이란 것도 '없음'으로 묘사되어야 더 바르리라고 느껴집니다. 있음과 없음이 티격태격하는 소용돌이를 넘어선 것은 '있음'으로 이름짓기보다 아예 '없음'으로 여겨 그렇게 부르는 게 낫지 않을까 하는 겁니다.

말하지 않고는 살 수 없는 것이 우리네 삶입니다. 그러다 보니 부득이 우리가 터득하는 것을 모두 언어에 담을 수밖에 없습니다. 이는 피할 길이 없습니다. 그래서 앞에서 든 그러한 생각도 말에 싣습니다. 사람뿐만 아니라 만물의 있음을 '무無로부터 말미암은' 거라고 하는 숱한 서술이 그렇습니다. 그런데 이러한 말은 우리네 실제 삶에서는 말이 되지 않는 말입니다. 없음에서 있음이 비롯한 거라는 주장이니 이는 상식을 벗어난 거죠. 물건은 있는데 그 물건을 허공에서 집어냈다고 하는 주장과 다르지 않으니까요. 그러나 이러한 말은 말의 말다움(논리)을 스스로 깨트리기는 하지만 우리의 경험을 드러내는 데는 부족함이 없습니다. 오히려 그 말도 되지 않는 말을 통해 우리는 살면서 익히 겪는 이른바 반전反轉이나 전도轉倒, 모순이나 역설조차도 마침내 발언할 수 있게 되니까요.

존재하는 모든 걸 텅 빈 공空으로 휘감아 풀어낸다든지, 신에 의한 창조라고 해도 좋을 것을 굳이 '무로부터의 창조'(creation ex nihilo)라고 한 옛이야기들이 예사롭지 않은 것으로 떠오르는 것은 이 때문입니다. 존재하는 것은, 곧 '있음이 없는 데서, 그러니까 없음에서 있음이 일게 된 것'이라는 이러한 이야기를 들으면 우리네 있음/없음의 논쟁이 왜 그리 유치한 조잘거림으로 들리는지요. 이런 자리에 서 보면, 이에 대한 강한 저항이었던, 그리고 많은 건전한 지성들로부터 지지받은 바 있던, '무로부터는 아무것도 생기지 않는다'(ex nihilo nihil fit)는 주장이 어쩐지 모자라다는 생각조차 하게 됩니다. 그러한 '없음'을 우리 경험 안에 담긴 '없음/있음'의 범주 안에 있는 '없음'과 동일한 것으로 여긴다는 게 그렇게 느껴지니까요. 분명한 것은, 어떤 이견이 어떻게 이에 저항한다 해도, '있음이 없는 데서, 있음이 일게 된 것'은 분명해 보입니다. 그래서 무無나 공空은 더 설득력 있게 우리네 있음의 근원이게 되는 거겠죠.

저는 그림을 잘 그리지 못합니다. 그런데도 가끔 이런 광경을 한 폭의 그림으로 그리고 싶습니다. 글이 어둔해지면요. 어떤 화면에 어떤 색깔로, 어떤 붓질을 해야 할지는 잘 모르지만 그렇게 하고 싶습니다. 말보다

해묵은 소망 하나

나을 것 같아서요. 그런데 한 폭의 수채화처럼 그림이 완성되면 말로 하는 것과는 사뭇 다른, 말이 감당하지 못한, 어떤 보이지 않던 모습이 그 그림에 담깁니다. 그려 넣지 않았는데도 윤슬 같은 어떤 일렁임이 보인다고 해야 할는지요. 공이나 무가 조용하지 않은 겁니다. 그림에서는요. 무언지 꿈틀거리고 나오는 듯한 흔들림인데, 이를 수태된 아가의 박동이라고 해야 할지, 아니면 메마르게 그저 잠재된 변화라고 해야 할지, 가늠이 잘 되지는 않지만요.

아무튼 저는 무나 공이 지닌 이러한 잔잔한 무늬, 고요한 일렁임을 기다림의 숨결이라고 부르고 싶습니다. 기다림도 숨을 쉬는 거죠. 제 생각의 건너뜀이 억지스럽지만, 그래서 논리적이어야 할 언어에는 차마 싣지 못했지만, 그러나 그림에는 이를 담을 수 있을 듯하여 그렇게 상상을 해본 것이었는데, 이를 따르면 무나 공은 기다림이고, 기다림은 호흡을 지닌다는 데 이르게 됩니다. 그래서 이렇게 외치고 싶어집니다. "기다림이 사람을 지었다!"라든가 "기다림이 만물을 낳았다!"라고요.

넷째 마디

그런데 제 글을 여기까지 읽은 분이 있다면, 그런 분이 실제로 있을 까닭은 없겠지만, 아무리 끈기 있는 독자라도 이제는 아무래도 '이건 아닌데?' 하는 걸 느낄 겁니다. 그래서 기다리다 못해 "너는 아무래도 엉뚱한 이야기를 하는 것만 같아. Wait for none!은 기다림의 이야기가 아니라 누구도 기다리지 말아야 한다는 것, 곧 사람에 관한 이야기인데, 이를 잘못 읽고, 기다림에 관한 말만, 그것도 말도 되지 않는 말만 주저리주저리 하고 있으니까!" 하는 말을 하고 싶을지도 모르겠습니다. 그렇습니다. 저도 그렇게 생각합니다.

　그런데도 애써 저 나름으로 사람 기다리는 이야기를 피해 기다림에 관한 이야기를 내내 더듬은 건, 제 속내를 다 드러내 놓고 말한다면, 사람을 기다리고 기다린 쌓이고 쌓인 이야기에 빠져 저 스스로 익사할까 두려웠기 때문입니다. 누구도 기다리지 말라는 말에 대한 격한 공감에서 저 스스로 헤어 나오기가 쉽지 않겠다는 지레짐작 때문인 거죠. 그러니 익사를 피하려면 그나마 기다림에다 목줄을 한 가닥 매어 놓아야 하는 게 아닌가 하는 가냘픈 욕심 때문이기도 합니다. 이쯤 되면 어차피 제 사람 기다림에 대한 이야기를 풀어놓을 수밖에 없습니다. 이제는요.

　아득한 제 기억을 물들이고 있는 기다림의 원형은 아버님을 기다리는 일이었습니다. 계절 따라 달랐을 터인데 제게 남아 있는 아버님의 퇴근은 해가 지면서 그림자가 한참 길어지다 막 사라진 어둑어둑할 무렵이었습니다. 큰 누님, 작은 누님, 그리고 저는 골목 끝 큰길 어귀에서 아버님을 기다렸습니다. 그러다 아버님 모습이 희미하게 보일 양이면 셋은 경주하듯 아버님을 부르며 뛰었습니다. 아버님의 양손은 늘 누님들에게 빼앗겼습니다. 하지만 아버님은 들고 계신 서류 가방을 언제나 제게 건네셨습니다.

　이로부터 십 년도 지나지 않은 어느 여름밤에 아버님은 어둠 속으로 사라지셨습니다. 이번에도 우리는 아버님을 소리쳐 불렀고 달려갔습니다. 하지만 우리는 아버님에게 다가갈 수 없었고, 아버님은 틀림없이 뒤돌아보셨을 텐데, 그 모습도 어둠에 가려 보이지 않았습니다. 그런 채 어디론지 끌려가셨습니다. 그리고 우리는 아버님을 기다리는 나날을 보냈습니다. 기다리고, 기다리고, 또 기다렸습니다. 날이면 날마다. 달이면 달마다, 해가 가면 해마다, 봄이면 봄 따라, 여름이면 여름 따라, 가을과 겨울

　　　　　　　　　　　　　　　　　해묵은 소망 하나

이면 그 계절 따라 기다렸습니다. 대학생이 되고, 군에 다녀오고, 취직하고, 장가들고, 자식 낳고, 그 자식이 자식을 낳고, 저처럼 아버님을 기다리고 기다리다 세상을 떠나신 어머님과 누님과 아우들을 멀리 보내고, 그러면서도 저는 아버님을 기다리고, 기다리고, 또 기다렸습니다. 이제껏 그랬듯 지금도 그렇고, 앞으로도 그럴 겁니다. 기다림은, 아버님 기다림은, 제 숨결입니다. 아버님이 돌아오시지 않으리라는 것을 제가 모르지 않습니다. 멀쩡한 제가 이를 모를 까닭이 없잖습니까? 그러나 그것과 제 기다림과는 아무런 상관이 없습니다. 그래서 아버님이고, 그래서 기다림입니다. 저는 이렇게 말하고 싶습니다. 그렇지 않고는 이 기다림을, 아버님을, 그리고 아버님 기다림을 제가 달리 표현할 수가 없습니다.

만날 때마다 헤어지기가 힘들었고, 왜 우리는 한 지붕 아래로 갈 수 없을까를 서로 묻곤 했던 시절이 지나고, 우리는 이윽고 한 지붕 아래서 살림을 차렸습니다. 두 아이의 엄마와 아빠가 되었고요. 그러기까지의 기간은 기다림인 듯 기다림이 아니었습니다. 그저 삶이었습니다. 그런데 그 엄마가 돌아오지 못할 먼 길을 떠났습니다. 오랜 고생 끝에요. 저는 그 떠남의 순간에 그가 이제는 아프지 않겠다고 스스로 마음을 다독이면서, 아픔이 없는 세상에서 편히 쉬라고 했습니다.

기다림은 그때부터 시작되었습니다. 그가 돌아오기를 기다릴 줄은 꿈에도 몰랐습니다. 환하고 건강한 모습으로, 때로는 테니스 라켓을 들고, 때로는 등산화를 신고 텐트를 묶어 단 배낭을 진 모습으로 다가오는 그녀를 기다렸습니다. 기다리고, 기다리고, 또 기다렸습니다. 늘 웃는 모습이었습니다. 마침내 만나는 그녀는요. 그러나 그것은 기다림이 제게 선사하는 따뜻한 환상이었습니다. 그 순간이면 저는 더, 더, 더 그녀를 기다렸습니다. 언제 올 거냐고 물으면서요. 자식이 자식을 낳고, 그 녀석이 대학에 들어가고, 군대를 간 엄청난 일들이 벌어지는데도 그녀는 돌아오지 않았습니다. 어쩌면 그 손자 녀석이 여자 친구를 데려오거나 장가를 들 때쯤 오려는지요. 저는 그때까지 기다릴 겁니다. 아주 느긋하게요. 그러나 매 순간 기다림을 놓지는 않으면서요. 언제 불쑥 올지 모르니까요. 마중해야 하니까요.

"야, 밥 먹었니?" "아직. . . ." "그럼 4식당에서 만나자!" "그래, 지금 떠난다!" 대체로 우리는 이렇게 만났습니다. 함께 점심을 먹으면서도 그 친구는 진지하고 말이 많았습니다. "너는 페던트(pedant)야!" 저는 그렇게 이죽거렸고, 제가 무얼 신기한 듯 말하면 그는 "너는 언제 그 딜리탄티(dilettante) 티를 벗어날래?" 하고 역공하곤 했습니다. 은퇴 뒤에도 이런 만남은 이어졌습니다. 관악의 그늘은 아니어도 우리는 자주 만나 점심을 먹었습니다. 어느 날 전화가 왔습니다. "우리 아직 살아 있는 거지?" 제가 말했습니다. "내가 네 영혼과 전화하고 있는 게 아니라면! 하하"

다음에는 내가 먼저 전화를 할 테니 그때 우리 함께 점심을 먹자고 했습니다. 한동안 뜸했던 어느 날, 전화를 걸었습니다. 어느 부인이 전화를 받는데 목소리가 낯설었습니다. 아무개 전화 아니냐고 물었더니 그렇다는 대답이었습니다. 순간 무언지 잘못된 게 느껴졌습니다. 그 친구가 어디 아프냐고 했더니 대답이 기계음처럼 단순했습니다. "돌아가셨어요. 지난 주말에 장례 끝냈습니다." 순간, 모든 게 하얘졌습니다. "아니, 내 전화도 안 받고 가다니. . . . 갈 거면 미리 말을 하고 가야지. . . ." 지난 주, 그러니까 이미 그 친구가 세상을 떠난 한 주 내내 저는 이렇게 저렇게 그 친구와 속마음을 나누고 있었습니다. 저는 그랬습니다. 그는 이미 재가 되어 흩뿌려졌는데도요. 지난 만남에서 하지 못했던 이야기, 이를테면 대학 3학년 때 계룡산 갑사로 들어서는 무너미 장터에서 장국밥을 먹다 뱀이상 밑 멍석 바닥에서 기어 나와 둘이 기절하듯 놀라 일어나다 밥상을 뒤엎어 장국밥을 다 쏟았던 이야기, 그런데 주인 할머니가 다시 끓여 주고 이런저런 반찬을 더 듬뿍 주면서 미안하다고 해 감격했던 이야기, 그런 거죠. 저는 그의 얼굴에 미소가 번지는 것이 보였습니다. 그리고 틀림없이 "인간이란"으로 시작하여 예의 현학성을 유감없이 발휘하리라는 것조차 그려졌습니다. 저는 즐거웠습니다. 그리고 그 만남이 절실하게 기다려졌습니다. 하지만 "지금 전화하기에는 너무 밫아. 며칠만 더 기다리자" 그랬는데 그는 저를 기다리지 않았고, 저는 그 기다림 동안을 그의 죽은 영혼과 더불어 즐기며 키득거리고 있었던 거였습니다. 이 일이 못내 아픕니다. 서두르지 않은 데 대한 후회 때문이 아닙니다. 기다림이 망친 재회에 대한 저린 아쉬움 때문입니다. 그러면서도 다행하다는 생각도 합니다. 그 친구는 죽고 나서도 저와 1주일 동안 살아 있었으니까요.

어떤 이의 기억 속에, 또는 기다림 속에, 안주할 수 있다면 그는 떠난 것도, 죽은 것도, 아닐 수 있으리라는 건 상상만 해도 즐거운 일입니다. 그러고 보면 아버님을 기다리는 것도, 사랑하는 이를 기다리는 것도, 두루 그 기다림에 머무는 분들을 살아 있도록 하는 것과 다르지 않다는 것을 새삼 확인하게 해 줍니다. 얼마나 좋습니까? 참 아름다운 이야기입니다. 결이 이렇듯 고울 수가 없습니다. 아프디아픈 일이 이리도 따뜻할 수가 있나 하는 생각도 하게 됩니다.

그러나 삶의 현실은 이렇지 않습니다. 어쩌면 이런 이야기는 못되다 못해 자기를 단단히 속이겠다는 다짐을, 스스로 참혹하게 속겠다는 다짐을 하지 않고는 있을 수 없는 일입니다. 아무리 기다려도 아버님이 돌아오시지 않는다면 그것은 비극입니다. 그런데 그게 사실입니다. 그걸 아니라 하는 건 거짓말입니다. 그러고도 기다린다면 바보죠. 아무리 기다려도 씩씩하고 건강한 그녀가 돌아오지 않으면 그것은 비참을 극한 이야기입니다. 그런데 그게 현실입니다. 이를 아니라 하는 것은 자기를 속이는 일입니다. 그러고도 기다린다면 바보죠. 친구가 죽은 줄도 모르고 혼자 그 친구와 히득거리고 있었다면, 그리고 그것이 사실을 제대로 알지 못한 내 모자람에서 말미암은 거라면, 그게 끝내 자기에게 줄 상처는 헤아리기 힘든 아픔을 수반할 겁니다. 그런데도 그 친구를 기다린다면 바보죠. 이게 우리네 일상입니다. 기다림이 있어 삶이 무지개처럼 영롱할 수 있다는 주장은 아무래도 과장이 심합니다. 아니면 왜곡이요.

　살아 있는 사람도 다르지 않습니다. 친구 간에도 그렇고, 사랑하는 사람 간에도 그렇고, 부모와 자식 간에도 그렇습니다. 사람 기다림은, 반갑거나 밍밍해서가 아니라, 따뜻하거나 차서가 아니라, 좋아하거나 싫어해서가 아니라, 사랑하거나 미워해서가 아니라, 못내 싱그럽지 않습니다. 기다림은, 살아 있는 사람 기다림은, 일어날 사태를 고요하게 받아들이는 그런 기다림이 아닙니다. 살아 있는 사람의 눈치를 보면서 사뭇 꿈틀거리는 끈질긴 자기 다스림이 함께하지 않으면 나도 그도 바스락 부서지는 걸 겪을 수밖에 없습니다. 누구나 다 당해 본 일이지 않습니까? 그 내용이 어떻든 기다림을 범주로 하여 그 관계를 묘사한다면, 우리 부모님 기다리는 일이 그리 쉬웠는지요. 자식 만나는 일은 또 어땠는지요. 부부 간에는 또 어떻고요. 친구나 동료 간에도 다르지 않습니다. 긴장과 갈등과 애틋함과 거북함과 답답함과 후련함이 한데 몰아쉬는 숨 고르기를 해야 하는 거니까요. 기다림은 아무래도 호흡인 것만 같습니다. 푹 내쉬면 그리 시원할 수가 없는데, 그 끝자락에서는 숨이 막혀 다시 들이마시기를

　　　　　　　　　　　　　해묵은 소망 하나

해야 하고, 그러면 또 꽉 막혀 내쉬어야만 하는 그런 거요. 기다림의 빈자리가 겨우 이렇게 저렇게 채워져도, 그 순간이 지나면 갑작스레 기다림 끝은 애잔해지기 마련이니까요. 기다림의 뒤끝은, 사람 기다림을 더는 기다림에 담고 싶지 않은 정서를 지니게 합니다. 그러나 그런 줄 알면서도 우리는 사람을 기다리지 않고는 한순간도 살 수가 없습니다.

망자亡者와는 내 나름의 기다림을 나 스스로 다스리면서 기다림을 마음껏 그리고, 짓고, 꾸미고, 만지고, 열고, 닫고, 펼치고, 접으면서 마침내 그 성취에 이를 수 있습니다. 그러면서 기다림은 점점 가물가물한 감동의 색깔을 짙게 드리웁니다. 사물을 기다리는 일은 아침에서의 저녁 기다림처럼 그 기다림이 필연을 자기 안에 안고 있으니까 기다림은 언제나 성취에 이릅니다. 그러나 사람 기다림에는 "기다림을 다룰 수 있어!"도 없고, "기다리면 이루느니라!"도 없습니다. 사람 기다림에는 이런 일이 전혀 해당이 되지 않습니다. 사람 기다림은 애쓰고 애써도 최선의 경우 애잔한 것이어서 스스로 자기 위안을 하지 않고는 못 견디게 합니다.

그러나 삶의 현실은, 앞에서 지적한 것처럼, 사람을 기다리지 않고는 살아갈 수 없습니다. 그러한 의미에서 진정한 기다림은 망자도 아니고, 사물도 아니고, 오직 산 사람 기다림뿐입니다. 그런데 그 기다림이 실제로는 이렇듯 어깃장을 놓습니다. 사람 기다림에는 기다림에의 배신이 내포되어 있다고 해야 할는지요. 기다리면 기다릴수록, 앞에서 기다림의 본디 모습이라고 했던, 순하고 조용한, 그리고 텅 빈 고요가 고이 채워지는 윤슬 같은 아름다운 결, 그것이 지닌 역설적인 힘 등이 조금씩 저절로 시듭니다. 사람 기다림은, 그래서, 기다림을 서서히 메마르게 합니다. 어쩌면 그것은 기다림을 말라 사라지게 할지도 모릅니다. 그런데도 우리는 여전히 사람을 기다립니다. 누군가를요.

사람 기다림의 이야기를 처음부터 하지 않은 것은, 그 이야기를 하면 거기에 익사할 것 같아서라고 했는데, 이 대목에서 이를 더 밝히 말한다면, 그것은 사람 이야기가 넘치게 많고, 그 소용돌이가 헤어 나오기 힘들 만큼 격한 것이어서가 아닙니다. 제가 두려웠던 것은, 지금도 다르지 않지만, 사람 기다림이 내장한 기다림의 자기부정이라는 늪입니다. 아무래도 저는 그 늪에서 빠져나올 자신이 없기 때문입니다. 그렇다면 "Wait for none!"은, 이를 따르기가 아무리 아파도, 순응해야 할 지순한 진리의 발언인 것만 같습니다. 아무도 기다리지 않으면 아예 상처를 덜 입을 테니까요.

다섯째 마디

이제까지 저는 기다림을 모호하게 묘사했습니다. 때로는 그것이 하나의 실재인 양했고, 때로는 그것이 어떤 주체에게 소유된, 또는 그에게 귀속된 것인 양했습니다. 기다림이 있어 기다리게 되는 건지, 아니면 내가 있어 기다림이 비로소 있게 되는 건지 저도 가늠이 되질 않아서요. 그런데 제가 게으른 탓인지, 아니면 촘촘하지 못한 탓인지, 그 둘이 제게는 나뉘지 않습니다. 말로 하면 분명히 다른데, 실제로는 구분이 안 되는 겁니다.

앞에서도 좀 그런 투로 궁시렁댔지만 그렇다고 제가 언어와 실제가 엉켜 풀리지 않는 것이 전적으로 언어 때문이라는 건 아닙니다. 세상살이란 게, 살아 볼수록, 어떤 일어난 일을 하나의 원인으로 설명한다는 게 얼마나 어리석은 짓인지 새삼 더 느끼게 됩니다. 있는 것은 모두 이어져 있으니까요. 그래도 의식이 있고 움직임이 가능한 주체가 있고, 그렇지 못한 객체가 있는 게 아니겠는지 하는 생각을 합니다. 그렇습니다. 그렇게 생각해야 무언지 희미한 것이 밝아지는 것 같기 때문이죠. 원인을 찾는 일은 바로 그러한 자리에서 이루어집니다. 하지만 이를테면 구름의 변화를 설명할 수는 있어도 그 변화를 일으킬 수 없다면, 그 현상에서 주체는 구름이지 그것을 설명하는 인간이지는 않잖습니까? 구름의 짓거리에 그저 좇을 수밖에 없는데, 이에 이르면 구름이 주체이지 인간은 다만 끌려가는 객체일 수밖에 없으니까요. 그러니 이 정황에서 구름이 주인이냐, 사람이 주인이냐 하는 논쟁은 별로 의미가 없습니다. 공연히 언어 탓을 하여 언어만 애먼 꼴이 되는 거죠. 게다가 그것은 끝나지도 않을 말다툼입니다. 실제로 나뉘지를 않으니까요. 내 의지와는 상관없이 구름은 스스로 한없이 바뀌고, 구름의 의지와는 상관없이 나는 그 변화를 언제나 경험합니다. 그게 실제죠. 기다림도 다르지 않습니다. 내가 있어 기다림은 기다림이 되고, 기다림이 있어 나는 기다리는 내가 되는 거니까요.

그렇다면 "Wait for none!"은 기다리는 주체든, 기다리는 객체든, 아니면 그런 것을 할 수 있게 한 기다림이든, 그 어느 것에의 원망怨望이 극에 이르러 발언 된 처절한 절규일지도 모르겠다는 생각이 듭니다. "너 때문이야!" 하는 가학적인 거든, "너 때문인 걸 미리 알아차리지 못한 나 때문이야!" 하는 자학적인 거든 말이죠.

우리는 원인 찾기에 너무 골몰하고 있지는 않은지요. 왜 그럴까요? 내 뜻대로 되지 않는 불편함에 대한 분노가 마침내 증오가 되어 무엇이든 마구 잡아채어 휘두르지 않으면 직성이 풀리지 않기 때문은 아닌지요. 그러나 그래서 풀릴 일이라면 삶이 이렇듯 어렵지는 않을 겁니다. 그렇게 해서 얻은 게 하나도 없음을 우리는 익히 잘 알면서도 늘 그 습성에서 벗어나지 못합니다. 모두가 원인이어서 모두가 함께 짐을 져야 하는 것임을, 그래서 하나의 원인을 지목하는 건 어리석음의 극치임을 알 법한데도, 그게 그리 쉽지 않습니다. 그래서 "Wait for none!"에 공감하고 감동하면서 나도 더불어 소리칩니다. "나는 아무런 책임도 없어! 원인은 너야! 나는 이제 아무도 기다리지 않을 거야. 너도 마찬가지야. 누구를 기다리는 건 바보나 할 짓이야!"

여섯째 마디

"Wait for none!"은 제게 두 얼굴로 다가옵니다. 잔잔하고 부드러운 엄마의 미소로, 분노에 치밀어 일그러진 얼굴로요. 그런데 앞에서 말씀드렸듯 이 말의 출처를 뒤지다 또 다른 기다림의 묘사를 만났습니다. 바로 타고르의 전집에 수록된 시집 *The Fugitive, and Other Poems*의 21장 2절에서입니다.

We have no much longer to wait.

갑자기 뒷머리를 맞은 듯한 충격에 휩싸였습니다. 기다림의 시간이 얼마 남지 않았다니! 그랬습니다. 저는 기다림을 마냥 누리고 있었는데, 그것도 그걸 이리저리 뜯어 발기고 되맞추곤 하면서 입맛대로 추스르고 있었는데, 기다림을 그리 한가하게 보낼 수는 없다는 겁니다. 저는 기다림이 한정된 시간 안에서 가능한 일이라는 걸 꿈에도 생각하지 않았습니다. 내내 그렇게 하리라고 생각했죠. 사람의 삶이 유한하다는 것, 나이 먹으면 죽음에 이른 시간이 빨라진다는 것, 내 나이가 이제는 그 쫓김의 길에 들어선지 오래라는 것을 제가 모르지는 않습니다. 그런데 왜 그랬는지요. 저는 기다림을 이야기하는 동안 한 번도 이 일을 마음에 두지 않았습니다.

갈등은 힘겨운 일입니다. 그러나 갈등을 느끼게 하는 일은 그 갈등 주체에게 상당히 중요한 일입니다. 그렇잖으면 갈등을 느낄 까닭이 없죠. 그래서 그렇겠습니다만 사람은 갈등에 몰입하는 경우가 많습니다. 적어도 갈등을 느끼는 동안은 자기가 사소한 게 아닌 매우 심각한 문제를 다루고 있다는 묘한 만족감을 지니게 되니까요. 저도 그래서 그랬을 겁니다. 기다림의 주제에 푹 빠져 저를 되살필 겨를이 없었던 거죠. 제가 곧 기다림조차 누리지 못하는 짧은 세월만을 남겨 놓고 있다는 생각은 할 수가 없었던 겁니다. 그걸 유념했더라면 기다림에 대한 제법 고뇌라 할 법한 일에서 벗어나 진정으로 중요한 문제는 다른 데 있을 수도 있다는 걸 알아차렸거나 기다림을 대하는 태도도 지금까지와는 달랐을 수 있었을 텐데요.

그러나 기다릴 시간이 그리 많지 않다는 것은 기다림 주체의 목숨이 길지 않다는 것만을 뜻하는 것은 아닐 겁니다. 앞서 지적했듯이 서로 이어진 모든 것은 서로가 서로의 원인이 되어 있는 거니까요. 기다림의 주체뿐만 아니라 기다림의 객체가 바뀔 수도 있습니다. 번연히 있던 객체가 그 자리에서 문득 사라지고 새 객체가 등장할 수도 있는 거죠. 기다림의 주체와 한마디 말도 없이요. 그렇게 되면 기다림 자체가 확 바뀌겠죠. 그걸 안다면 지금여기의 주체에게 당연하게 말해야 합니다. "기다릴 시간이 멀지 않아 끝날지도 몰라. 그러니 지금여기에서 기다림을 서둘러 완성해야 해! 아니면 또 다른 기다림을 위해 너를 새로 짓든지!"

그런데 "We have no much longer for wait"는 제가 함부로 풀어헤칠 구절이 아닙니다. 그것은 제가 맥락을 잃어버린 "Wait for none!"과 달리 분명하게 특정한 맥락을 지닌 거니까요. 그 말은 다음과 같은 이야기를 이끄는 자리에서 나온 겁니다.

I went to the office and boldly said to Mind, "Stop all work!"

Mind asked, "Have you any news?"

"Yes," I answered, "News of the Coming." But I could not explain.

"기다릴 시간이 거의 없어. 그러니 하던 일도 모두 멈춰! 왜? 무언지 온다니까! 그게 뭔지 난 설명할 수 없지만. . . ." 제 비약을 이어가면 이렇게 말할 수 있습니다. "아무도 기다리지 마! 너 살 날도 얼마 남지 않았고. 게다가 무언지 오고 있다는 소식이 있으니까. 그게 무언지 모르지만!" 기다림의 대칭이 '오고 있는 것'인 줄은 미처 몰랐습니다. 어림도 하지 못했고요. 기다림이 '오고 있음'이 '왔음'이기 이전에만 가능한 줄을 저는 전혀 헤아리지 않았습니다.

일곱째 마디

하지만 제 이런 짐작은 어이없는 일이기도 합니다. 기다림이란 본디 '오고 있음'을 마중하는 것이어야 하는 거 아닌지요? 이미 온 것이든, 새로 오는 것이든. 만약 이런 생각이 옳다면 이 이야기는 난데없는 게 될 수가 없습니다. 당연한 거니까요. 기다림은 오고 있음을 기다리는 거니까요. 그렇다면 맥락을 잃어 뜻을 헤아리기 힘든 "Wait for none!"의 맥락을 이에 기대어 풀이할 수도 있지 않나 싶습니다. 특별히 이곳의 "Stop all work"와 이어서요.

오고 있음을 맞는 게 기다림이라면 그것은 그게 누구든 상관없는 일이어야 비로소 기다림이 되는 거고, 그렇다면 기다림은 마땅히 누구를 기다리는 것이 되면 안 됩니다. 아무도 기다리지 말아야 하죠. 그럴 수 있으려

해묵은 소망 하나

면 하던 짓을 모두 멈춰야 합니다. 기다리는 일을 그만두어야 하니까요. 주목할 것은 기다림의 자리에서 벗어나라든가 기다림을 멈추라는 것이 아니라는 겁니다. 여전히 기다림의 자리에 있되, 이제까지의 기다림, 곧 대상이 뚜렷한 그런 기다림이 아닌 다른 기다림을 하라는 이야기죠. 이에 이르면 우리는 기다림이란 무無이고 공空이라 했던 이전 생각으로 새삼 되돌아갑니다. 그래서 이런 말을 중얼거릴 수 있을 겁니다. "이게 Wait for none!에 대한 내 마지막 발언일지도 몰라!" 하고 다짐하면서요.

"제발 허둥대지 마라. 고이 기다려라. 다 비우고 텅 빈 채 머물러라. 오고 있음이 이르거든 순하게 맞아라. 밤과 낮이 그렇듯이. 계절의 변화가 그렇듯이, 아무것도 채우지 않고 기다리면 오고 있음이 저절로 오는 것을! 거기에 아버님이 담기지 않았으면 그런대로, 담겼으면 또 그런대로. 사랑하던 이가 담겼으면 그런대로, 또 담기지 않았으면 또 그런대로. 내게 예의도 없이 떠난 친구가 오거든 그런대로, 오지 않으면 또 그런대로 맞아라. 자식이 찾아오든 말든, 아내가 그러든 그러지 않든, 친구나 동료가 또 그러든 그러지 않든 상관하지 마라. 오고 있음이 마침내 이를 텐데 네가 비어 있지 않아 오고 있음이 가로막히지 않도록 하라. 진정으로 부탁하건대 기다릴 시간이 그리 넉넉하지 않음을 마음에 깊이 간직하라. 그 넉넉하지 않음은 찰나일 수도 있는 거니까.

하지만 어쩌겠나? 기다림의 대상이 뚜렷한 것을! 그 대상이 아니라면 기다림 자체가 아무런 의미가 없는데, 그런데도 기다리라면 기다림을 진작 포기했어야 할 것을! 그러면 좋다. 그렇다면 애간장이 끊어지더라도 아예 기다림을 버려라. 그리고 기다려 보자. 기다림은 버려도 버려지지 않는 거니까. 버린 기다림에 어떤 오고 있음이 스며드는지! 그때 그것을 맞을 때까지 기다리자!"

35도가 넘는 더위는 정상적이지 않습니다. 이런 날씨에 난데없이 책을 읽겠다고 책을 뽑아 든 것부터 궤를 틀어지게 했는지도 모릅니다. 저만 진지하고 아무도 알지 못할 지껄임이 길기조차 했으니까요. 횡설수설 실어증(gibberish aphasia)이란 질병이 있더군요. 그것에 걸린 모양입니다. 그것과 더위와의 상관관계는 모르지만요. 다가오는 질책을 빈 마음으로 기다리겠습니다.

덧붙이는 글

11월 19일, 기온 6도인 쌀쌀한 날 아침에 동인지 『숙맥』의 간사이자 편집 일을 맡아 하고 있는 한송寒松께서 제 글을 읽고 메일을 보내 주셨습니다.

선생님, "Wait for none!"이라는 구절은 "Fruit-Gathering VIII"(해당 전집 1950년 판으로 179쪽)에 나옵니다. 그런 구절이 있나 저도 궁금하여 찾아보았습니다.

정신이 번쩍 들었습니다. 서둘러 책을 뒤졌습니다. 저도 메일로 답장을 드렸습니다.

와우. 그러네요. 원고 다시 써야겠네요. 아무튼 감사합니다.

그 구절이 나오는 작품 "Fruit-Gathering VIII"의 원문은 다음과 같습니다.

해묵은 소망 하나

Be ready to launch forth, my heart! and let those linger who must.

For your name has been called in the morning sky.

Wait for none!

The desire of the bud is for the night and dew, but the blown flower cries for the freedom of light.

Burst your sheath, my heart, and come forth!

떠날 채비를 하라, 내 마음이여! 그리고 서성여야 하는 자들에게 머물러 서성이게 하라.

아침 하늘에서 네 이름이 불리었으니,

아무도 기다리지 말라!

새싹의 욕망은 밤과 이슬을 향한 것, 그러나 활짝 핀 꽃은 빛의 자유를 갈망하나니.

너를 감싸고 있는 껍질을 깨뜨려라, 내 마음이여, 그리고 나오라!

제 글이 여기에 나오는 "Wait for none!"의 맥락을 한참 벗어나 있는 것은 틀림없습니다. 그러나 제 글을 고쳐 다시 쓰지는 않기로 했습니다. "Wait for none!"이 암시하는 바의 '기다림'을 확인하지 않고 썼던 것이기 때문에 결과적으로 "Wait for none!"을 감싸고 있는 껍질 ─ 그러니까, 이 말이 나오는 글의 맥락 ─ 을 깨뜨릴 수 있었다고 구차한 변명을 하면서요.

엮은이 후기

지난 2024년의 여름에는 날씨가 끔찍할 정도로 더웠습니다. 입추立秋와 처서處暑를 보내고 열흘을 넘긴 8월 말에도 더위는 여전하더군요. 그리고 9월에 들어서도 가시지 않는 더위가 모두를 힘들게 했지요. 더위가 끝도 없고 한도 없이 극성을 부리는 동안, 저는 저희 숙맥회의 회원들께 원고를 독촉하면서 죄스러운 마음을 금할 길 없었습니다. 하지만 죄스러워하는 저의 마음을 짚어 살피시기라도 한 양 예년에 비해 그리 늦지 않은 시기에 거의 모든 회원께서 옥고를 보내 주셨습니다.

무엇보다 2024년 초에 만으로 아흔을 넘기신 김학주 회원께서 몸과 마음이 예전 같지 않으셔서 글쓰기가 쉽지 않음에도 소중한 한 편의 옥고를 보내 주셨습니다. 이에 저는 회원 모두와 큰 기쁨을 나눌 수 있었습니다. 하지만 그동안 거르지 않고 옥고를 보내 주셨던 김재은 회원께서는 몸이 예전 같지 않다는 말씀과 함께 글쓰기가 쉽지 않아 "당분간 쉬겠다"는 전언을 저에게 건네셨습니다. 부디 하루속히 건강을 회복하셔서 언제나 그러하셨듯 소중한 옥고를 통해 저희에게 가르침과 깨우침의 기회를 다시금 선사하시기를 온 마음으로 바랍니다. 그리고 저희의 이런 바람은 김재은 회원만을 향한 것이 아닙니다. 한동안 개인 사정으로 인해 저희의 글 모임에 참여가 어려우셨던 김상태 회원과 주종연 회원을 향해 갖는 바람이기도 합니다. 다음 번에는 부디 한 분도 빠짐없이 모든 회원께서 자리를 함께하시기를 간절한 마음으로 소망합니다.

저희 숙맥회의 경우, 문집을 발간할 때마다 매번 참여 회원들이 보내 주

해묵은 소망 하나

신 글의 제명題名 가운데서 하나를 서명書名으로 선정하되, 다수결의 원칙에 따라 결정해 왔습니다. 이런 관례에 준하여, 이번 문집에 수록될 작품들의 목록을 제시하고 참여 회원들의 의견을 타진한 결과, 모든 참여 회원께서 이상옥 회원의 작품 가운데 한 편의 제명인 "해묵은 소망 하나"로 의견을 모아 주셨습니다. 이로써 "해묵은 소망 하나"가 이번 문집의 서명으로 결정되었습니다.

이번 호의 머리말 집필을 맡아 주신 분은 정재서 회원입니다. 동양 신화학 연구 분야에서 최고의 권위자이신 정재서 회원은 특유의 장중한 의고체擬古體의 글로 저희 동인지의 격조를 한층 높여 주셨습니다. 바쁘신 중에도 소중한 머리말을 써 주신 정재서 회원께 깊이 감사드립니다.

지난 몇 년 동안 저희 숙맥회는 연말인 11월 또는 12월에 문집을 발간해 왔지만, 제17집부터는 새해가 시작되는 시기인 1월 또는 2월에 발간하는 것을 관례화하기로 출판사와 약정했습니다. 이는 무엇보다 시의時宜에 크게 구애받지 않는 내용의 책이라면 연말에 발간하는 쪽보다 연초에 발간하는 쪽이 더 오랫동안 독자의 관심 영역 안에 머물 수 있다는 주변 출판 전문가의 조언에 따른 것입니다.

자연현상뿐만 아니라 인간사人間事까지도 모두의 마음을 편치 않게 하는 숨 막히는 현실 속에서도 소중한 옥고를 보내 주신 회원 여러분과 언제나 지지와 성원을 아끼지 않으시는 독자 여러분께, 그리고 어려운 여건에서도 저희 숙맥회의 문집을 중단 없이 발간해 주시는 푸른사상사의 한봉숙 사장님과 맹문재 주간님, 당사 편집부의 지순이 님, 김수란 님, 노현정 님께도 깊이 고개 숙여 감사의 인사를 올립니다.

2025년 1월 3일
장경렬 씀

숙맥 동인 모임 연혁

- 2003년 5월 중순께 서울 인사동의 한 식당에서 김재은, 김용직, 김창진 3인
  이 대학에서 정년퇴임하고 시간 여유가 있는 친구를 몇 사람 모아서 글쓰기
  를 하자고 합의함. 이들 3인이 발기인.
- 같은 해 6월 어느 날 서울 종로 인사동의 '판화방' 카페에서 김재은, 김용직,
  김창진 3인이 김명렬, 김상태, 이상옥, 이상일, 주종연, 정진홍 6인과 함께
  모여, 수필집을 내기로 뜻을 모으고 원고 수합을 결정함. 이들 9인이 창립
  회원.
- 편집은 김용직, 김창진 회원이 맡고 출판사 교섭은 김재은 회원이 맡기로
  함. 집문당과 출판 계약을 함.
- 2003년 10월 6일 제1집 『아홉 사람 열 가지 빛깔』 출간.
- 2007년 8월 15일 제2집 발간. 곽광수, 이익섭 회원 합류. 회원이 11인으로
  늘어남. 출판사를 푸른사상사로 바꿈.
- 2009년 5월 20일 제3집 출간. 김경동 회원 합류.
- 2010년 6월 20일 제4집 발간. 김학주, 정재서 회원 합류.
- 2011년 9월 15일 제5집 발간.
- 2012년 12월 25일 제6집 발간.
- 2014년 1월 25일 제7집 발간.
- 2014년 12월 27일 제8집 발간.
- 2015년 12월 14일 제9집 발간.
- 2016년 12월 20일 제10집 발간.
- 2017년 김창진, 김용직 회원 작고.
- 2018년 2월 20일 제11집 발간.

해묵은 소망 하나

- 2019년 7월 25일 제12집 발간.
- 2020년 11월 25일 제13집 발간.
- 2021년 11월 15일 제14집 발간.
- 2022년 11월 25일 제15집 발간. 안삼환, 장경렬 회원 합류.
- 2023년 12월 23일 숙맥 문집 발간 20주년 기념호에 해당하는 제16집 발간.
- 현재 회원 14인.

김재은 정리

숙맥 동인 명단

곽광수(수정莯丁)　　김경동(호산晧山)　　김명렬(백초白初)　　김상태(동야東野)

故김용직(향천向川)　　김재은(단호丹湖)　　故김창진(남정南丁)　　김학주(이불二不)

안삼환(도동道東)　　이상옥(우계友溪)　　이상일(해사海史)　　이익섭(모산茅山)

장경렬(한송寒松)　　정재서(옥민沃民)　　정진홍(소전素田)　　주종연(북촌北村)

＊ 괄호 안은 자호自號

해묵은 소망 하나

초판 인쇄 · 2025년 2월 21일
초판 발행 · 2025년 2월 28일

지은이 · 곽광수, 김경동, 김명렬, 김학주, 안삼환, 이상옥,
　　　　이상일, 이익섭, 장경렬, 정재서, 정진홍
펴낸이 · 한봉숙
펴낸곳 · 푸른사상사

주간 · 맹문재 | 편집 · 지순이 | 교정 · 김수란, 노현정
등록 · 1999년 7월 8일 제2-2876호
주소 · 경기도 파주시 회동길 337-16 푸른사상사
대표전화 · 031) 955-9111~2 | 팩시밀리 · 031) 955-9114
이메일 · prun21c@hanmail.net 홈페이지 · http://www.prun21c.com

정재서 외 ⓒ 2025

ISBN 979-11-308-2226-6　03810
값 22,000원